藥堂千金 2

文創風 539

衛紅綾 著

目錄

第三十七章

相思又吃了幾帖溫元蕪的藥，身體便大好了，只是臉上都是花，有礙觀瞻，好在如今年歲尚小，溫元蕪又配了藥膏抹，約莫一年半載後就看不出了。

溫元蕪每日來給相思診脈，越發覺得這個小姑娘有意思，機靈自不必說，閒時說起時事來，竟也頗有想法，有時說的故事不知是哪裡看來的，竟是連他也未曾聽過，幾日接觸，頗感投緣。

數年前，他為了救兒子的命而四處求藥，魏家拿出木香犀角解他的燃眉之急，如今他又救了魏相思的命，也真是機緣命數。

潁州府的事都已處置妥當，相思的病也無大礙，溫元蕪便辭別魏家，同周清一起回金川郡去了。

相思能走動之後，便找了一日去春暉院見魏老太爺，還沒進院，就聽見相學和相玉的哭聲，相思轉身想走，想了想，終是走進院裡。

「爺爺，饒了我娘吧！爺爺求求您了！」相學哭著求情。

「娘她是一時糊塗！千萬不要讓娘走啊！」相玉也哭得撕心裂肺。

相思方才進門，魏老太爺原本陰沈的臉便鬆動了些，忙讓丫鬟給她拿了軟墊倚著，責備道：「才好些就到處走，你爹娘也不管管你。」

相思緊了緊身上的衣服，打了個哈欠。「好幾日沒得出門，憋也憋死了。」

「呸呸呸！才撿回一條小命，說什麼死！」

相思便不說話了。魏老太爺轉頭去看堂中的相學、相玉兩兄弟，平淡道：「你們的娘，心腸狠毒，自己做了這孽怪不得我，魏家算是容不下她了，你們兩個回去吧！」

相學面色不善地看了相思一眼，又看向老太爺。「這事哪裡有證據！只是魏相思他說是就是嗎？爺爺平日總說要公道做事，怎麼牽扯到他就這般不講道理，要把我和相玉的親娘趕出府去？爺爺怎麼知道不是魏相思他故意栽贓陷害？」

魏老太爺對這事的處置，相思是知道的。崔嬤嬤已經送到了府衙去；而秦氏，因顧念著相學、相玉，所以不送官，但也不肯再留她在魏家，只讓魏正信寫了一封休書，從此以後她與魏家再無關係。

相思低頭看著自己的腳，不理會相學怨恨的目光。她一直很能忍，秦氏這些年明裡暗裡的手段不少，她都忍下了——單僱傭牙婆人販拐賣她的事便不止一回，若不是她有兩世記憶，身邊又常有婆子、小廝，只怕她早已被賣了百八十回。

但這不代表她能一直忍。她忍了這些年，總以為以德報怨是好的，偏偏結果總讓人心寒。

所以她既然對這個結果很滿意，就絕不會假裝大度去給秦氏求情。人既然得罪了，就得罪到底好了；至於相學、相玉，她和兩人本就沒有什麼兄弟之情，秦氏因自己被逐出府去，以後這兩兄弟必然是冤家對頭，她也不必在兩人面前虛情假意。

「魏相思你倒是說話啊！」一直咬牙不語的相玉也氣急，衝上來便要打相思，相思卻輕輕閃身站到了魏老太爺身邊，相玉不敢放肆，狠狠瞪著相思。「你不要臉！你誣賴人！」

相思一點也不生氣，似是有些冷，縮了縮脖子，輕聲道：「崔嬤嬤用患痘人的衣服染了瘟氣給我，崔嬤嬤招了，那患痘的孩子也找到了，證據清楚明白，你娘要害我的命，也險些就要得手，如今卻說我不要臉，這天下還有沒有道理講的？」

相玉氣得滿眼通紅，牙都要咬碎了。「都是你！都怪你！都怨你！」

相思有些難受，咳嗽了兩聲。「不是我，不怪我，不怨我。」

相學也紅了眼，衝上來罵道：「我跟你……」

「行了！」魏老太爺猛地一拍桌子，瞪著已經狀似瘋狂的兩兄弟，一字一頓道：「是你們娘先做的錯事！是你們娘心腸歹毒！是你們娘要殺人害命！是我，要趕她走！」

相學、相玉被魏老太爺氣勢所震懾，一時間竟不敢開口。

「我對你們兩個很失望。」魏老太爺嘆了口氣，嚴厲的目光掃過兩兄弟的臉，冷然道：「你們偏袒自己的親娘，我理解，但你們是非不分，我不能容忍！魏家竟然能養出你們兩個這樣的子孫！」

魏老太爺狠狠拍著桌子，氣得渾身發抖。「這麼多年的書都唸到狗肚子裡去了？先生教導的為人道理你們都忘了嗎？」

魏老太爺看著這兩兄弟，越發地心煩，罵道：「你們別給那蛇蠍心腸的婦人求情了，若再求，你們就和她一起滾出魏家算了！都給我出去！」

相學、相玉如今哪裡還敢多言，一個咬牙瞪了相思一眼，一個喘著粗氣恨恨地走了。

相思輕輕拍了拍魏老太爺的背，許久，老太爺才平靜下來，灌了一口茶，嘟囔道：「氣死我了。」

「他們兩兄弟現下不過是一時接受不了，日子久了，想明白道理，必然不會如此。」相思雖如此安慰，心裡卻知道即便時日久了，也是白搭。

魏老太爺不置可否，見相思瘦得厲害，忙讓魏興去通知灶房做些好吃的，中午留相思一起吃了，又讓她在內室睡了晌覺，這才送回章華院去。

秦氏進門時並沒有太多陪嫁，只有兩個紅木箱子，這些年置辦的首飾細軟，魏正信不准她帶走，所以東西收拾起來倒也省力。

相學、相玉從春暉院灰溜溜地回來，便見秦氏站在院門口等著，旁邊跟著兩個家丁、一個管事嬤嬤，想來是為了見他們兩人一眼，才拖延至今。

相學、相玉一看便止不住眼淚，撲上去母子三人哭成一團。

「娘，您別走！」

秦氏臉上被崔嬤嬤撓得一條條的傷疤，脖子上也都是傷，身上更不用提，本就淒慘的境況，又要別離自己的親子，如何能不怨恨、不惱火？她死死抱著兩兄弟，狠聲道：「娘如今都是大房害的！你們兩兄弟要給我牢牢記住！你們要爭氣，只要你們爭氣，娘就能回來！」

「我們一定爭氣！」

「我們一定讓您再回來！」

那管事嬤嬤是個厲害的，早已等得不耐煩。「好話不教，竟教唆這些陰狠事，好孩子也教壞了！還不給我走！」

管事嬤嬤一發話，那兩個家丁沒了顧忌，拽著秦氏便要往外走，誰知秦氏竟死死抱住相學、相玉，氣得管事嬤嬤暗中狠狠掐了她幾下，氣道：「乾淨索利些走，別給我們添不痛快！」

這三個力壯的人一同來拉扯秦氏，秦氏哪裡能抵抗，被拖拽著出了魏家大門。

相思完全病癒時已是春末，養病的日子唐玉川和顧長亭也常來魏家探望，於是不覺冬日漫長。

如今痘瘟已經沒了蹤跡，沈香堂便又開堂授課。這日唐、顧兩人再次十分有默契地來看相思，偏巧相慶、相蘭也在，五人組倒也湊了個完整。

這年紀的孩子正是長個頭的時候，幾日不見就覺得與以前不同，尤其是顧長亭，也不知是吃了什麼靈丹妙藥，竟比相慶高出半個頭來，五人站在一起，竟是相思最矮，看得相思心裡發苦。

沈香堂開始授課後，他們自然就沒了自由，今日便如秋後的蟋蟀一般要好好瘋瘋。五人擠在一輛馬車裡，奔著城外溫泉別院去了，只不過這次都沒泡溫泉，只在房裡生了火爐，圍在炕上摸骨牌。

相思手氣好，一連贏了幾次，春風得意地抱著羊皮熱水袋，正尋思怎麼出得漂亮？哪知唐玉川這個不要臉的竟猛地衝過來偷看，相思一屈身，老母雞趴窩一般護住自己的牌，轉頭怒道：「唐玉川你個死不要臉的！」

唐玉川臉皮厚得很，咧嘴一笑，伸手去撓相思的癢。「給我看一眼，就看一眼！」

相思受不住癢，連忙倒向顧長亭那邊，上氣不接下氣地向他求救。「大外甥救命！救……哈哈……救命啊！」

顧長亭伸手護住她的腦袋，一手攔著唐玉川。「行了，饒了他吧！」

唐玉川一聽不幹了，眼睛一瞪。「你可真聽你相思老舅的話，忒孝順了！」

顧長亭睇眼看唐玉川，嘴角勾出一個微笑，猛地抓住唐玉川的肩膀，對著相慶、相蘭道：「他這是欺負咱們魏家人啊！上！弄他！」

相慶、相蘭怪叫一聲，餓虎撲食一般按倒了唐玉川，相思此時也緩過勁來，四個人把唐玉川按在炕上，撓腳心的撓腳心，搔癢的搔癢，唐玉川起又起不來，打又打不過，被整治得哇哇亂叫。「我的天啊啊啊……哈哈哈……別撓了……我服氣……哈哈哈哈哈……救命啊！救命啊！啊啊啊啊！」

四人收拾夠了這才鬆手，留下唐玉川癱在炕上，臉上全是淚水，氣若游絲道：「你們欺負人……你們魏家欺負人……欺負人啊……」

中午用完飯，依舊是雷打不動的午睡。相思睡得沈，醒來時炕上只剩自己，一如許多年前的那個午後。

她有些迷惘，在炕上坐了好半晌，下地去倒水喝，轉頭見背對屋裡坐著個人，背影挺直，春日的陽光灑在周身，便是看著也覺溫暖。

杯裡的水是溫的，她捧在手裡也在門前臺階坐下。

「他們三個去後山抓鳥去了。」

相思應了一聲，看著庭院裡柳樹抽枝，小草發芽，默然無語。

「我決定考沈香會。」

驀地，少年淡淡開口。

相思一愣，轉頭，見少年眉眼溫潤道：「咱們幾個一直在一起，要是都能考進沈香會，也很好。」

「嗯！」相思用力點頭。

人如果有目標，時間就過得非常快，春日過後是夏日，夏日過後是秋日。

而立秋日是淮蒲會試的日子。這一日越近，相思等人就越覺時間緊迫，這日放學，四人一同來找顧長亭，準備一起去魏家溫書，誰知幾人正要辭別戚寒水，周清卻神色淒然悲愴地衝了進來。

戚寒水一愣。「你怎麼來了？」

周清上前一拜，胸膛起伏不定，顫聲道：「堂主，閣主……閣主……」

「閣主怎麼了？」戚寒水一把抓住周清的肩膀，急急問道。

「閣主他……染上寒熱症，四日前走了……」

「啊！」戚寒水雙目圓瞪，踉踉蹌蹌跌坐在椅子上，猶自不能相信。「怎麼會……不能啊……寒熱症……」

周清大慟，上前抓住戚寒水的手腕。「堂主，王堂主派我請你回閣裡去，少閣主……少閣主也不行了。」

「什麼！」戚寒水反握住周清的手腕。「少閣主怎麼了？」

還沒待周清開口，戚寒水已伸手阻止，轉頭對早已驚慌失措的幾人慌亂道：「我、我要回忍冬閣……」

他這句話還沒說完，又轉頭大喊。「鄭明！鄭明！鄭明！」

鄭管事聽這聲音不對，慌忙跑進來，見屋內眾人臉色極為難看，正要開口，戚寒水已一邊抓著周清往外走，一邊交代。「我先回閣裡，這裡交給你了！」

看著兩人消失的方向，屋內幾人怔怔不能言語。

過了幾日，溫元蕪病逝的消息才傳到雲州府來，據說是一個女童患了寒熱症，周圍大夫都怕傳染給自己，不敢看診，溫元蕪知道後便親自去救治。那女童的病雖好了，溫元蕪卻送了命。

又過了幾日，相思又聽說溫元蕪的獨子溫雲卿也不行了，據說血吐了幾盆，原本就不濟的身子，只怕要死也快。

相思的命是溫元蕪救的，眼看著這一樁一件的慘事，心中十分難受，卻什麼忙也幫不上。這時卻聽聞忍冬閣廣發告帖，要尋碧幽草，偏相思正知道哪裡有這草，便忍不住動心思要去尋來。

沈繼和這幾年的會長做得順風順水，今年春天知州胡嵐又向朝廷舉薦他做宮中御藥採買，經過重重批文，秋天御藥採買的職令總算下來了，這是件光彩事，認識的、不認識的免不得要來拜訪送禮，沈繼和索性廣發請帖，又請戲班子唱了三天戲，辦個燒尾宴。

所謂燒尾——魚躍龍門之時，雖與沈繼和的情形有些不同，但總歸是高升，也沒人閒著去挑這些錯。

而這碧幽草，便在送給沈繼和的禮單上。

相思站在洪福客棧門口，有些不安地搓著手，時不時抬頭看著街道那邊行來的馬車。她已經等了一個多時辰，要等的那個人還沒回來。

這時忽然有一輛馬車在客棧門口停下，從車上跳下個玄色勁裝的青年，那青年下車便直奔往客棧裡走，相思忙衝上去。「請等一下！」

那人似是沒聽見，眼看便要上樓去了，相思一急，大喊。「辛老大！」

玄衣青年身形一頓，轉過頭來，劍眉星眼，精神抖擻，皺著眉頭看向相思。「你叫我？」

相思氣喘吁吁跟上來。「辛老大，我有事想和您打個商量。」

那青年眉頭皺得越發緊了。「可我不是辛老大，我是辛十一。」

第三十八章

「啥？」相思張大了嘴，但又覺得這樣太過失禮，忙閉上嘴，訕訕道：「我只聽說辛家貨運行的辛老大住在這客棧裡，所以認錯了！誤會了、誤會了！」

青年聽了，轉身便往樓上走，相思深吸一口氣，也跟了上去。「大哥你等等我，我真的有事要和你們商量啊！」

那青年在樓梯上站住，轉身看著相思，皺眉道：「都跟你說了我不是辛老大，我是老十一。」

「十一哥。」相思忙改口。

辛十一這才轉身繼續上樓。相思一邊對辛家兄弟之多感到咋舌，一邊亦步亦趨地跟著上樓。

來到一扇門前，辛十一叫了聲「大哥」就推開了門，相思站在門口，見屋裡還有一個人，想著八成就是辛老大本人了，忙一禮。「辛大哥，我是雲州府魏家的，冒昧來訪，是有事相求。」

辛老大如今三十多歲，卻因常年在江湖上走動，特意蓄了鬍鬚，看起來略有些凶狠。他打量著眼前這個少年，也是丈二金剛摸不著頭腦。「小兄弟，有事你請說。」

相思嚥了口唾沫，臉有些紅。「我聽說辛大哥手裡有碧幽草？」

「你想要？」

相思一下子噎住，然後狠狠點頭。「想要。」

辛老大似笑非笑看著相思。「我雖然和魏家沒打過交道，但你應該也聽說過辛老大不做虧本的買賣，你要碧幽草，拿什麼換呢？」

相思的臉已經成了猴子屁股，只因接下來她要說的話實在臊得慌。

「我能讓你們稱霸南北貨運行。」

辛老大一怔，隨即微笑著看向相思，顯然他是不相信的；而辛十一更加不給相思面子，皺眉對辛老大說：「大哥，這人有病。」

相思清了清嗓子，道：「我知道辛家現在有一條水運路線和四條陸運路線，看起來或許能覆蓋南北所有貨運路線，但其實並不活絡，我想你們心裡應該是清楚的。」

辛十一不明所以地看著她。「別說我們辛家，便是比辛家更大的貨運行也都是這樣，你說的這是廢話。」

辛老大拍拍弟弟的手臂，看向相思的神色多了幾分興味。「魏少爺接著說。」

相思見辛老大沒有要趕自己的意思，心下稍稍安定。「就是因為現今所有的貨運行都不活絡，辛家若是活絡起來，便能一家獨大了。」

辛老大招招手，示意相思坐，又倒了杯茶推到她面前。「這南北的貨運行哪家不想靈活？可是並沒有好法子。」

事到如今，相思還是有些忐忑，又仔細理順了自己想說的話才開口。「我知辛家的貨運行是開在京中的，在別處並無倉庫和掌櫃，若是有客人要送貨，須提前寫信函送到京都，你們再派人車來。這一來一回少則要半月之久，若是著急的貨，等你們來已遲了。」

辛十一聽了，皺眉道：「貨運行不都是這樣？除非是要從京都往外送貨，不然都要這些時日的。」

「所以如果你們能在速度上跑贏其他貨運行，辛家便是天下第一的貨運行了。」

辛老大起先對相思只是好奇，並不真的期待她能說出什麼有用的計策，但聽相思提到速度，這個困擾所有貨運行的難題，便也真的生出些期待來。「魏少爺說的道理我自然懂，但如何縮短送貨時間，才是我想知道的答案。」

見辛老大發問，相思覺得那碧幽草已在向她招手，面上卻不敢鬆懈，正色說道：「在每一州、每一郡租庫房、留掌櫃，若有人要送貨，掌櫃立刻收了貨與銀錢，把貨入庫……」

「那不還是要等京都派來的馬車？」相思還未說完，辛十一便不耐煩地打斷。

「京都不必等待掌櫃的書信。每三日或五日，按照客貨多少，確定來車間隔時間和來車的數量，至少可以省十日的等待時間。」

「這……怕是不妥。若每一州都設庫房和掌櫃，每月額外的開銷並不小，辛家現在最主要的客人都是藥商，多是從雲州府往京城運，我在別處設庫房，只怕幾月也沒有一單生意。」辛老大搖頭沈吟。

「之所以你在別處沒什麼客人，是因為那些地方就有貨運行，即便那貨運行收的銀錢多，但總好過捨近求遠。」相思見辛家兄弟都專心盯著自己看，忙提氣，正色道：「若在每一州、每一郡都有辛家的貨行和庫房，初時的確會面臨入不敷出的問題，但時日久了，好處就漸漸顯現出來。

「第一，辛家車隊不管到那一處都有落腳存貨的地方，省去許多麻煩；第二，每地的掌櫃對當地熟悉，若知道哪家要送貨，可自去攬活兒，添了進益，若是有老主顧，當地的掌櫃平日好生維繫，更是長遠的計較；第三，也是最重要，我最想說的一點。」

相思喝了口水，睇著笑眼看向辛老大。「辛大哥覺得我這主意怎麼樣？能不能換得那碧幽草？」

說到最緊要處就停住，這是病，但是相思堅決不吃藥。

辛老大無奈道：「說吧，你說得好我就給你碧幽草。」

「第三嘛，就是辛家會是第一個占領南北各處，織成一張覆蓋整個大慶國的通路中心，辛家會逐步壟斷南方六州和北方十三郡的貨運生意。」相思說到此處，心裡是有些虛的。她雖然堅信現代快遞的運送方式在古代同樣有用，但這餿主意也有可能把辛家拖垮，鬼知道到底會發生什麼？

「魏小兄弟，你說的『壟斷』是什麼意思？」

「啊？壟斷……壟斷就是一家獨大，誰敢和你爭，你就滅了誰。」相思努力解釋。
這解釋辛老大很滿意，他點點頭。「但如果別人也學辛家這般，又該怎麼辦？」
「那時辛家早已在各處都站穩腳跟，只要貨送得快，掌櫃親厚不失信，老主顧是很難搶走的，即便如辛家一般，生意也很難與辛家爭鋒。」相思想了想，又道：「而這時，因有辛家經營在前，投入銀錢加倍，一個人若有這麼多本錢，做什麼不好，非要攪這渾水？」
辛老大又將相思的話從頭到尾想了一遍，越發覺得這招十分有道理，轉頭對辛十一道：「你去把裝碧幽草的盒子拿來。」
「真給他啊？不是要送沈會長嗎？」辛十一瞪著眼。
「你怎麼跟個婆娘似的，去給我取！」辛老大踹了辛十一一腳，又轉頭問相思。「魏小兄弟，你這主意是哪裡來的？」
相思睜眼說瞎話。「作夢夢見的。」
這時辛十一已經拿了個三寸長的錦盒，極不情願地遞給辛老大，辛老大又遞給相思道：「我不知你要這碧幽草有什麼用，但這玩意兒現在挺難找，這一株還是我六弟在海上機緣巧合碰見的。」
相思接過那盒子，小心翼翼打開，只見裡面靜靜躺著一束細葉藥草，藥草雖已乾枯了，但顏色卻是深碧色的，十分喜人。
看見那寶貝落到相思手裡，還是相思隨便說幾句話換來的，辛十一心情有些沈悶。「大哥，咱們之前都和沈會長說了這碧幽草的事，你給了他，咱們拿什麼給沈會長？」
辛老大雖是個跑江湖的，但為人極機靈，這些年與沈繼和常有交往，也知沈繼和性情，看著相思道：「魏小兄弟，這碧幽草雖給了你，卻絕不可與外人提起，我會說這草是假草，從來沒什麼真的碧幽草，也請你守口如瓶。」
相思求之不得，謝了又謝，掏心掏肺又附送辛老大一些比如「打造品牌」、「提升服務」、「顧客至上」的話，聊了半晌，才抱著那碧幽草走了。
她一走，辛老大安靜下來，許久問道：「老十一，魏家這小子哪來這麼些鬼點子，咱們家的小子們怎麼就想不到呢？」
「都隨大哥，笨。」
相思上了自己的馬車，便直直奔著戚寒水的院子去了。往常病患如雲，如今連隻鳥也沒有，也不知是境隨人變，還是人因境傷，相思得到碧幽草時的歡喜已沒了大半，進院裡尋到鄭管事，把碧幽草連同另外幾樣名貴的藥材一起託付給他。
鄭管事不敢相信自己的眼睛，愣愣看著那株深碧色的藥草。「少閣主……少閣主有救了……」
相思也不知要說什麼，便辭別鄭管事回家去了。
沈繼和過大壽那日，熱鬧非常，辛家原本的碧幽草卻換成了珍珠、玳瑁、犀牛角，都是極貴重的，沈繼和自沒有別的話。

金川郡，這百年來都是繁華富庶之所，雖無京都的王氣，卻因重醫道三百年，自有與眾不同的氣象，而世上醫者最尊重敬仰的忍冬閣，就在這金川郡裡。

白雨街上，立著一座三層小樓，樓身漆黑，在略有些蕭索的秋日裡越發地索然，但街上來往的行人卻不畏這蕭瑟之意，在樓前經過時都要抬頭去看看樓前的匾額——忍冬閣。

北方秋日的天氣，說變就變，天上忽然飄來幾片雲，便「嘩啦啦」下起雨來，街上行人慌忙躲避，眨眼工夫就倒豆子一般溜了個乾淨。

第三層小樓的迴廊上擺著一張藤椅，藤椅上面躺著個少年人。

少年人狹長的鳳眼裡像是映著漫天的風雨，又像是空空蕩蕩什麼也沒有，就這樣有一晃、沒一晃地搖著藤椅，似是極無聊，又似是從來都這麼無聊。

「少閣主這次真的不行了吧？」樓下的聲音輕輕傳上來，在漫天的雨聲中竟越發清晰。

「怕是不行了，真是可惜了呢！」

少年人閉上眼，蒼白的唇動了動，雖沒發出聲音，卻依稀能分辨出說得是：他自己也是這麼覺得的。

樓梯那邊傳來腳步聲，少年人便起身進了屋裡，躺回床上，蓋好被子。

不多時王中道和戚寒水便進了屋。王中道眼角瞥見那尚在晃動的藤椅，心下嘆了口氣，卻只將手中的藥碗遞到少年面前。「雲卿，新換了藥方，喝了吧！」

少年聽了便想起身，也不知是起得急了還是怎樣，竟忽然捂著胸口大喘不止，一張臉煞白如紙，喘了半晌正要說話，猛然嘔出一口血。

王中道大驚，忙去探少年的脈，探明之後神色越發黯然。

那少年卻輕聲道：「兩位叔叔別再為我費心了，我這病已經沒得治了。」

戚寒水聽不得這話，呸了兩聲，才目光灼灼地看著少年，勸道：「少閣主不要這般灰心，雲州府的魏家少爺找了碧幽草送來，吃了定會大好的。」

「魏家少爺……是那個叫相思的？」溫雲卿問。

戚寒水一愣。「就是年初被閣主救了小命的那個魏相思。也不知家裡人怎麼想的，一個男孩取這娘兒們的名字，人更是狡猾得如狐狸一般。」

溫雲卿狹長的鳳眼中閃過一抹亮光，隨即情緒再無半分起伏。「但聽著確實是個好名字。」

第三十九章

淮蒲會試那日，魏家三寶前夜臨陣磨槍磨得太晚，早上都睡過頭，慌慌張張入了考場，見屋裡黑壓壓的全是人，不只有沈香堂的，還有些外面書院的。相思三人正愁著，忽然看見坐在後面的唐玉川伸長脖子揮手。

「相思這邊！來這邊！」

三人忙低著頭小跑著過去，與顧長亭、唐玉川兩人坐在一處起。不多時，沈繼和帶了兩個沈香會的掌事進門，先是說了些歡迎感謝之類的話，接著又陳述了考場紀律，核對名單之後分發考卷。

這考卷上的題目多是與藥有關，這些年五人學得用功，一看便胸有成竹，此外還有一些題目是關於大慶國對商賈的政策之類。雖啟香堂和沈香堂未曾教過，但魏家老太爺曾請退休的陳老尚書給幾人講過，所以答起來毫不費力。

相思答完，正想從頭檢查，眼角卻瞥見沈成茂正往幾人這邊看，嘴角掛著一抹不懷好意的笑，相思瞪了他一眼，沈成茂笑得更加猖狂。

出了考場，唐玉川湊到相思面前。「相思你考得怎麼樣？我全都答上來了，肯定能進沈香會！」

「你要能進，我肯定也能進。」相思如今也放鬆許多，轉頭問顧長亭。「大外甥，你肯定也沒問題吧？」

「應是沒問題的。」

然而，等到放榜那一天，問題來了——相思找遍了大榜，並沒有找到顧長亭的名字，排在最前面的人是沈成茂。

相思氣結，心知肯定是沈成茂和他那行事不正的爹在中間動了手腳，不過是欺負顧長亭背後沒有倚仗，所以這般欺壓他。

相思轉頭去看顧長亭，見他只是平靜地看著那張紅色大榜，並不說話。

「顧長亭，你……沒事吧？」唐玉川小心翼翼問。

顧長亭轉頭去看他，搖搖頭，又見相思滿眼擔憂，微笑著道：「不去沈香會也罷，家裡還有事，我先回去了。」

「喲喲喲！這是誰啊？這不是堂裡學習最刻苦、學得最好的顧大少爺嗎？您肯定能考到沈香會裡去吧！」沈成茂搖搖晃晃往這邊走來，身後跟著些惡模惡樣的紈袴子弟。

相思此時早已怒火中燒，沈成茂偏在這時候撞在槍口上，相思便也丟了平日的顧忌，罵道：「他自不如你，有個能隨便更改考試成績的親爹，平時在學堂裡都考倒數第一，到了你爹主考的時候，就能考第一！你行！你厲害！南方六州都沒你臉皮這麼厚的人！」

見相思忽然撒潑罵人，沈成茂先是一愣，接著瞪眼狠道：「我和他說話，跟你有什麼關係！你狗拿耗子多管什麼閒事？以前這樣，這麼多年也沒改？怎麼，有癮嗎？有癮是不是？」

唐玉川也怒了。「你喊個屁啊！不過是仗著你爹是沈香會的會長，頂替了顧長亭，還有臉在這裡耀武揚威的，要不要臉？有沒有臉！小爺今天非打得你滿地找牙！」

沈成茂與幾人從小就結下梁子，這些年雖沒大鬧起來，小矛盾卻不斷，今日這矛盾更是激化，沈成茂哪裡還有顧忌，眉毛一皺。「那次被你打了是我沒防備，你們以多欺少，今兒你再動手試試，我倒要看看是誰打得誰滿地找牙！你們一個個圍著魏相思這多管閒事的賤人……哎喲！」

這一拳是誰打的呢？不是怒火中燒的相思，不是咬牙切齒的唐玉川，不是呆若木雞的相慶，也不是蓄勢待發的相蘭，而是面無波瀾的顧長亭。

他這一拳打得結實，一來沈成茂並無防備，二來誰也沒想到顧長亭會打人，只一拳，沈成茂的鼻子就湧出兩股鮮血來，「嗷嗷」叫著低下頭去，好不容易緩過勁來，眼中滿是狠戾之色瞪著顧長亭，那樣子像是一匹餓狼。

顧長亭卻依舊是面色無波的顧長亭，他站在原處，不後退，不閃避，淡淡開口。「你的嘴太臭了。」

這六個字完全擊潰了沈成茂的理智，他再也顧不得這是觀者如織的街道，對身邊幾個紈袴子弟喊道：「你們給我揍他！往死裡揍！我爹是沈香會會長，家裡有得是錢，我買他的命！」

這幾句話一出，旁邊圍觀百姓「嗡」的一聲炸開，有指指點點的，有難以置信的，更有大聲斥責的，沈成茂和那些紈袴子弟卻不做理會，摩拳擦掌就要打起來。

「總是讓別人幫忙有什麼意思，不如你和我來打。」平日無論沈成茂怎麼惡言相向，都能保持冷靜的顧長亭，今日完全變了一個人，相思拉了拉他的手，小聲問：「你沒事吧？」

顧長亭沒看她，依舊對著沈成茂道：「你和我打，敢不敢？」

沈成茂脖子上的青筋都爆出來了。「打啊，怎麼就不敢和你打！」

他話音一落，整個人便向顧長亭衝來，顧長亭往旁邊一閃，拳頭一揮砸在沈成茂的臉上。沈成茂更加惱火，全然沒了章法，顧長亭卻依舊如最初一般，躲避、出拳、打臉，躲避、出拳、打臉。

只幾個回合，沈成茂的臉就被打得青一塊、紫一塊，卻連顧長亭的頭髮都沒碰到一根，當下也不顧這是一對一的比試，叫那幾個人一起上。

「你們要上，我們就不客氣了，說了一對一還叫幫手，沒皮沒臉到家了！」唐玉川憤憤從旁邊攤子上找了幾根棒子發給相思等人，就等對方不遵守規矩，把他們打個頭破血流。

眼看這群架就要打起來，卻忽然聽見旁邊有人驚詫道：「這不是沈家少爺嗎？怎麼在這裡和人……打架？」

沈成茂剛吃了虧，臉腫得豬頭一般，一心想著要報仇，忽聽得這話，便有些不耐煩，皺眉看去，卻是一驚，這人正是時常出入沈家的辛老大，連沈成茂親爹也要忌憚幾分，更不用說他了，馬上換上恭敬的神色，放下捣著臉的手。「辛叔叔，您來雲州府了？」

辛老大看這情形，也猜到了大概，並不追問緣由，只笑著道：「我正要去你家裡一趟，和我同去？」

沈成茂看看顧長亭，又看看相思幾人，氣得牙齒都咬碎了，卻是順從地跟著辛老大走了。走出幾步，辛老大回頭看向相思，兩人的目光相遇，相思有些訕訕，而辛老大覺得十分有趣。

群架雖然沒打成，但鬧出的動靜卻不小，雲州府裡都在議論沈香會這次選試有貓膩，一時竟有些沸反盈天的意思。沈繼和才得到御藥採買的差事，若這消息被宮中聽到了，只怕於他的官聲有些影響。

但這事又實在不能挨家挨戶去警告，只得先在家教訓了兒子，又去唐家。唐永樂平日時常去沈家走動，這次唐玉川能考進沈香會去，自然是唐老爺那十萬兩銀子的功勞，但他知道自己兒子的脾氣，若這事讓他知道了，只怕打死也不肯進沈香會去，那十萬兩銀子也就打水漂兒了。

所以沈繼和來過之後，唐永樂便不准唐玉川出門，更不准他再提起沈香會考試之事，父子倆吵了幾架，鬧了幾場，最終是唐老爺險勝。

至於魏家，沈繼和自然也親自登門拜訪，與魏老太爺說了半晌話，相思便被叫到春暉院去。魏家的三人裡，只有相思被錄用了，本是應該歡喜的事，但相思如今也不想進那勞什子沈香會。

進了門，相思見沈繼和用過的茶杯還在原處，心中也知魏老太爺想說什麼，不禁有些煩悶。

「相思，你們那日和沈會長的兒子起衝突了？」

「是。」相思悶悶道。

「你馬上就要進沈香會裡做事，得罪了沈會長的兒子，你不怕以後的日子難過？」魏老太爺喝了口茶，悠悠問道。

相思一咬牙。「大不了我不進沈香會了。」

「胡鬧！」魏老太爺猛然聽見相思這麼說，鬍子歪了，手也抖了。「你知道沈香會多難進？魏家總共五個子弟去考，只有你考進去，說不進就不進了？就是為了魏家，你也得給我老老實實在沈香會待著！你的屁股得牢牢坐在沈香會的椅子上！」

這是魏老太爺第一次對相思發怒，帶著些氣急敗壞。相思硬著脖子不說話，魏老太爺見她來了勁，越發地惱了。「你若進了沈香會，咱們家的藥材生意會得到多少助益？你爭什麼一時意氣！」

「沈成茂頂替了顧長亭的位置。」相思不看魏老太爺那鐵青的臉色。

「顧長亭是你什麼人？你為了他連家裡的利益都能不顧了？」那桌子在魏老太爺大力金

剛掌的摧殘下，幾乎就要散花了一般地顫動著。

相思平日是極順從的，今日卻一反常態，忽然冒出一句。「我不能像爺爺對待秦家那樣對待顧長亭，我不是爺爺，我做不到。」

「我做不到」幾個字幾乎是咬著牙說出來的，魏老太爺猛然一愣，隨即又怒又笑。「好啊、好啊！你長能耐了，嫌我做得不好、不對、不仗義了是不是！」

當年秦太爺過世後，家中被算計得一毛都不剩，魏老太爺雖曾暗示過秦家人，卻不肯在明裡出手相助，最後魏家雖然沒攪進這灘渾水裡，秦家卻落得個家破人亡；即便不做生意很多年，魏老太爺依舊是個生意人，沒利可圖的事極少做，更不會讓魏家攪進是非裡去，但他心裡沒有扎著刺嗎？當然扎著刺，秦家這根刺扎得尤其深。

而相思此時把那根刺拔了出來，於是鮮血淋漓到目不忍視。

魏老太爺呼吸急促，指著相思道：「你給我跪下。我問你，魏家到底重不重要！」

相思雖跪下了，背脊卻如竹如樹。「魏家重要，但永遠不是最重要的。」

「哦？魏家不是最重要的，那什麼是最重要的？顧長亭是最重要的？」魏老太爺細聲細氣地問，顯然已經氣得急不擇言。

相思看向守了魏家一輩子的老人，堅定道：「守住自己在乎的人才最重要。魏家重要不是因為魏家的宅子、花草重要，而是因為家裡的人重要；顧長亭是孫子在乎的人，唐玉川也是孫子在乎的人，雖然他們不是魏家的人。」

魏老太爺冷哼一聲。「守住自己在乎的人？說得動聽，你用什麼守住？憑你那點小聰明？最後還不是家裡給你擦屁股！」

相思知道這話沒錯，也不爭辯。「下次我一定不扯上家裡。」

「下次？這事鬧成這樣還不算完？還要有下次？」魏老太爺氣結。

相思不說話，魏老太爺越發惱火，從桌上取了雞毛撢子。「伸手。」

相思沒伸。

「伸手！」

驟然提高的聲音，嚇了在窗外偷聽的相慶、相蘭一跳，兩人臉上不禁露出驚慌的神色來，而相思只得極不情願地把手伸了出來。

「啪！」

極清脆的一聲，雞毛撢子抽在相思細嫩的手掌上，抽出一條紅色的痕跡。

「還有下次嗎？」

「有。」

「啪！」

「還有下次？」

「有。」

「啪！」

「還有下次嗎！」

「有！」

「啪啪啪——」

連抽了十幾下，魏老太爺也沒手下留情，相思的手已被抽得紅腫不堪，卻還是硬著脖子，半分不肯退讓。

「你能耐！你厲害！你翅膀硬了是不是，啊？」魏老太爺手裡的雞毛撣子在桌上敲得震天響，相思卻依舊一步不肯退。「我翅膀沒硬。」

「啊啊啊！魏興、魏興！氣死我了！這小兔崽子要氣死我了！氣死我了！」魏老太爺捂著胸口，氣要喘不上來一般。

魏興忙遞上茶杯，又拍著魏老太爺的後背順氣。「老爺別氣壞了身子，跟孩子生什麼氣呢？」

魏老太爺顫抖的胖手指著相思。「這小兔崽子要活活把我氣死了，我管不了他了我！」

魏興忙遞了個眼色給相思，色厲內荏道：「思小少爺快回院子去，回去好好思過，好好想想自己是哪兒錯了？」

相思嘆了口氣，起身恭恭敬敬行了個禮。「爺爺別氣壞了身子，我明兒再過來。」

「兔崽子你快給我走，別在這兒氣我！」魏老太爺閉著眼睛揮手，一副一眼也看不得相思的模樣，相思覺得，要是自己再說幾句，老太爺怕是要被氣哭了的。

一出門，相思便被相蘭、相慶圍住，兩人捧著她那隻腫成豬蹄的爪子，心痛不已。

相慶抹著眼淚。「老頭子怎麼又動手打人？還下手這麼狠。」

相蘭也癟了嘴。「都怪沈會長，要不是他，也不至於鬧成這樣。」

相思覺得那隻手又熱又脹，難受得很，卻不十分疼，安慰兩人幾句，回了章華院去。

傍晚時候，魏老太爺把顧長亭找來敘話，倒沒像對相思那般聲色俱厲，只講了些經世致用的大道理，又說沈家那邊魏家會處理，讓他不要擔心云云。

最後又說起相思的事，只叫他去勸勸，不要再這般意氣用事。

出了春暉院，顧長亭輕車熟路地往章華院去，走過那條這幾年總走的小徑，便想起一些昔日趣事，面上不禁帶了笑。

章華院裡，相思盤腿坐在榻上，受傷的那隻手塗了厚厚的藥膏不能放下，於是生無可戀地舉在半空中，有些懨懨縮縮，顧長亭進門便見到如此場景。

「你怎麼來啦？」相思微愣。

顧長亭走上前，握住相思手腕仔細打量，許久才道：「這傷不礙事，只是要受兩天罪，我明天給你送點藥膏來。」

見相思還納悶地看著自己，顧長亭嘆了口氣。「你這次可夠硬氣，把老太爺氣得夠嗆，他讓我來當說客的。」

「哪有這樣的……」相思訕訕。

「就是。」顧長亭看著相思，滿眼促狹。「哪有讓苦主勸大俠別行俠仗義的。」

相思聽出顧長亭的故意奚落，悶哼一聲。「你也不向著我！」

半晌，顧長亭沒說話，似是在猶豫，又似是在回憶，他終於開口。「你日後還要進沈香會，不能和沈家鬧得太僵，我不進也罷，你無論如何都要進的。」

「我也不進了。」

「你又說氣話，被老太爺聽見，另一隻手也要保不住。」

相思有些氣悶。「他們不過是仗著沒人肯為你出頭。」

「你不是為我出頭了嗎？」顧長亭輕聲問，又道：「不進沈香會對我來說反而更好，醫道上就能更加精進，以後我肯定會成為一位神醫，名垂青史的。」

相思「噗哧」一笑，心中鬱氣一掃而光。「那日後，我的小命就全仰仗顧神醫了。」

「好說、好說。」

天色漸晚，顧長亭辭別，相思想派馬車送他回去，顧長亭卻說戚寒水有一封信給他，要他去鄭管事那兒去取，相思便也不勉強。

於是少年在深秋蒼鬱草木間，漸行漸遠，直至不見。

戚寒水回到金川郡後，時常記掛著自己唯一的乖徒兒，終於在溫雲卿的病情稍穩些後，寫了封信託人帶來，主要意思是讓顧長亭北上忍冬閣，在那裡繼續學習醫道。

顧長亭有些猶豫。一來放心不下家中，二來這一去山長水遠，不知何日是歸期？

顧老夫人知曉後，與他談了許久，是極支持他去忍冬閣的，他還是猶豫，顧老夫人便又拿出孝道這大旗，意圖逼迫就範。

相思、相慶等人雖不想顧長亭遠走，但他們心中都清楚去忍冬閣對一個走醫道一途的人意味著什麼，各勸了幾次，顧長亭才算終於拿定了主意——北上忍冬閣。

既然決定成行，便越早越好，走得晚了只怕要趕上北方大雪。幾人各出奇招，送了許多自認為十分有用的東西，比如相思的羊皮熱水袋、羊毛褥子、厚實棉衣，相慶的書，相蘭的吃食，當然還有唐小爺粗暴實用的雪花銀。

臨走前幾日，秋高氣爽，天氣宜人，五人又去了一趟溫泉別院，後山的果子都熟了，哪棵樹上的果子甜，哪棵樹上的果子酸，他們都清清楚楚，找了一棵最甜的，摘下一樹的果子，曬成果乾，用布包裝好，也給顧長亭帶去。

這果乾帶著秋日的味道，帶著雲州府的味道，帶著記憶的味道，後來陪著小顧大夫度過數個寒暑冬夏。

出發那日，四人都來送，城外長亭送長亭，雖沒有柳枝，但卻離情依依。

到了要分別的時候，幾人心裡都不好受，相思鼻子一酸。「你到了忍冬閣，要時常給我們幾個寫信，別把我們忘到腦後去。」

「千萬別忘了啊！」唐玉川也心裡不是滋味。

「不會的。」顧長亭輕輕道，眼中水色映山影。

「哇！不去忍冬閣不成嗎？去忍冬閣幹什麼啊！」相蘭終於忍不住哭了出來。這一下可好，本來強忍著的幾人都撐不住了，爭先恐後地號哭出來。

「就是啊，不去不成嗎？」

「不去不成啊，不去當不了神醫啊！」相思一邊抹眼淚一邊道。

唐玉川哭得臉都皺成包子，上氣不接下氣。「去了忍冬閣也不一定能成神醫啊，遭這趟罪幹什麼啊？」

顧長亭微微笑著，瞇眼看著這四個一同長大的少年。

同來送行的顧老夫人也忍不住用手背抹臉，罵道：「你們幾個大小伙子，哭哭啼啼像什麼樣子？能成什麼大事？忍冬閣又不吃人，幹什麼弄得生離死別一般！」

相思聽了，心裡更加難受，哭道：「但是山長水遠，再見不知幾時了，想想就難過啊！」

於是幾個少年抱在一起哭成一團，離情依依，悲涼兮兮，然後長亭外，長亭漸漸無蹤跡……

第四十章

五年後，一個平常春日，柳枝抽新條，湖上野鴨叫。

蘇木街上行來一隊敲敲打打的迎親隊伍，這隊伍頗為壯觀，光前面抬轎的、吹嗩吶的、打鼓的就有三十來人，後面抬著的嫁妝更是不得了，排了半條街那麼長，闊氣非常。

新郎官騎馬走在前面，穿著大紅喜服，胸前繫了一朵大紅綢花，人也生得秀氣，只是面上沒個笑意，知道的說他是娶親，不知道的多半要說他送葬。

新搬來蘇木街的孫三娘看這隊伍闊氣，一邊嘖嘖稱奇，一邊問旁邊的王大爺。「這是誰家迎親啊？竟然這般氣派！」

王大爺啜了一口紫檀壺裡的燙嘴茶水，睇著三角眼回道：「妳才來雲州府，不知道這雲州府裡的幾個大戶，我跟妳說，這是雲州府富商魏家娶親，能不氣派？」

「魏家……是城東開藥鋪的魏家？」才來雲州府時，孫三娘害了風寒，曾去過一次魏家的藥鋪，因伙計周到客氣便留了心。

見王大爺默認，孫三娘嘆道：「怪不得了。魏家的藥鋪也是別處沒見過的，鋪裡的伙計個個客氣周全，鋪裡還有什麼『代煎』服務，也不知魏家老爺是怎麼想出來的？」

「這代煎可不是魏老爺想出來的，我聽說是魏家少爺想的，為了這事，還專門去燒了細頸瓷藥壺來，又培訓了一些專門煎藥的伙計。」王大爺彷彿親眼見到一般。

孫三娘一聽，忙附和。「那細頸瓷藥壺我在藥鋪裡見到來著，好看得緊，買回家裝東西也實用，本想買幾個回來，誰知竟是在鋪裡代煎白送，不外賣的。這迎親的難道就是魏家少爺？」

王大爺卻搖搖頭。「我說的魏家少爺是大房的，今日迎親的是四房，好像叫什麼慶的。」

兩人說話間，那成箱的嫁妝已經到了近前，孫三娘越發地感嘆。「不知是娶了誰家的小姐，竟有這麼些嫁妝！」

王大爺眺望了一眼遠處的華麗婚轎，小聲道：「也娶了個藥商家的小姐，不過不是咱雲州府的藥商，聽說是淳州府謝家的小姐。」

孫三娘哪裡知道什麼謝家，應了一聲，便又去看那迎親隊伍後的嫁妝。

迎親隊伍吹吹打打到了魏家，喜婆恭賀了幾句吉祥話，又讓相慶去踢轎簾；相慶有些不情願，但左右這麼多人看著，只得抬起無力的軟腿意思一下。那喜婆心中罵了一句，面上卻笑著又說了一車的好話，這才揹起新娘子進魏家。

一對新人到堂裡拜父母、敬茶，因先前已替相學、相玉娶過親，所以相慶這裡便輕車熟路。魏老太爺封了兩個大紅包，又說了些勸勉的話，眾人便把相慶和新娘子擁進了洞房裡。

馮氏見有幾個年輕的，忙把相蘭叫到身前。「可別鬧過頭了，你護著你哥和你嫂子。」

相蘭如今長高了許多，樣子卻沒多少變化，聽馮氏這般說，邊點頭邊往裡屋走。「知道啦、知道啦！」

婚禮無非是照著習俗走一遍過場，相慶本對這門親事不滿意，又被這些繁瑣的習俗弄得有些焦躁，雖極力配合著，總歸是笑不出來。這屋裡的人，有遠房親戚子弟，也有沈香堂的同窗，見相慶這副模樣便沒怎麼鬧。看完熱鬧，眾人正要走，卻聽見院子裡傳來一個脆生生的聲音——

「緊趕慢趕，怎麼還是錯過了！」

眾人尋聲望去，只見門口進來一個身形纖瘦的少年。少年穿一身素白的雪緞束腰長衫，袖口用銀色絲線鎖邊，一張臉生得乾淨柔美，一雙水亮澄澈的眼裡透出些機靈慧黠，讓人忍不住看一眼，再看一眼。

沈香堂的一個同窗見了，忙迎上前。「你不是去韶州府了嗎？怎麼回來啦？」

相思看向同窗身後的相慶，笑道：「為了能回來觀禮，我在韶州府可是沒日沒夜地忙，總算在前日把事都辦妥了，誰知緊趕慢趕，竟還是沒趕上！」

相玉挑眉。「誰讓你非這個時候去韶州府搞什麼『養生堂』。」

相思摸了摸鼻子，低聲嘟囔。「傻子才放著賺錢的買賣不做呢！」

相玉沒聽清，相思忙從身後小廝的手裡接過一個紅綢錦盒，獻寶似地遞到相慶手裡。

「這是我專門在韶州府尋的玳瑁，上面一點雜質也無，最適合做簪子，嫂子喜歡什麼樣式的，你就做什麼樣式。」

相慶小相公的情緒依然不甚好，盒子也沒打開看，便遞給了身後的陪嫁丫鬟，打量了相思幾眼道：「不過是場婚禮，你這麼急著趕回來做什麼？」

相慶訂親前，因聽聞這謝家小姐極為厲害，所以極不滿意這門親，相思、相蘭知道後，曾鼎力支持相慶鬧悔婚；這些年從來未曾忤逆家中長輩的相慶，為了自己的終身幸福，倒也造了幾回反，到底是小細胳膊擰不過大粗腿，造反行動以相慶屈服告終。

所以雖然不得不娶謝家小姐，相慶小相公的心裡卻是一千個、一萬個不願意，如今新娘尚在跟前，竟也顧不得。相思怕他再說些傷臉面的話，忙岔開話題去；唐玉川似是也知相思想法，在旁掩護，相慶總算沒再說什麼，於是眾人又道一回賀，便都出了門。

「我說前幾日去沈香會辦事沒見到你，原來是去韶州府了呀！」平日總去辦藥材通關牒文的某人說道。

相思點點頭，十分客氣可親。「韶州府有事，和會長告了個假，明兒就去沈香會報到。」

「你去會裡才好，那沈成茂辦事忒費勁了。」另一藥商子弟發牢騷。

「那廝整日想著怎麼卡油水，辦事自然不如相思痛快！」唐玉川嘴上依舊沒有把門的。

他長高許多，依舊唇紅齒白，與相思一樣喜穿白色的袍子，只是今日束了一條暗紅色繡金線紋的腰封，竟有些風流倜儻；當然，這風流倜儻只在他閉嘴的時候才能非常婉約地出現。

幾人寒暄了一會兒，眾人便往前廳走，這時門口忽跑進個小廝，直奔相思這邊來了，等到了近前，便把手裡的信封遞給相思。「少爺，京城來信了。」

相思一看信封上的筆跡，便瞇眼對唐玉川道：「大外甥又來信了。」

唐玉川也湊過來，去看那剛拆開的信。「大外甥對你這老舅也是真孝順，一月一封信，準時得很。」

相思沒理他，逕自展開信看。

自從顧長亭北上忍冬閣已五年有餘，這五年，始終每月一封平安信。

兩年前，顧長亭受到忍冬閣舉薦，到太醫院當了個太醫院常使，不過是幫太醫們整理脈案、謄寫藥方，時時有進步。

這次來信，更是說了一件喜事——太醫院准他在宮裡診病，不過只給品級低的宮人看，但顧長亭在乎的本也不是品級，所以極是開懷，特地寫在信裡。

相思拿著信，又找了幾樣實用的東西帶上，與唐玉川坐上馬車去顧家。

五年了，顧家依舊是原先的樣子，顧夫人也是原先的模樣；顧老夫人呢，精神越發地好了。每年顧家的地租錢，加上顧長亭每月送來的銀錢，不僅夠花，還能存一些起來。

兩人進了院子，見顧夫人正在晾曬被褥，相思上前幫了一把。「長亭來信了嗎？」

相思這些年常來顧家照應著，顧夫人早已與她熟得不能再熟，便道：「早上收到了，他說一切都好，只是掛念著家裡。」
曬完被子，相思和唐玉川又鑽進屋裡去給顧老夫人問好。
這幾年雖顧長亭不在家中，顧老夫人的心境卻越發開闊起來，見了兩人更是開懷。「我估算著長亭的信一到，你們就該來啦！」
唐玉川涎著臉。「我兩天看不見您老人家就想得很，覺也睡不著，飯也吃不香。」
顧老夫人啐了一口，相思同樣啐了一口。「我怎麼見你飯吃得挺香，覺睡得也滿好？」
唐玉川故作窘迫，模樣喜人。「我的苦在心裡，你去哪裡看？」
相思暫且放過他，從袖中拿出顧長亭才送來的信，一字一句給顧老夫人唸，唸到一半，顧夫人也進屋坐在旁邊聽，等唸完了，相思道：「長亭現在能給宮裡的人看病了，他的醫術那麼好，想來肯定藥到病除，往後定能得到太醫院的重用。」
顧夫人也面露喜色。「我們娘倆倒也不圖他去博什麼功名利祿，只求他平平安安就好。」
「長亭師從戚先生，太醫院的太醫又多是忍冬閣舉薦，太醫院的人肯定會格外照顧長亭的。」想到顧夫人的擔憂，相思又補充道：「我一會兒還要給長亭寫封信，也會叮囑他在宮中諸事謹慎，您們兩位有什麼要囑託的也告訴我，我一併寫在信中。」
顧夫人便把想囑託的話，一一告訴了相思，不過是叮囑他好好做人、好好做事，小心身體等言，這麼多年相思早已背熟。

在顧家消磨了小半天，相思和唐玉川便告辭回城裡去，趕車的依舊是老孫。老孫看上去好像沒變，雲州府的一切似是也沒變，但老孫其實已經抱了兩個大孫子，雲州府的一切也都已與昔日有些不同。

車上，唐玉川上下打量了相思半晌，咂咂嘴道：「小時候相蘭說你娘我還沒覺得，怎麼這幾年發現你越來越娘了？」

相思被這一句話噎得心膽俱裂，印堂發黑，瞪了唐玉川一眼，沒好氣道：「你也沒爺們到哪裡去！」

唐玉川也不惱，摸了摸自己白嫩的面皮，有些苦惱。「我就喜歡那些十分爺們的模樣，可這幾年雖總在各處跑，但怎麼就是曬不黑，白得跟個大姑娘似的，真是愁死人了。」

相思見唐玉川沒再關注自己的娘兒們氣質，忙轉開話題。「你幾時回來雲州府的？」

「兩天前才回的，在濟州辦了些陳皮、當歸、紫人參。你這次去韶州怎麼樣？是不是又能狠狠賺一筆？」

相思韶州府的生意遇到些麻煩，卻不便和唐玉川講，於是只挑些模稜兩可的事與他說了一路。馬車到了魏家，相思下車，唐玉川揮別。

家中賓客已散，筵席亦收，相思先前已讓府裡人去魏老太爺處報了平安，此刻回府仍直接去春暉院。魏老太爺這些年並無變化，除了越發鬆弛的皮膚使眼袋腫大了幾分……

在春暉院敘了一會兒話，魏老太爺體恤她連日奔波，便放了人。

回到章華院，白芍、紅藥早準備好了熱水飯食，草草吃過飯，相思便和白芍進了裡間，紅藥守著門。

脫去衣衫，是一副如脂如玉、如荷如露的少女身體。胸上的束縛拆掉，相思舒服地深吸一口氣，躺進滾燙的浴桶。

「少爺，您這總是用布裹著不好吧……」白芍有些擔憂。

「能好才怪，本來能長成C罩杯，現在也就長出個B罩杯！」相思洗了條帕子敷在眼上，呻吟一聲。

「少爺您又說啥呢？」白芍納悶，相思卻沒有解釋。泡了好一會兒，擦乾身體，穿了件改良的白色棉布束腰睡袍，坐在窗前桌旁，一邊想著要寫的話，一邊磨墨、鋪紙，隨後提筆落字。

大外甥：

來信已收到，諸事安好，勿念。

顧老夫人身體、精神甚好，顧夫人亦無煩憂事，只叫我叮囑你好好做人、好好做事，凡事圖穩健，不要急功近利。

相慶今日娶親了，是淳州府謝家的小姐，我打聽了，是個厲害的，只怕相慶以後要有苦頭吃了，跪洗衣板的事情怕是少不了。他本有一個厲害的娘，又娶了個厲害的婆娘，我很為他的未來傷感。

相蘭還是老樣子，跟著家裡做生意也頗有樂趣，那日看見有個穿著襤褸、形容落魄的大俠客，捂著胸口驚魂許久，說：多虧當初你們沒讓我去當大俠客。自此隻字不提和大俠客有關的人事。

唐玉川和唐老爺一樣，主意一籮筐，生意順風順水，他家裡也在給他尋婆娘，不知會尋個什麼樣的？只是他最近迷上了黑臉大漢，總想把自己也曬成大黑臉，但老是不成功，你有沒有什麼藥能有此神效？送他幾丸，也不枉費你倆多年的情分。

我依舊聰慧喜人，生意手段了得，頗得爺爺真傳，他也越發不管我了，我想可能多半是因為管不了我了，兩個月前他還被我氣哭一次，我也見好就收，這些日子乖乖的，不再惹他動肝火。

你說現在你開始診脈開方，我有幾句話要叮囑你。

宮中那些姑娘們，一輩子就等皇帝臨幸，日子過得索然無味，有時候便想做出些逾矩的事來，你千萬千萬守住自己的手和褲腰帶，這些事千萬千萬不能沾染，不然小心丟了小命。

初春十二日你雲州府的老舅

三、五日後，京都太醫院的顧小大夫收到此信，雖周遭都是太醫院同僚和前輩，卻也不忌諱地展開看，看到「守住手和腰帶」一段，臉上又紅又白，又白又紅，也不知是氣惱還是害羞？

「小顧啊，你老舅又來信了？」坐在對面的孫太醫笑問。

顧小大夫顏面微紅。「八竿子打不著的老舅。」

孫太醫呵呵笑著。「你這老舅也是真關心你啊，每月一封信，真是勤勉。」

顧小大夫小心將那信摺好揣進懷裡，笑了笑，繼續謄寫脈案。

第四十一章

這幾年，沈繼和的會長做得順風順水，宮中御藥採買的差事也從無差錯，頗有些諸事順遂的意思。年初胡知州還上奏為他請功，想來過幾日這表彰也就下來了，到時免不了再找由頭做場宴，來收收銀錢。

相思知道按照目前的形勢，任誰也動不得沈繼和分毫，所以這幾年一直夾起尾巴做人，只在暗中搜集沈繼和貪賄的證據。但沈香會會長貪賄，並不會判什麼重刑，一時也拿他沒有辦法。

這日從沈香會回來，因有些藥鋪的事要和魏正誼商量，相思便與楚氏在堂裡閒話，天色將黑之時，才見魏正誼進門。楚氏忙迎上前去，嗔道：「今日怎回來得這般晚？天黑了路不好走的。」

魏正誼神色略有些肅然，見堂裡只有楚氏和相思兩人，嘆了口氣。「沈會長這幾年做事越發地不留情面，城北趙家想往淳州府運些茯苓，沈會長不給批牒文，趙家心中不忿，與沈會長吵了起來，這下兩邊都不好看了。」

「趙家平日也常去沈家走動，這點面子沈會長都不給？」楚氏問。

「淳州府富庶，但氣候不宜種植藥材，全靠從外面購買，是個銷藥的好去處。」相思給魏正誼倒了一杯茶，才又接著道：「現在沈香會給批的淳州府送藥牒文只有兩家，一呢自然是沈家，第二家就是沈繼和的親家——韶州府錢家，別的藥商，想都不用想。」

「這事做得，實在是不厚道。」

「誰說不是，光我聽到的怨言就不少了，沒聽到的只怕更多。」相思看看魏正誼，見他並沒有阻止自己的意思，才道：「半年前有一家藥商去沈香會辦藥材通關牒文，因是去淳州府的，沈會長就不給批，那家裡也有膽子，竟棄了這牒文，私自販藥去淳州府。」

「啊？這能過得了關口嗎？」楚氏驚訝問道。

「關口自然是塞了銀子，所以便放了行。但是到了淳州府，這藥材一發賣出來，沈家就聽到消息，這下好了，直接通知淳州府衙去抓人，把那家藥商從老到小都下了獄，最後也是家財散盡才勉強了事，從此以後哪裡還有人敢私自販藥去淳州府？」

魏正誼長嘆一聲。「沈會長這般的做法讓這些藥商們怎麼維持生計？沈香會本是應該幫助藥商們，如今卻讓藥商們人人自危，真是……」

「爹也不用憂心，所謂盛極必衰，沈繼和這樣的做法，出問題是遲早的，魏家此時只要本本分分做自己的生意，沈香會尋不到差錯，自不會對魏家如何。」

聽了相思的話，魏正誼心下稍稍安穩，卻又想起春季御藥採買一事。「前幾日沈會長就發了通告，說是宮中春季御藥採買的事要著手辦了，只是不知道這次是哪家倒楣？」

這次倒楣的是誰家呢？正是相思他家。

一早，沈香會的文書便送到了魏正誼手裡，上面只說了一件事——尋靈芝一千斤、極品鹿茸一千斤，而沈香會給的銀錢卻極低，用來買黃梅草，只怕也買不了一千斤。

魏正誼原本就有些苦大仇深的臉，此時越發地溢出苦水來，拿著那文書去找魏老太爺。魏老太爺看完後，摸了摸鬍子，卻問了個不相干的問題。「本月咱們家運往韶州府的藥材，沈香會給批牒文了嗎？」

魏正誼一愣。「還沒批……不過相思說韶州府的幾家藥鋪還存著許多藥，暫時不用送藥過去。」

「你呀你，你那鬼頭兒子這是糊弄你呢，沈繼和這是要給咱們家使絆子了。」魏老太爺伸手點了點魏正誼。

魏正誼難以置信地睜大了眼睛。「爹您是說……沈繼和不讓咱們往韶州府送藥了？」

魏老太爺氣鼓鼓地瞪了他一眼，覺得這兒子朽木不可雕。「你這榆木腦袋，上個月咱們家就沒往韶州府運藥，這月還不運，定然是出問題了。相思那兔崽子，八成是怕你著急上火，所以瞞著你呢！這兔崽子！」

身為兔崽子親爹的魏正誼，被捎帶著罵了這麼些句，卻不敢回嘴，等魏老太爺罵痛快了，才小意開口道：「咱家平日與沈繼和也沒什麼爭執，這是怎麼了，要給咱家使絆子？」

「哼！」魏老太爺冷哼一聲。「這幾年，相思把韶州府的生意做得風生水起，那崔錦城也是個得力的，去年新開了三家藥鋪，把原先韶州府幾家生意極好的藥鋪得罪了。這幾家藥鋪裡就有沈繼和親家開的，你說他為啥給咱們使絆子？」

魏正誼心涼了半截。「這可怎麼辦？藥若是運不到韶州府，韶州府的藥鋪可怎麼支撐？」

「相思前些日子才去了韶州府一趟，想來是為了這事，他既然去了，自有解決的法子，你如今要想那御藥採買的事。」

魏正誼心全涼了。「靈芝本是稀罕物，一時間到哪裡去尋一千斤？此時也不是割鹿茸的時節，只怕鹿茸也難尋啊！」

「難尋也要想辦法，不然誤了宮中御藥採買，沈繼和定然一口咬死魏家的不是，到時事情就難辦了。」

從春暉院出來，魏正誼心情沈重。這靈芝和鹿茸定是要賠一大筆錢的，怕只怕一時間尋不到。

相思得知此事時，並無太多驚訝，她早知道沈繼和要對付魏家，便也不去爭沒用的高下，只緊鑼密鼓地去尋這兩樣藥。但實在不是時節裡的藥材，交藥的前一日，還差了三百多斤靈芝。

正一籌莫展之時，唐永樂卻帶著三百斤靈芝摸黑來了魏家，魏正誼感動得不得了。唐永樂一邊安慰他，一邊也是嘆息如今人人自危的形勢，兩個中年人說到半夜還沒完，讓廚房做了小菜、熱了酒。

起先不過是說些販藥瑣事，吐吐苦水，罵罵沈香會，後來大概是酒喝多了，兩個中年人談起自家兒子，便生出些後生可畏之感，想來大抵不過是中年危機到了。

沈繼和對魏家的壓制越來越厲害，原先不過是不批往韶州府運藥的牒文，漸漸竟將所有的牒文都壓下來。魏正誼去問了幾次，沈繼和只稱病不見。

韶州府的生意，相思已與崔錦城商量過，既然魏家的藥無法送到，便從別家手裡買，或讓有門路的藥官兒暗中送去，雖多花些銀錢，但也是有銀子賺的。

至於沈繼和這邊，相思並不覺得現在自己能把他扳倒，所以只叫魏正誼忍耐再忍耐，叫魏家藥鋪忍耐再忍耐，也叫自己多忍耐。

於是風光一時的魏家，進入了韜光養晦、休養生息的階段。

魏家這般沈得住氣，如同一隻縮進殼的老鱉，讓沈繼和這條老狗無處下口。他正愁著要怎麼逼迫魏家伸出手腳來，知州府裡一個姓秦的幕僚便上了門，如此那般說了計策，沈繼和覺得甚好。

於是兩日後，魏正信在路上偶遇一熟人，被拉進吉祥賭坊裡，然後輸了三千兩雪花銀。

所有賭徒在下注的時候都沒想過自己會輸，魏正信也沒想到，那三千兩銀子自然是向別人借的，如今輸得一文不剩，他也沒銀子填窟窿，只得謊稱兩日後還錢，便火燒屁股一般逃回魏家。

回到魏家他自然沒膽說，一連半月也不敢出門。

自從秦氏走後，魏正信便沒人管束，家中幾房小妾也早厭了，半月後他正相好的姑娘寫信來約，魏家老三心癢難耐，天黑之時便偷偷從後門溜出來。

這相好的姑娘姓孟，家中排行第五，人們便喚她孟五兒，原是個賣藝不賣身的，後來嚐到這賣身的好處，便只賣身不肯賣藝了。

孟五兒如今住在雲水街深處的一座小院裡，只有熟客能見著。魏正信輕車熟路摸進院裡，見屋裡沒亮燈，又心心念念著孟五兒的香軟身子，便直接摸上床。

床上臥著一個人，魏正信叫了兩聲「心肝」、「寶貝」，便撲到那人身上，摟著便要親嘴，誰知「孟五兒」不知怎地竟生出許多力氣，反身壓住魏正信。

魏正信先是一驚，接著笑道：「幾日不見，妳怎地比我還猴急！」

「我可不是急嗎？我可想死那三千兩銀子了！」一個戲謔的男人聲音在魏正信上方響起。

魏正信心中大驚，掙扎著要起身，可哪裡掙脫得了。

屋裡的燈一下被點著，魏正信慌忙打量四周，只見屋裡竟站著四、五個壯漢，壓在自己身上的那人正是自己的債主，當下慌了神。「你們怎麼……怎麼在這裡？」

那債主原姓王，是個專門放債收租的地痞流氓，又因生了一臉濃密可怖的鬍子，人們便在背後叫他王大鬍子。

王大鬍子一聽，笑得樂不可支。「你欠了我的銀子，還想躲幾天了事？你那小相好也是見錢眼開的，我給了她一百兩銀子，她就把你賣了！」

魏正信一聽，眼睛都氣紅了。「這賤人！」

王大鬍子掏掏耳朵。「說吧，你是要左手還是要右手？」

深夜，魏正信鬼鬼祟祟地從春暉院側門探出頭，見左右無人，這才輕手輕腳地走了出來，他懷裡此時揣著魏家兩家藥鋪的地契、房契，那王大鬍子答應他，只要交出這兩張契，欠的銀子便算清了。

魏正信雖然起初不幹，但受不住王大鬍子的拳頭，又加上王大鬍子答應絕不提是他給的房、地契，魏正信這才答應幹這監守自盜的事。

眼看就要出角門的時候，卻忽然聽到背後魏老太爺微冷的聲音。

「老三，這麼晚了，你要去哪兒？」

魏正信哆哆嗦嗦轉過身，見魏老太爺、魏興、魏正誼、魏正孝竟都在，當下魂兒也丟了，「撲通」一聲跪下。「爹我錯了，我不該去賭，我不該偷咱家的房、地契！」

魏老太爺冷哼一聲。「你的膽子很大啊！」

魏正信本就被打得渾身是傷，臉上又青又腫，聽了這話哭得一把鼻涕一把淚，魏老太爺讓家丁把他身上的房、地契搜了出來，也懶得聽他訴苦喊冤，扔進柴房凍了一夜。

按照多年來對沈繼和行事的瞭解，相思知道他肯定還有陰損的招數，所以一直讓人暗中留心府中大小事。當她發覺魏正信一連七日不曾出府時，就覺得其中有貓膩，又細細探查，才把災禍掐滅在萌芽中。

第二日，魏老太爺便把魏正信送到府衙裡去，一併遞上狀紙，狀告王大鬍子欺詐哄騙等事；知州胡嵐本是和沈繼和穿一條褲子的，先前還準備等王大鬍子狀告魏正信，誰知如今形勢反轉，有些騎虎難下，左右為難。

但魏家這邊逼得緊，堂外又都是來看熱鬧的百姓，胡嵐只得把王大鬍子也尋來，當堂對峙不過是葫蘆攪茄子，也說不出對錯來。

倒是沈繼和見大勢已去，讓王大鬍子不要胡纏，於是最後兩下落得清淨。

這事雖暫時了了，魏正信回府卻吃了好些苦頭。魏老太爺開了祠堂，打得魏正信皮開肉綻，一時竟三個月下不了床。

自此，從春入夏，魏家再無別的事。唯一值得一提的，便是新婚的相慶小相公。

相慶原是極不喜謝氏的，起初幾日也總是沒有好顏色，但謝氏年少，雖性格暴躁得與她婆婆馮氏平分秋色，但生得可美多了，相慶小相公同她有了夫妻之實後，性子也漸漸轉了。

夫妻好得蜜裡調油一般，加上謝氏是個心思玲瓏的，言語之間也善揣摩相慶的心意，相慶便什麼都聽她的。

這日，相慶去藥鋪裡，因叮囑鋪裡伙計一件事，那伙計不應，只說等相思回來再定奪。往日遇到這樣的事相慶並不放在心上，只是如今年紀漸長，心思免不得要重了些，認為鋪裡的伙計不把自己當回事，心裡便有些不是滋味。

回家之後，與謝氏說起此事，謝氏免不得又奚落幾句，相慶心裡的疙瘩便解不開了。於是一連幾日也不曾去找相思，相思來尋他，他也躲了出去。

相思十分氣悶，讓唐玉川去約相慶。

相慶如約到了茶樓雅間，開門卻見屋裡不只有唐玉川，相蘭竟也在，有些納悶。「你怎麼也在……」

他話音剛落，身後的門便「砰」一聲猛然關上，相慶嚇了一跳，回頭一看，就看見扠腰皺眉瞪眼的相思。

「你……你也在啊！」相慶有些窘迫，有些難為情。

相思一步步逼近，如狼似虎要吃人，相慶一步步後退，最後被相思堵在牆角沒處逃。

「你這幾天都在躲我。」相思陳述事實。

「哪……哪有……」相慶心虛。

「咱們幾個從小一起長大的，有什麼話不能當面說出來，非要躲躲閃閃的，鬧得你不痛快，我更不痛快。」相思比相慶要矮半頭，此時微微抬起下巴看著相慶，竟生出許多壓迫感來。

相慶此時也偽裝不下去，不看相思，悶聲道：「我左右不過是個跟班，我怎麼想的有什麼重要？」

「這麼些年，咱們幾個什麼樣你心裡不清楚？」相思也動了氣，唐玉川忙把她拉到一旁，對相慶道：「你這又是吃錯了什麼藥？被人教唆幾句，你就說這些話傷相思的心！」

相蘭也走過來，拍拍相慶的肩膀。「哥，你這次做得真不對。相思去院子找了你多少次，你竟鬧起脾氣不見，你這是打定主意以後不做兄弟了？」

「不做了！做什麼鬼兄弟！」這話卻是相思說的，顯然是惱了。

相慶心裡雖不舒服，但見相思傷心，也覺得自己做得不對，又想起幾人從小一起長大的種種，更覺得自己這幾日的彆扭實在沒道理，於是垂著腦袋走到相思面前，伸手拉了拉她的袖子。

「是我不對，你別生我的氣。」

相思冷哼一聲，把袖子抽了出來。「現在沈香會正要對付咱們家，你還在這耍脾氣，你接著耍，認什麼錯！」

相慶又好聲好氣勸了好半晌，相思才消了氣，又與相慶說了些掏心窩的話，兩人的隔閡這才消了。

第四十二章

沈繼和一時在魏家找不到下手的地方，便想從相思身上找錯處。誰知相思是個能沈住氣的，平日在沈香會做事，從不肯自己拿主意，遇事定要去尋沈繼和，或是別的管事做主，絲毫破綻也不肯露。

便是讓她去做些辛苦的瑣事，她也不推辭，一步一步穩穩地做，更沒有行差踏錯的時候，真真讓人無處下手。

這樣過了月餘，也算是老天助惡，給了沈繼和一個機會。

自五年前潁州府裡發了痘瘟，南方六州已經許久不見疫情，偏今年夏季多雨，瘴氣多，韶州府出現幾個患瘴瘧的百姓，李知州心知這病若是傳染開，極為厲害，忙上報到防疫司。

防疫司一聽是瘴瘧，哪裡還敢不重視，先從太醫院裡調配了一名擅長治瘴瘧的太醫，又找了許多藥材，一併送到韶州府防備著。

又因向來南方六州發了疫病，沈香會多少都要出一份力，防疫司便也發了一封文書給沈繼和，讓他做些準備。

這正合了沈繼和的心思，藉著這由頭便把相思發配到韶州府去幫治瘟疫，只盼相思在韶州府裡染上瘴瘧，也省去他許多麻煩。

此時沈繼和手裡有防疫司的文書，更是拿著雞毛當令箭，著令南方六州稍有些頭臉的捐銀子、捐藥材，且不是多少隨心，而是每家都定了分例，少了一絲一毫也不成。

藥商們雖有怨言，卻不敢宣之於口，都在規定日期之前交了銀子和藥材。

但這藥材最後的去處卻不是韶州府，而是被沈繼和全都賣到了淳州，賺的雪花銀分給胡知州一份、淳州知州一份，其樂也融融。

相思在沈香會忙了一整日，回府時天色已晚，府裡掌了燈，昏黃的光線照在庭院草木上，讓相思看不清，一如此時相思心緒。

她到春暉院時，魏老太爺正坐在堂裡等著，見相思進門，魏老太爺讓她坐下，又讓下人端了飯菜上來。

「今日回來得這麼晚，餓了吧？」魏老太爺慈祥地看著她，問道。

相思便端起飯碗，悶頭吃起來，嘴裡塞了食物，說話便不甚清晰。「沈繼和讓我去韶州府協助治瘴瘧。」

「我聽人說了，你害不害怕？」

相思沒立刻回答，一口氣吃完整碗飯，才擦擦嘴看向魏老太爺。「我都要怕死了。」

魏老太爺打量著她，心中打定了主意。「你若不想去，那就不去。沈香會又怎麼樣？大不了魏家和沈家撕破臉皮鬥一場，誰輸誰贏還未可知。」

相思何嘗不想和沈繼和痛痛快快打一場，但沈繼和背後勢力錯綜複雜，民不與官鬥說得自有些道理。魏家雖家財甚厚，但總歸是平頭百姓，若真被扣上罪名，冤屈是無處洗刷的。

「現在還不是和沈家鬥的時候，要想扳倒沈繼和，必須一動手就置之於死地，不然等他緩過勁來，魏家就要遭殃。」相思喝了口香茶漱口，拍了拍魏老太爺的手，安慰道：「孫子我雖然害怕韶州府的疫病，但韶州府有咱家的產業，我也去過數次；再加上崔錦城的幫護，想來是沒什麼問題的，咱先不急著和沈家撕破臉皮。」

魏老太爺垮下臉。「你倒是比池塘裡的土鱉還能忍。我只是擔心你還沒成親，也沒留後，若是在韶州府喪了小命，這可怎麼辦？」

相思忍住翻白眼的衝動，幽幽道：「爺爺你就不能盼我運氣好？」

魏老太爺別過臉，沒聽見一般，自言自語道：「你要是染上瘴瘧，可別急著回來啊！再把那病帶回府裡來，我們這些人可就要遭殃……」

相思沒好氣道：「要是染上瘴瘧，我就回不來了，肯定不把病傳給你。」

「唉，你還沒成親啊！」魏老太爺嘆息一聲，又連忙補充。「相慶都成親了，再過一、兩年就要生小相慶了，你倒也著急點不是？」

相思的臉有些綠，綠到極致又有些黑，黑到盡頭又透出些藍，總之不是好顏色。

「我……還小，再……再等幾年也不遲。」相思訕訕道。

「那哪裡成！你如今也不小了，再過兩年，適合人家的姑娘也訂完親，你上哪裡尋媳婦去？」

相思強自定定神，呐呐道：「緣分要等……急不得的……」

魏老太爺啐了一口。「你就是有話說，只怕等我入土了，也抱不上你的兒子！」

從老太爺處出來時，已經將近半夜，前面有丫鬟掌燈，卻只能照見腳下三尺的路。前幾日崔錦城雖然來信說了韶州府的形勢尚好，但瘴瘧傳染開來一天一個樣，相思也不知最後這瘴瘧會發展成什麼狀況？若是她運氣好，瘴瘧被控制住還好說，若是她運氣差些，到時真的是只能聽天由命了。

回到章華院，把自己要去韶州府的事與魏正誼和楚氏說了。魏正誼自然不讓她去，楚氏也抹眼淚，抱著相思哭道：「韶州府正在鬧瘟疫，妳可不能去。沈繼和這殺千刀的！即便是因為家裡的生意要整治魏家，也不至於真的讓妳去救疫！這殺千刀的！缺大德的！」

相思此時心中也是極為忐忑，但楚氏膽小，禁不得大事，自己此刻只能安撫，不能嚇唬，於是握住楚氏的手，勸道：「娘，韶州府如今不過只有幾個患了瘴瘧的，防疫司也派了太醫院的太醫來，我不過是去做做樣子，哪裡真的能撲到救疫的最前線去？再說，我一不會看病，二不會開藥，頂多不過是跑跑腿兒、辦辦藥材罷了，哪就危險了？」

楚氏這次卻不喝她灌的迷魂湯。「從小到大，妳淨挑些好聽的說，如今去韶州府還要輕描淡寫的，妳不知道去那裡有多危險？」

相思嘆了口氣，撲到楚氏懷裡，半是撒嬌，半是苦悶。「我也不想去，但沈繼和手裡有防疫司的文書，我若違抗不去，他就有法子收拾我、收拾魏家。形勢比人強，總要低頭的。」

楚氏平日是連句狠話都不說的，今晚卻連連罵了許多難聽的話。

「他沈繼和再能耐，也不過是這些藥商們聯合舉薦他做的會長，如今他失了人心，會長又怎麼做得長？無論如何，這韶州府妳不能去，大不了稱病，妳爺爺和妳爹還護不了妳周全嗎？」

「就是，就聽妳娘的，今日起也別去沈香會，我讓人去和沈繼和說。」魏正誼也素不是個膽大的，但如今牽扯到相思，便憑空生出幾分膽色。

「爹，你不勸娘，還跟著起哄，我告訴爺爺去！」相思惱了，起身就要出門，魏正誼忙拉住她，急道：「都這麼晚了，可別再去打擾妳爺爺，明兒我去和他說，不讓妳去韶州府。」

「爺爺今兒都同意讓我去了。韶州府有咱家的鋪子，也有崔錦城接應照顧，沒什麼可害怕的，明兒就算爹去找爺爺，爺爺也是這個說法。」相思是一步也不退，急得楚氏又哭個不停。

相思別無他法，只得好言好語勸慰一番，直說得口乾舌燥，楚氏才稍稍鬆口，但定要讓紅藥跟著去，相思只得屈服。

唐玉川聽聞相思要被派去韶州府，當下臉就綠了，顧不上正談著的買賣，火燒屁股般跑去魏家，心心念念地奔著找相思去。見到相思時，她正蹲在院裡逗貓，閒適得很。

「相思、相思，你是不是要去韶州府？」唐玉川一進院就扯著嗓子喊。

相思一驚，慌忙上前摀住他的嘴，氣惱道：「你可小聲點，我娘哭天兒抹淚了一早上，好容易消停下來，讓她聽見還要哭！」

唐玉川瞪大眼睛，拉開相思摀在他嘴上的手，壓低聲音問：「韶州府正鬧疫病呢，你可不能去！」

相思愁苦地揉了揉眉頭，氣惱道：「你當我想去？但沈會長指名讓我去，不去還不得收拾我？」

「這老王八，見你家生意好，就出這些損招！不要臉！」唐玉川恨恨啐了兩口，想了想，又道：「你也不用怕他，大不了就是魚死網破，他要是真敢動魏家，我家也不會袖手旁觀的。」

相思笑了笑，心中卻想，若是無傷大雅的事，唐老爺倒還肯伸援手，但若真是和沈繼和撕破臉，只怕唐老爺是不敢明目張膽站在魏家一方的。

說了半晌，見相思還是要去韶州府，唐玉川一拍大腿。「既然這樣，那我和你一起去。」

相思笑得意味深長。「那自然是好，你先和唐老爺說一聲。」

唐玉川回家與他老爹說了此事，唐老爺一聽，把眼一瞪。「去什麼去！不要你那小命了？我就你一個兒子，你要是有個好歹，還讓不讓我活了？」

唐玉川也來了勁。「相思要去韶州府，我跟著他去怎麼了？」

「不准去！老子不信還管不住你！」唐老爺怒喝一聲，一腳踹在唐玉川的大腿上，把屋門一關反鎖，任由唐玉川在裡面如何乾嚎也不理會。

相思出發那日，唐玉川好求歹求，唐老爺總算把他放出來送行。

唐玉川被身後跟著的唐年年大掌櫃看得死死的，滿心委屈不甘地趴在相思肩膀上哭道：「我家老頭不讓我去韶州府！」

相思摸了摸唐玉川的腦袋瓜，輕嘆一口氣。「你跟我去又有什麼用？好好在家裡等著，我不出幾日就回來了。」

同來送行的相慶、相蘭也是不放心，叮囑了好些話，又送了好多防瘴瘧的藥丸、藥散。

楚氏抹了一袖子的淚，咬牙讓相思走了。

幾個月前，相思才來過韶州府，如今再來，也沒覺與往日有何不同；只不過因為城中有了瘴瘧病人，街上路人行色匆匆，不似往日熱鬧。

崔錦城一早得到消息，已收拾好了房間。

五年時間，那個愛空嘴嚼辣椒的少年，變成了愛空嘴嚼辣椒的青年，少年小伙計也在邱掌櫃退休之後，當上了幾家藥鋪的總掌櫃。

相思才收拾妥當，崔錦城便抱著一疊帳本進門，把帳本放在桌上，對相思道：「少東家，這是近三個月的帳，你看看。」

相思把手裡的行囊交給紅藥，走到桌前坐下，卻不急著看帳本，先給崔錦城倒了一杯茶，問道：「這幾個月從別家進藥，可還行？」

崔錦城從兜裡掏出一根辣椒咬了一口，半晌沒說話。

「怎麼？不順利？」

崔錦城嚥下辣椒，又喝了茶，才幽幽開口。「韶州府這幾家大些的藥商，全和咱們是對頭，都等著敲咱們的竹槓，所以藥材都是託韶州外藥商送進來的，多費許多周折，一年半載倒還好說，但終歸不是長久之計。」

「有個一年半載就夠了。」現在沈繼和雖面上極為風光，但終究失了眾信，沈香會也成了他的私器，若要沈家垮臺，只怕也快，但總歸要等一個恰好的時機。相思有預感，這個時機不會等太久。

聽相思這麼說，崔錦城也未追問，卻聽她又道：「你可曾去找藥官兒尋藥來著？」

崔錦城點點頭。「也多虧了熊新大哥，他人面廣，各州的藥官兒都認識，幫了咱們不少忙。」

「那可要找一日好好謝謝他。」

崔錦城點點頭。「過幾日他就回來了，到時我去請他。」

說完生意上的事，相思想起今日街上情形。「那幾個生了瘴瘧的人呢？」

崔錦城把帳本收好。「防疫司派的人到了，現今把那些病人集中在城外的一處宅子裡，外人不准進，聽說暫時是穩住了。」

相思心下稍稍安穩。

瘴瘧，其實就是瘧疾，是經由蚊蟲叮咬而感染的傳染病，因感染的病患全身發冷，後又發熱多汗，所以醫家也常稱之為寒熱病、寒熱症。

韶州府素來夏季濕熱，易滋生蚊蟲，防瘴瘧傳播最有效的措施自然是防蚊蟲，所以相思一到韶州府就在房裡支起了細密紗帳，又把多準備出來的紗帳分給藥鋪裡的伙計們。

稍稍安置穩妥後，相思便去了韶州府衙，一問門房，才知知州老爺去城外病舍巡視了，於是便又帶著崔錦城往城外去。到了城外病舍一看，不過是間破舊的庵堂，門口守著兩個官兵，沒什麼精神地蹲在地上。

「兩位大哥，我是沈香會派來韶州府救疫的，請問知州老爺在裡面嗎？」相思微笑問道。

其中一個官兵看了相思一眼，懨懨道：「老爺在裡面呢，你們在這裡等一會兒吧！」

相思應了一聲，和崔錦城乖乖在門口等著。

許久，才聽見院裡有些聲響，接著走出一個大腹便便的中年男子。相思尋思這應該就是李知州，忙迎上去，先是行了個禮。「拜見知州老爺！」

李知州被這瘴瘧鬧得腦袋發疼，正想發問，旁邊的官兵已經回道：「老爺，這是沈香會派過來的，說是幫忙救疫的。」

李知州面色和緩了幾分，拍拍相思的肩膀，抽了抽鼻子，問道：「你來得正好。先前防疫司說沈香會有一批藥材要送來，這都半個月了，怎麼還沒到？」

相思咳嗽了一聲，也不看李知州，恭敬道：「都是會長親自和防疫司通信，您說的這批藥材，我沒接手，不如您再寫信催一催沈會長？」

李知州皺了皺眉，心下不太高興。「這書信一來一回怎麼也要六、七天，你們沈香會辦事怎麼這般沒有效率？」

相思吶吶，卻沒答話。

李知州見眼前的少年不過十六歲，又生了和善可親的模樣，加上也知這少年不過是個跑腿的，在沈香會不擔要職，抱怨了兩句，倒也沒為難相思。「你眼巴巴地跑到這來找我，是有什麼事？」

相思早聽崔錦城說起李知州的性子，便不扭捏，開門見山道：「蚊蟲叮咬是極容易傳染瘴瘧的，現下韶州府裡的病患尚少，若是百姓主動防蚊，或許可以減少感染的可能。」

李知州滿眼驚訝。「你這是哪裡來的理論？可從來沒聽說過。」

相思來之前也問過盧長安關於瘴癘是如何傳染的？得到的答案十分模稜兩可，只說是和瘴氣、人體陽氣有關，十分的玄妙。盧長安在雲州府裡，也算是醫道大家，他既然都這麼認為，其他大夫的想法也差不了太多，所以相思這瘴癘是因為蚊蟲叮咬傳染的理論，自然很難被人接受。

見李知州這副模樣，相思知道自己這次試探沒有必要再進行下去，於是訕訕道：「這是草民從一本書上看來的，或許有用。」

「或許有用？你可別來我這裡尋開心，我愁都要愁死了！」李知州一揮袖子。「你就老老實實給我送藥材，我就謝謝你了！」

相思碰了一鼻子灰，也不灰心，目送李知州肥胖的身子遠去，才幽幽嘆了口氣，與崔錦城上了馬車。

「我覺得你那說法也太古怪，要是知道你來為了說這事，我肯定攔著不讓你來尋晦氣。」崔錦城看著車外漸漸遠去的病舍。

相思白了青年一眼，氣呼呼道：「你知道什麼？我這法子肯定是管用的。現在只把染病的百姓關起來，那瘴癘又不是從人身上傳出去，過不了幾日肯定還有更多的百姓患病。」

崔錦城放下車簾，目光落在相思微微氣苦的小臉上。「我若是沒記錯，少東家只不過曾在啟香堂和沈香堂學習藥事，醫道上怕是不曾有研究吧？」

老娘上輩子有研究還不成！相思心裡翻了百來個白眼。「你怎麼知道我沒有研究？想當年，我也是戚寒水先生的弟子。」

崔錦城想了想，皺眉問：「我怎麼聽說戚寒水只有一個親傳弟子？那弟子好像不姓魏吧？」

相思被堵得無話可說，臉一轉，不再言語。

雖在李知州那裡碰了壁，相思卻沒有放棄推廣蚊帳的事業，一面讓崔錦城去尋布坊和製帳裁縫，一面讓人大肆宣傳這蚊帳的好處。但瘴瘧因瘴氣導致的觀念深入人心，這蚊帳並未掀起大波瀾。

推廣蚊帳的大業受阻，相思只得再去找李知州。因這幾日瘴瘧的病患又增加了，加上相思信誓旦旦，李知州也有些動心起意，於是帶著相思去病舍找陳太醫。哪知這陳太醫素來有些傲氣，又自覺博覽醫家群書，無所不知，無所不曉，對相思這理論嗤之以鼻，橫眉瞪眼地貶斥一番，李知州這株牆頭草就又倒向了陳太醫，讓相思別再提蚊帳之事。

相思如今頗有些眾人皆醉我獨醒的寂寥之感，整日長吁短嘆。

又過幾日，韶州府入了暑，一夜之間許多百姓都患上瘴瘧。李知州本以為瘴瘧穩住了，哪裡料到會變成如今這般，當下傻了眼，病舍的房間不夠住，治瘴瘧的藥材也嚴重不足，便寫信去催防疫司和沈繼和。

防疫司又連發了數道加急公文，其中一道便是發給沈香會的，於是沈繼和便又得了可以狠撈一筆的由頭。

相思這幾年摸透了沈繼和的招數，知道這次籌集的藥材多數是運不到韶州府的，於是主動請纓去籌藥。此時熊新也回到韶州府來，相思便央他找了幾個得力的藥官兒，同去周遭府郡尋藥。

通往韶州府的官道旁，停著一輛玄色馬車，馬車寬敞樸素，車壁上印著七葉忍冬徽章。馬車外站著幾個人，為首的是個花白頭髮的老者，雙目如電，只是雙眉緊鎖。

此時天色將亮未亮，漸有白霧在山巒間升起，玄色馬車裡不時傳出男子的咳嗽聲，聲音並不大，只是由於周遭寂靜，咳聲就有些突兀。

「雲卿，我幫你施針吧！」老者滿眼憂色地看著車簾。

又是一陣急促的咳嗽聲，片刻之後，車內漸漸安靜，傳出一道溫和清淡的聲音來。「只是方才憋著一口氣，不礙事，還是快些趕路吧！」

王中道嘆口氣，心中頗有埋怨之意。「你這些日子本就病著，這幾日又馬不停蹄地趕路，若是病情嚴重了可怎麼辦！」

車內安靜片刻，才聽青年輕聲道：「我何時不是病著的？總不能一直待在閣裡等死吧！」

王中道搖搖頭，正準備上馬。

「前面是忍冬閣的大夫嗎？」

眾人回望，見不遠處跑來一個蓬頭垢面的婦人，那婦人懷中還抱著一個四、五歲昏迷的孩子。王中道忙上前兩步扶住那婦人，問：「這孩子怎麼了？」

婦人滿眼血絲，抓住王中道急急說道：「我們前幾日才去過韶州府，回來路上他發了惡瘧，吃了幾帖藥，一點效果也沒有！今早氣也喘不上來了，這可怎麼辦？這荒山野地的找不到醫館、藥鋪，您是忍冬閣的，千萬救救我兒子的命啊！」

婦人越說越激動，又見面前的馬車上有著忍冬閣的徽章，竟一下掙脫了王中道，直奔馬車去了。

「孩子染病，快攔住她！」王中道急喊。

一直立在車旁的蕭綏動作麻利，上前一步正要動作，車內卻忽然傳出一聲警告。「蕭綏！」

蕭綏一愣，那婦人已抱著孩子撲到了車前。

車簾緩緩掀開，隱沒在黑暗中的男子面目漸漸清晰，他生著溫柔的眉眼，神色溫和，眼中帶一點笑意，什麼也不說，只是看著婦人，便讓婦人心中的緊張急躁消散開去。

「讓我看看孩子。」溫雲卿伸手抱過那昏迷的孩童，放在車內軟墊上，蒼白的手指落在病童的手腕上，又仔細察看病童面色，片刻之後問那婦人。「先前可是喝過白朮湯？」

那婦人一愣，隨即快速點點頭。「最初病時，找了一個郎中，說是惡瘧，開了白朮湯喝。」

溫雲卿點點頭，解開病童的上衣，見身上並無血瘀斑塊，只是呼吸極為緩慢，伏在胸口細聽，胸中尚無異狀，這才稍稍安心。

那婦人見眼前青年這般作為，又想起方才問話，有些躊躇問道：「可是那郎中開錯了藥？」

溫雲卿將病童的衣衫重新穿好，又拿了件稍厚的衣衫包裹住病童，這才抬頭安撫那婦人。「他得的不是惡瘧，是間日瘧，白朮湯確實不對症，但也無礙，我寫一張方子，前面再行半日就是城鎮，你們與我們同行，到鎮裡喝了藥應無大礙。」

那婦人聽了這話，懸著的心一下子落回肚子裡，謝了又謝，哪有拒絕的道理。

但車外的王中道卻是黑了臉。五年前溫元蕪就是為了救一個患寒熱症的女童才喪了命，如今他親兒子又是這番做派，再出事還要不要他活？

那婦人見王中道黑了臉，心下惴惴不安，只以為是嫌棄她母子添了許多麻煩，小心翼翼地看向溫雲卿。「小先生，若是前面不遠就是鎮上，不如……不如我們自己走吧？」

「間日瘧最見不得風，這四下荒涼，怕妳也尋不到馬車，還是與我們同行。」溫雲卿先安撫了那婦人，又讓蕭綏找了匹溫馴的馬給婦人騎，這才看著王中道，溫言問：「我若是見了病人都不救，還來韶州府做什麼呢？」

王中道有氣無處撒，憋了半晌，氣鼓鼓道：「病人自然是要救，但你總歸要小心些！閣主就是因這寒熱症走的，你不躲著些，若也染上寒熱症，我怎麼和閣主交代！」

溫雲卿聽了王中道這抱怨，也不放在心上，唇角微微翹起，溫和道：「交代什麼？他自己也是這般行事，等到了下面，我自去和爹好好理論，不用叔叔給交代。」

王中道氣苦，轉身後小聲嘟囔了幾句，這才無奈翻身上馬，只盼著早些到鎮上，把那染病的小童從溫雲卿的馬車裡拎出來……

不到中午，忍冬閣一行人便到了鎮上，沒等安置就去找了一家藥鋪，按照溫雲卿的藥方，抓了柴胡八分、黃芩一錢半、桂枝五分、白芍一錢半、草果仁六分、知母一錢半、花檳榔一錢半。拿到客棧裡，另加了兩片生薑、兩顆紅棗，煎出一碗濃厚的湯藥，給那小童服了，不出一刻，發出了一身汗，人也不再畏冷，又過一會兒，竟漸漸清醒過來。

那婦人此時終於安心下來，自然千恩萬謝，謝過之後又頗窘迫地問了診金。溫雲卿一笑，不但未提診金之事，反贈給婦人一些銀錢，叫她在鎮上尋個清淨的小院落，別接觸外人，將養半月後再啟程。

婦人一一應了，只覺得自己遇上了在世活菩薩，一口一個「恩人」地叫。

忍冬閣眾人到韶州府時，正是傍晚，街上行人稀少，不時有巡邏官兵從旁經過。王中道正想尋個客棧住下，便聽前面有人喊。「救疫的藥運回來了，快來幫幫忙！」

這一聲吆喝，旁邊一家藥鋪便湧出幾個伙計要往那邊跑，王中道抓住一個伙計，問道：「是沈香會送來的防疫藥材到了？」

那伙計看他一眼，見是個面生的，沒甚好氣地回道：「哪裡是什麼沈香會送來的藥材，是魏家少爺運藥回來了！」

王中道有些莫名其妙，卻聽馬車內傳出溫雲卿的聲音。「去看看有什麼能幫的吧！」

不遠處的一家鋪子前面停了二十幾輛馬車，車上的藥材堆得很高，左右十多個伙計正賣力把藥材搬進鋪裡。

堂裡有帳房把這些藥材一一登記在冊，只等明日都送到城外病舍。誰知起先記錯了數量，帳房先生連連喊停，讓伙計們把先前抬進堂裡的藥重新聚在一起數，這些伙計就都進了鋪裡。

於是，風塵僕僕的魏家藥鋪少東家只得坐在高高車頂上。上面空氣頗為清新，但坐久了，相思總覺得自己像一隻被困在樹上的猴兒。

「要下來嗎？」

下方忽然有一個滿是笑意的聲音問。

相思驚訝低頭看去，見不遠處的石階上正坐著一個白衫青年，青年眉目如畫，正含笑看著自己。

相思老臉一紅，也不知哪裡生出一斗窘迫、三升靦覥。「不……不用……」

她想要拒絕，但聽見鋪裡吵吵鬧鬧的，料想一時怕是沒人理她，於是又轉頭去看那白衫青年，試探問道：「要是……要是不麻煩，能接我一下嗎？」

白衫青年慢慢起身走到車邊，從下面伸手上來，相思躊躇一下，輕輕握住，只覺得這隻手比普通人要涼一些，慌忙抬眼去看那青年。

「你跳吧，我接著。」白衫青年的話似乎很能讓人安心，於是相思一手握住他的手，一手抓著車上的麻繩，往下滑，眼看離地越來越近，相思的腳卻踩空了，心裡一驚正要叫，卻有一雙手從腋下穿過，穩穩架住了她。

看著青年近在咫尺的好看眉眼，相思沒出息地脹紅了臉。「多謝、多謝！」

那青年正要說話，方才進鋪裡幫忙的王中道已經看見這一幕，扯著脖子喊。「雲卿，外面有寒氣，你下車幹什麼！」

溫雲卿應了一聲，卻沒上馬車，而是看向相思，微微笑著道：「我要多謝你的碧幽草。」

第四十三章

相思方才聽王中道喚這青年「雲卿」時，整個人愣在當場。她自小就聽戚寒水誇這位少閣主，什麼「過目不忘」、「宅心仁厚」、「天上有、地上無」之類的話，心中早把溫雲卿腦補成一個三頭六臂的神人，但看眼前這青年，雖性情沈穩，生得如仙如佛，卻只生了一個腦袋、兩條腿，心中難免有些失望。

這細微的情緒落在溫雲卿眼中，他竟是一笑，溫和問道：「我讓你失望啦？」

相思大窘，慌忙搖手。「沒有、沒有！絕對沒有！」

看著相思的窘狀，溫雲卿也不拆穿，慢慢走回方才的位置坐下，才道：「我猜你肯定是聽了許多戚叔叔誇獎我的話，他看我什麼都是好的，說話自然有失偏頗。」

相思越發地不好意思起來，抬頭見伙計們還圍在鋪裡，忙對溫雲卿道：「溫閣主……我要先去鋪裡看一看。」

溫雲卿笑著點點頭，不再看相思，而是以手抵著下巴，看向長街另外一邊，似乎有些百無聊賴。

相思回頭看了一眼，不再躊躇，進鋪子去與帳房對帳。忍冬閣來的幾個人也幫了許多忙，總算在天黑之前，將車上的藥材全搬進鋪裡。

因這些日子韶州府瘟疫鬧騰得很，各地都在囤積藥材，馬車也不好尋，所以這二十幾輛馬車才空出來，熊新便又領著車隊出城去運剩下的藥材。

等一切安置妥當，已是深夜。馮小甲動手煮了些麵條，炸了一盆肉醬，伙計們便一人端著個大碗蹲在牆角吃麵條。相思這幾日累得夠嗆，此時也餓了，盛了滿滿一碗，澆了一勺子肉醬，坐在小凳上吃得香。

吃到一半，她似是忽然想起什麼，抬起屁股出門張望。此時月明星稀，街上寂靜冷清，石階上自然也沒有坐什麼人。

「真是傻了。」相思嘟囔一句，搖搖頭回鋪裡繼續吃麵。

崔錦城眼角餘光看見相思方才動作，頭也未抬。「那人是忍冬閣的少閣主？」

相思一愣，「嗯」了一聲，隨即繼續悶頭吃麵條。

第二日一早，李知州派人來接收藥材，核對無誤後，又把藥材搬上馬車運到城外。因來的人說李知州現也在病舍，相思便跟著車隊一同出城。

行至城門口時，遇上忍冬閣一行人，王中道與州府的差人說了幾句，又拿出忍冬閣的令牌。因這幾日患瘴瘧的百姓越發多了，韶州府裡難尋大夫，差人難免對忍冬閣來的幾人另眼相看，十分客氣地請他們同行。

相思偶爾能聽見後面馬車裡的咳嗽聲，身旁趕車的馬伕自然也聽見了，小聲嘟囔。「這忍冬閣派人怎麼也不派個好的來，送來個病秧子是什麼意思嘛！」

相思張了張嘴，又頓住，想了想解釋道：「後面馬車裡的人，就是忍冬閣的閣主，雖然病著，還要來韶州府治疫病，旁的人怕沒有肯這麼做的。」

「真的？」那馬伕嚇了一跳，回頭看一眼那輛樸素的馬車，又轉回身嘆道：「那這可是真菩薩！」

後面馬車又傳來幾聲咳嗽，兩人便沒再說話。

不多時到了城外病舍，差人忙去尋自家知州老爺，相思便和王中道一齊在門外等著。

王中道看了相思一眼。「你就是戚寒水常提起的魏家小子？」

相思哪裡知道戚寒水在忍冬閣竟會提起自己，有些好奇。「我的確是魏家的，戚先生常提起我？」

這裡面卻有另外的緣故，這緣故就是相思找到碧幽草送到忍冬閣一事。這碧幽草本是難尋之物，那次溫雲卿又病得凶險，多虧這草才救了命，戚寒水心中便多出幾分對相思的感念來，但這感念卻常以「口誅筆伐」體現。

後來顧長亭也去了忍冬閣，師徒兩人便時常提及相思。

這王中道本是個嚴肅的，見相思又是個少年晚輩，架子便高高端起。「戚寒水說你有些經商的才能，昨日又聽人說你主動去籌藥，藥商有這樣的濟世胸懷，很是不錯。」

相思雖被誇了，卻高興不起來，稍稍能明白為何戚寒水許多年不肯回忍冬閣，卻恭敬乖巧謝了。

這時眼角餘光卻瞥見車簾一動，溫雲卿探出半個身子來，他看見相思站在車外，眼中略有笑意，卻不說話，扶著車壁下了馬車。

這時方才進去的差人也引了李知州過來，溫雲卿緩緩一禮。「知州大人。」

李知州素知忍冬閣的盛名，忙去扶他，欣喜道：「閣主能來是韶州府百姓的福分，這幾日陳太醫忙不過來，急都要急死了！」

王中道接話。「現今在韶州府主持治瘴瘧的是陳炳天？」

「是了，一個月前就來了。」

王中道皺了皺眉，正要開言，溫雲卿卻接過話頭。「不知現今韶州府有多少病患？」

李知州想了想。「加上今早才收的，共兩百一十個人，這間病舍不夠住，我又讓人在別處徵收幾處宅院。」

溫雲卿點點頭。「按照目前的形勢推斷，這瘴瘧一時是治不住的，忍冬閣已廣發告帖，請各地醫者來韶州府救疫，十日之內應能到這裡。」

「啊？這下太好了！」李知州大喜，頗有久旱逢甘霖之感。

溫雲卿又看了相思一眼，轉頭對李知州道：「至於治瘴瘧用的藥材，昨日王堂主已看過一些，大致都還齊全，只是數量不夠，若要應對大規模發病的情形，要多存藥材。」

李知州一聽，免不得又要看向沈香會的替罪羊——相思。「這次藥辦得不錯，既然溫閣主說須多存些藥，你便再跑幾趟。」

相思嘴裡發苦，正要說話，溫雲卿卻輕描淡寫道：「救疫所需藥材量極大，非一人之力可及，早些日子防疫司已撥了銀錢給沈香會，文書應該也送到了，知州大人還須寫信去催沈香會才是。」

李知州一拍腦門，連說兩聲「糊塗」，便讓差人帶溫雲卿幾人去病舍探查，自己先回府衙寫信去了。

此時相思也向李知州稟完了事，本可以走了，但往日她一直被攔在病舍外面，現在也想混進去探探裡面的情況，便厚著臉皮跟在後面。

幾人才進病舍，便聽見屋裡傳來婦人撕心裂肺的哭聲，一行人連忙加快腳步，進屋一看，卻是個婦人抱著個男子坐在地上哭。王中道上前一探，見那男人氣息脈搏全無，神色黯然地對溫雲卿搖搖頭。

「快來幾個人把他抬出去！」門外忽然傳來一個極不耐煩的聲音，隨即進來一個穿著太醫院官服的中年人。

那中年人見屋裡還有其他人，先是一愣，隨即認出王中道來，聲音有些不自然。「王堂主？」

王中道淡淡應了一聲，身子一偏，陳炳天便看見立在一旁的溫雲卿，面色越發不快。

「溫閣主拖著病軀也來了？」

溫雲卿點點頭。「太醫院送了信來，希望能幫上忙。」

陳炳天唇角掛著一抹冷笑。「我哪敢勞忍冬閣幫忙！」

溫雲卿正要說話，卻忽然咳嗽起來，王中道忙扶著他往門外走，陳炳天冷哼一聲。「病成這樣就安心在金川郡養病，跋涉千里又能怎樣，還不是給人添麻煩？」

早幾日陳炳天就曾貶斥過相思一頓，如今又是這般作為，相思便有些氣惱，正要開口，溫雲卿卻強忍住咳嗽轉過身來，平靜冷漠地看著陳炳天，輕聲道：「我自不會給陳太醫添麻煩，也不是來與你爭功，只問你，兩百個病患你自己可看得過來？」

陳炳天一時語塞，溫雲卿卻又咳嗽起來，一張臉煞白如紙，被王中道強拉著出了門。

等相思趕到門外時，溫雲卿正扶著車壁喘息不止，王中道快速在他手臂上扎了幾針，才漸漸平靜下來。王中道忙去院內尋水，給溫雲卿服藥。

溫雲卿此刻面色已好了一些，轉頭見相思正擔憂地看著自己，苦笑道：「我一時半刻還死不了的，不用這麼憐憫地看我。」

相思笑不出來，低頭去看地上成排爬過的螞蟻，悶聲道：「你的病還沒好嗎？」

溫雲卿不嫌髒地找了塊石頭坐下，指了指旁邊一塊石頭示意相思也坐下，這才道：「我本來活不過八歲，但先前有你家太爺贈我木香犀角，後你又去找了碧幽草，才能勉強活到今日，這些年都是白賺的，但這病終歸是好不了的。」

相思在他旁邊抱膝坐下，聞到他身上淡淡的藥香，一時心裡竟有莫名傷感，就不想再聊這話題，好在此時王中道找到水來，給溫雲卿服了藥。

因知這藥效要過一會兒才能發揮效用，王中道雖心中有氣，但還是進院去尋陳炳天商量救疫之法，於是只剩相思和溫雲卿在門口坐著。

一時周遭寂靜，相思便沒話找話。「陳太醫怎麼好像不太高興你們來？」

「他原本是要升太醫院院長的，誰知偏巧這時忍冬閣舉薦了個人，頂替了他，這梁子便結下了。」溫雲卿說著，不自禁搖了搖頭，笑道：「他雖嘴上不留情面，但還是個盡心的大夫，只是要頂他幾句，他沒了火氣，才肯合力做事。」

相思一聽，驚訝問：「那你方才沒生氣呀？」

溫雲卿眸中閃過一抹亮色，笑著看向相思。「我是不是裝得很像？」

第四十四章

李知州的信送出去後，再無音訊，於是幾日後又寫一封信，快馬加鞭讓人送去。

這十日內，陸陸續續有不少大夫收到忍冬閣的告帖來到韶州府，算一算有十幾人，都與溫雲卿住在城內的連升客棧裡。他們清晨去城外病舍治病，晚上回客棧商討對策，只幾日，便擬定了一個頗為詳盡的治瘧方略。

陳炳天雖有些自視過高，但對這巨大的助益，也不願拒絕，到底是以病患為重了。

相思自那日從病舍回來，便又去運了一批藥材，諸事繁瑣，再沒見過溫雲卿，不過從別人嘴裡聽到些消息。

韶州府又到了雨季，於現在的情形來說，無異雪上加霜，一夜之間，多出三百多名瘴瘧病患，李知州傻了眼，沒頭蒼蠅一般在城裡亂竄。

好在幾日前，忍冬閣眾人已定好了治療的方略，這才沒出大亂子。

這時沈香會的救疫藥材也送到了，李知州帶著陳炳天去收藥，哪知開袋一看，竟都是些發了霉的，氣得李知州連寫了告狀書信送去防疫司。

怎奈沈繼和在防疫司中也有熟人，這書信便被壓下來。

韶州府的疫病鬧到如今，任誰看也知是要鬧大的，偏沈繼和心存僥倖，想乘機多撈一筆，一面把防疫司撥過來的銀錢貪了，一面又去向藥商們索藥，這事自然瞞不住，旁人不敢去觸沈繼和的霉頭，盧長安卻心中發急。他本是光棍一個，不怕被報復，自去沈香會大罵了沈繼和一頓。

因是青天白日去的，驚動了不少人，沈繼和面色極難看地讓人把盧長安請走，第二日又免了他學院院長的職位。

盧長安也是個倔脾氣，既免了他的院長職位，便拎包來了韶州府，尋到城外病舍時，見幾個人正往裡面搬藥，忙忙碌碌的，這時門內走出一個人，盧長安眼睛一亮，上前一把抓住那人。「我來幫忙救疫，應該找誰？」

相思被嚇了一跳，見是盧長安，驚詫道：「院長您怎麼來了？」

盧長安於是把幾日前的事一說，相思安撫了一番，又想起平日他便喜歡到處義診，來韶州府正稱了他的心，遂帶著盧長安回到自家鋪子。

相思與盧長安才到鋪裡，外面就「嘩啦啦」下起雨來，盧長安站在門口看了一會兒，嘟囔道：「什麼鬼天氣，說下就下了！」

相思從馮小甲手中接過一盞熱薑茶，恭敬遞給盧長安，應道：「可不是，入了暑伏後，這韶州府的天氣越發地不像話！」

盧長安就站在門口打量著這條雨巷，許久不再開言。

相思想到盧長安才被罷了執事，此時心中定然不痛快，便開解道：「沈香會現下確實不像話，連韶州府的瘴癘都敢不上心，也就院長您不怕被累，站出來說話；雖如今拿沈繼和沒有辦法，但他總不能一直一手遮天。」

盧長安看了相思一眼，哼哼道：「老頭子我雖然眼下跑到這韶州府來，卻也沒落魄到要你這娃娃可憐我。沈繼和如今的作為，等到疫病擴大隱瞞不住時，他的會長也就做到頭了。」

見盧長安並沒有消沈，相思稍稍寬心，親自去後院收拾了一間廂房給盧長安住，晚間紅藥又做了幾道拿手小菜給他洗塵。

紅藥手藝素來好，盧長安一下多吃了兩碗飯，吃完還誇道：「妳這小丫鬟的手藝確實不錯，比許多飯館的廚子厲害。」

聽著這誇獎，相思沒什麼見識地覺得與有榮焉。

此時外面雨雖停了，天卻黑了，相思略有些躊躇，問道：「不然明天再去找溫少閣主？」

盧長安瞪了她一眼。「才想誇你長進了，你就要偷懶。我這幾日馬不停蹄往這裡趕，就圖早些盡力，都到跟前了，還等個什麼勁？」

相思被批評了，忙做深刻反省狀，趕緊備了馬車與盧長安往城門客棧去。

這客棧名叫「連升」，原是韶州府最大的客棧，但此時樓上、樓下盡是人，一老一少進了客棧，就看見堂裡坐著王中道，身邊還圍坐著幾個青年人。

王中道見相思帶著個老者進門，想是有事，便讓旁邊幾個年輕的大夫散了。相思忙上前，介紹道：「王堂主，這是原來沈香會書院的盧院長，特意趕到這裡救疫的。」

盧長安向來喜歡到處義診，五年前穎州府鬧痘瘟，他也曾去過，和溫元蕪一同行過醫，所以王中道也有所耳聞，雖有些自矜，卻掩不住眸中敬服之色，起身一禮。「盧院長來得正是時候！」

盧長安也極為敬佩王中道，兩人甚是投機，說了許久，王中道才想起正事，引著兩人上樓。來到走廊盡頭房間門口，王中道敲門，喚了一聲。「雲卿，歇了嗎？」

屋內傳出窸窸窣窣的聲音，不多時房門開啟，穿著月白夾衫的溫雲卿站在門口，此時已入暑伏，是韶州府最為濕熱的時候，但溫雲卿卻穿著如春秋服裝一般的厚衫。

他見門外還站著相思和盧長安，唇角微微翹起。「我正在寫方子，你們正好幫我看看。」

王中道說出盧長安來意，溫雲卿自然十分欣喜，與他說起今日新發瘧疾病患的脈象和病症，又把墨跡尚未乾透的方箋拿給幾人看，方箋傳到相思手中的時候，她微微一愣。

那箋是寫方劑常用的細紙小箋，上面的字非常端正，但端正之中自有清逸之感，並未如大多數人那般為求工整而與眾同。

相思看了好一會兒，越發讚嘆，又想起自己帳本上那些龍飛鳳舞頗有個人風格的字，略有赧然。

「我聽府衙的差人說，你曾要百姓用幔帳防瘴瘧？」相思正走神兒，忽聽溫雲卿問自己，便抬頭去看他。

他面色有些蒼白，嘴唇泛著病態的嫣紅，似是有些睏倦，輕輕靠在椅背上，只有一雙眼睛溫潤如水，沈寂而安寧。

相思暗暗嘆息一聲「禍害」，捂著自己「撲通、撲通」亂跳的小心肝，強自鎮定心神。「確有此事，但知州老爺和陳太醫並不贊同，我雖自己使了些力氣，總歸沒有大助益。」

溫雲卿似是沒有發現相思的異常，點點頭對盧長安道：「我來韶州府之前，曾翻閱各州州志，也尋出了一個規律……咳咳咳！」

毫無預兆地，他咳嗽起來。

他的身材頎長，肩膀亦很寬闊，和他父親很像，但卻非常瘦削，此時肩膀劇烈地顫抖起來，像是被困在冰雪之下的枯葉蝶，拚命振動翅膀想要掙脫出去。

「白天不讓你去病舍，你非要去，莫不是受了風邪？」王中道忙上前點住他周身幾處大穴。溫雲卿額上沁出細密的汗珠，卻是搖著頭道：「不礙事。」

許久，溫雲卿終於平靜下來，端起杯盞啜了一口，才抬頭看向盧長安和相思，唇角微微翹起。「老毛病了，沒什麼要緊。」

盧長安見他年紀尚輕，這病卻似入了膏肓一般，又因他也曾聽人說起溫雲卿的病，此時便忍不住道：「可否讓我一看？」

王中道的神色略有些複雜，似是在想如何應答，溫雲卿卻微微笑著伸出手來。他的手腕上戴著一個絞絲刻雲紋的銀鐲子，雖不是男子應有之物，戴在他腕上卻不覺有絲毫女氣陰柔之感，只覺得是白銀飾竹。

盧長安把手指輕輕搭在他的手腕上，起初只覺脈浮而無力，再探一會兒臉色卻變了——溫雲卿的脈亂而無序，雜而無形，他從未見過這樣古怪的脈象，有這脈象的人，不可能活到二十歲的年紀。

盧長安收回手，正不知如何說，卻聽溫雲卿溫和道：「我這病，是許多名醫看過都要搖頭的，連我師叔祖都斷言我活不過八歲，盧先生也請不要掛心。」

他說得這般坦蕩豁達，顯然早已預料到會是這樣的結果，所以非但沒有失望，反來寬慰盧長安。

盧長安心中一動，又想起溫元蕪來，不禁心中暗嘆。

「來韶州府前，我看了近百年各州的周志，發現韶州府曾在瑞和元年、瑞和十七年、承天二十四年都鬧過瘴瘧，我又對照這幾年對應的《博物載志》，發現這幾年韶州府雨水尤多。」溫雲卿一邊說著自己的發現，一邊看向盧長安。

盧長安點點頭。「確實不假，但也正應了多瘴氣而瘴瘧發的道理。」

溫雲卿卻搖搖頭，看著眼神晶亮的相思道：「我不知你是從哪裡得到啟發，我細究這幾年的異常之處，在某一周志末段，得知當年蚊蟲多於往年，所以，我大膽推測，瘴氣與體內陽氣雖關係瘧疫生發，但亦可由蚊蟲相染，所以你那防範之法或是可行的。」

這番話一出口，盧長安和王中道都目光灼灼地看向相思，彷彿期待她能與溫雲卿剛才一樣發表一番高深玄妙的言論，誰知相思卻眨了眨眼，小心道：「本是在一本雜書上看來的，都是運氣。」

盧長安是看著相思長大的，見慣了她這賣乖裝拙的本事，搖搖頭並未說什麼，王中道卻有些失望。「戚寒水總提起你聰慧，竟是虛言。」

相思被王中道這話堵得險些吐血，但想著若是自己真發表了什麼高深言論，免不得要再自創些理論圓謊，就如早年她跟戚寒水說起解剖學，戚寒水便要打破砂鍋問到底，有了這層教訓，相思就不肯再「賣弄」自己的「學識」。

見相思不再言語，盧長安思索了一回，又細問溫雲卿《博物載志》所記，溫雲卿一一對答，所答之言十分詳細，便是實際數目，也記得清清楚楚。

心中疑問均得到解答，盧長安撫鬚沈吟。「這般看來，或真如此。」

王中道也點頭。「若盧先生也這麼認為，明日我便將此事報與李知州。」

盧長安也正有此意，兩人一拍即合，便相偕去樓下寫文書，全然忘了相思。

相思看看兩人消失的方向，又看看溫雲卿，有些手足無措。「你要休息了吧？我去找盧院長……」

溫雲卿卻笑著搖搖手。「他們怕是要說一陣子，你在這裡等吧！」

他修長的手指勾起茶壺，沏了一盞茶遞給相思，腕上好看的銀鐲便在她眼前一晃。相思雙手捧著茶碗，盯著他的手腕看了半晌，小聲道：「早幾年我聽說你和一家小姐訂親啦？」

「那家小姐姓薛。」溫雲卿輕輕道。

第四十五章

相思低頭喝茶，覺得茶有些苦，便腹誹忍冬閣小氣，竟不給自家閣主備些好茶葉，卻聽男子溫和的聲音在耳邊響起。「親事是我病重時，母親私自做主訂下的，當時病急亂投醫，想給我沖喜。我本是壽數難長之人，何必牽扯無辜的人與我作伴？所以待我清醒後便退了這門親事，但終究累了薛家小姐的名聲。」

相思自不知道這其中緣故，聽聞此言，便想起當年溫元蕪去世，忍冬閣無主，溫雲卿病重垂死的情形，心中五味雜陳。

溫雲卿見相思原本晶亮的雙眼暗淡下去，雙手捧著茶盞低頭坐著，她本生得嬌小，此時看著更有些稚嫩。溫雲卿心中一動，解下腰間香囊遞給她。「既然需要防避蚊蟲，只靠帳幔怕是不夠；你常在外面走動，這個香囊隨身戴著，蚊蟲便不得近身了。」

掌中的這個香囊半舊，深碧色，上面還帶著男子微涼的體溫，散發出清爽好聞的藥香。香囊正面繡著一片竹葉，背面只繡了兩個字——「明湛」。

溫雲卿見相思發愣，便指著那兩個字道：「明湛是我的表字。這香囊裡裝的藥草只有金川郡才有，防蚊蟲很是管用，等那些藥草送到，我再做一個新的香囊給你。」

相思倒是不在意這香囊的新舊，只是握著帶有溫雲卿體溫的香囊，總覺有些赧然。「香囊給我了，你……怎麼辦啊？」

溫雲卿把桌上的方箋收拾好。「我身上的藥味連人聞了都要躲，何況是蚊蟲？不過是母親非逼著我戴，連這只手鐲也是她去寺廟裡求的，說能驅邪避凶保百歲，我戴著，也不過是圖她心安。」

相思忍不住又盯著那銀鐲看，溫雲卿搖搖頭，輕笑一聲。「戚叔叔常說你機靈，這些天看你在韶州府的行事，他說得原本不錯，但你一直盯著我看，算是怎麼回事？」

相思有些窘迫，忙低頭去喝杯裡的劣質茶水，溫雲卿卻伸手奪過那茶盞倒進花盆裡，從小爐上提了熱水重新沏了一盞茶，放到相思面前。「喝涼茶傷脾胃。」

「那些州志你都看過？」相思端坐著，比往常在啟香堂和沈香堂聽課還要乖巧，想了想，又補充道：「南方六州百年的州志很多的。」

溫雲卿緊了緊身上的衣服，右手高高舉到頭頂。「大概有這麼多。」

「這麼多！」相思驚訝。「那要看多久才能看完啊？」

溫雲卿伸出了一根手指，相思思忖片刻。「一個月？」

溫雲卿搖搖頭，好看的眉眼微彎，相思驚愕地瞪大了眼睛。「難不成是一旬？」

溫雲卿依舊搖搖頭，相思簡直不能相信自己的眼睛。「總不會是一天吧？」

相思的表情實在太過生動，溫雲卿忍不住笑了起來。「並未用上一天。」

此刻，相思的嘴裡能塞下一顆鴨蛋。「那你看過能記住嗎？」

「我看過的東西，從來不忘。」

「你……你好厲害啊！」往日相思不學無術，如今用時詞彙匱乏。

相思正要好好抒發一下自己的敬仰之情，就聽樓下傳來盧長安中氣十足的喊聲。

「下來回家啦！」

相思大窘，攥著手裡的香囊，看了看門口。「我要回鋪裡去了。」

「才下過雨，路上濕滑，慢些趕車。」

相思點點頭，站起身來往外走，到門邊時又躊躇回頭。「謝謝你的香囊，你……也要寬心些，病總是能治好的。」

溫雲卿知相思是想他寬心，便不去糾纏這病到底能不能治好，只點點頭。「我知道。」

他自然知道，這病，是好不了的。

此時已是深夜，街道兩旁的鋪子都關了門，光禿禿的石階顯得有些寂寥。噠噠的馬蹄聲迴盪在街巷裡，夜色深濃。

盧長安忍不住嘆了一口氣，卻一言不發。

想起方才他曾給溫雲卿把脈，相思心意一動，小意問道：「院長，溫閣主的病……可還有救？」

盧長安又嘆了一口氣，又是許久不開口。

「不會真的沒救吧？」相思問。

「他生來心脈便與常人不同，看脈象，已是強弩之末，即便好生將養著，也怕活不過一年；如今來韶州府費心勞力地治瘴瘧，損耗之大更不必說。」盧長安的聲音低沈緩慢，嘆息一聲。「他是我見過心性最沈穩的年輕人，若多些時日，必定大有可為。」

掌中的香囊散發出淡淡的藥香，香囊的邊緣磨得有些發白，香囊原來的主人應用了很長時間。

第二日，盧長安與王中道一起去府衙說了防蚊之事，李知州先是一愣，隨即表情有些尷尬，再然後竟應了這事。於是這日起，大力推廣蚊帳的使用，並在病舍內熏藥草驅蚊。

又過了幾日，金川郡運來防蚊蟲的藥草，做成香囊分發給百姓們。

李知州上次送往防疫司的信件一直沒等到回信，韶州府的形勢又十分急迫，便連寫了五、六封奏摺、文書送到京中去，這下即便沈繼和在京中有人，也瞞不住韶州府的消息了。

現今韶州府周邊能尋的藥材，相思都尋完，再沒可以下手的地方，又因盧長安每日去病舍診病，相思便每日也去病舍幫忙照顧病患。

誰知這日一進門，就聽屋裡亂烘烘的，隱約能聽見是男人刻薄的辱罵聲。

盧長安皺了皺眉，直奔聲音來處去。

這房間本是灶房，後因病患太多，於是搭起幾張木板做床，小小的屋子住了六、七個病人，溫雲卿和王中道也在。那吵嚷不休的是個年輕精瘦的男人，一雙倒吊三角眼惡狠狠地盯著躺在角落閉著眼的婦人。

「她不喝藥就讓她死好了。」精瘦男人因為得了瘧疾而渾身發冷，哆哆嗦嗦地緊了緊身上的棉襖，又指著溫雲卿手中的藥碗。「她不想活命，我還想活呢，這碗藥給我喝吧！」

「你的病不如這位夫人重，所以這碗藥才給她喝。」溫雲卿耐心解釋。

「她不是不喝嗎？這藥不能浪費啊，如今誰不知沈香會的藥沒送到，這藥材矜貴著咧！」那男人雖言語尚且客氣，但眉間眼卻滿是戾氣。

「藥材過幾日就能送到，但這位夫人已經病得很重，必須盡快服藥。」溫雲卿堅持，臉上看不出任何不耐煩。

那男人卻全然沒了耐心，顫顫巍巍的手指指著溫雲卿，森然道：「你痛快把那藥給老子喝了，不然老子有個什麼三長兩短，做鬼也要找你算帳！」

跟在溫雲卿身旁的蕭綏一聽，氣得臉都綠了，正要拔刀嚇唬嚇唬那男人，卻見門口進來個和善可親的少年，少年頰邊掛著酒窩，徑直走向站在中間的男人。

「蕭綏。」

蕭綏轉頭看向溫雲卿，見他目光落在那少年身上，於是不動聲色地往中間挪了兩步，只要男人有動作，他便可以及時阻止。

但那少年卻是湊近男人小聲說了幾句話，那男人先是一愣，接著又十分驚慌，再後來目露悲戚之色。

旁人看了自是好奇，但蕭綏自幼習武，耳力驚人，聽那少年說的是：你這麼說，他以後肯定不給你好好治病，說不定還給你開一副藥吃死你。

蕭綏的額頭有青筋突出來。他們家少爺是何等人物，哪裡會做這等下三濫的事？這少年的心眼太壞了些。

蕭綏正思考要不要出面阻止，卻聽少年又小聲對男人道：「你要是現在好言好語認個錯，說不定他得了面子，這事也就忘了呢！」

生病的人意志本就比健康時要薄弱許多，那男人聽了這話，就如不會泅水的人抓住了浮木，咬了咬牙，對溫雲卿一禮。「是我病得糊塗了，說出這等糊塗話，還請不要見怪！」

溫雲卿雖不知相思說了什麼讓男子忽然改變了主意，卻也想快些打發他，便說了幾句安撫之話，這事且了了。

男人一走，溫雲卿便轉身面向躺在床上的婦人，輕聲道：「夫人，斯人已逝，還請節哀，您如今的病必須要喝藥的。」

哪知那婦人卻彷彿沒聽見他的話一般，依舊緊緊閉著雙眼。

這婦人正是溫雲卿第一日到韶州府，在病舍見到的婦人王氏。王氏與夫君本是青梅竹馬，十六歲成親後，情誼甚篤，後來生了一兒一女，日子過得也和美。本應是平安喜樂的一生，韶州府卻忽然鬧起了瘟疫來，先是小兒子喪了命，接著王氏的夫君也撒手人寰，悲痛之下，王氏便絕了求生的想法，不肯吃飯，不肯喝藥，也要隨他們爺兒倆赴黃泉。

相思也在床邊勸了許久，但王氏一點反應也無，這時她忽想起方才門口差役說的話，來不及解釋，轉身就往門外跑。

過了大概一炷香的時間，相思回來了，懷裡還抱著個梳著羊角辮的女童。

女童一見到屋裡的王氏，就掙扎著從相思懷裡下地，一步一晃地跑到床邊，嘴裡咿咿啞啞地叫。「娘、娘，小春來找娘。」

王氏眼皮一動，緩緩睜開滿是血絲的眼睛，看見了自己的女兒小春。

小春如今不過三歲半，並不十分懂事，爬上床撲進親娘的懷裡撒嬌。「小春想娘了。」

王氏眼淚一下子流了出來，乾瘦的手掌緩緩撫著小春的腦袋瓜，嘴唇動了動，沒發出聲音。

小春在她懷裡蹭了蹭，仰起小臉來，奶聲奶氣地問：「娘，爹爹和哥哥呢？」

這一問，王氏求死的念頭便潰不成軍，多日來積鬱在胸中的痛苦一下子爆發開來，哭了。

小春見自己娘親哭了，忙用小手去擦她臉上的淚。「娘不哭！娘不要哭！」

王氏的淚珠「嘩啦啦」往下掉，小春也急了，所謂母子連心，她也不知為何心裡難受，撲在王氏懷裡「嗚嗚」哭了起來，於是這一對母女，抱頭痛哭。

第四十六章

世間為人母的婦人總會以子女為重，王氏亦未能免俗。

小春讓王氏重新生出求生的意志，她開始喝藥，接受醫治。

暫時處理完屋內幾個病人，溫雲卿腳步有些虛浮，扶著門框喘息，待他稍稍平靜些，便聽見門外傳來小春的笑聲。

「哇哇哇！你好厲害啊！教教小春好不好？」

溫雲卿眉頭微挑，好看的眼睛透出一絲笑意，又站立半晌，才緩步出門。門外牆邊，有一棵大柳樹，柳條上交互生著深綠的柳葉，遮住了樹下一丈之地。

此時樹下坐著一大一小兩個人，小的自然是雨過天晴的小春，大的是神色驕傲的相思。

她面前地上擺著六、七顆光滑的石子，她高高拋起一顆，靈巧的手飛快在地上掠過，然後伸手接住方才拋出的石子，手掌伸開，瑩白的掌心便靜靜躺著兩顆小石子。

小春開心地拍起手來，顯然已忘了方才的傷心，喊道：「好厲害！好厲害！」

多年以前，相思靠著這本事，在啟香堂裡大殺四方，如今又靠這本事擄獲了小春這個頭號粉絲，心中難免得意，對小春眨眨眼。「我還有更厲害的呢！來瞧一瞧、看一看，過了這村沒這店！」

她一邊說著，一邊把手中兩顆石子同時拋向空中，石子一脫手，那隻手便風一般從地上掃過，把那五顆石子盡數收入掌中，然後就要去接空中那兩顆。

相思本是聚精會神地給小春表演自己的絕活，根本沒注意到周遭環境，抬頭尋找石子的目光居然發現有個白色的身影站在小春後面，相思一驚，手上就失了準頭，將將接住一顆石子，另一顆卻被一隻修長蒼白的手收入掌中。

此時相思就像街上算命糊弄錢的神棍遇上官兵，覺得自己用這上不了檯面的手段糊弄小娃娃，實在有些羞恥。

溫雲卿卻似沒有發現她的窘迫，溫和一笑，竟也在旁邊找了塊石頭坐下，手掌在相思面前打開，掌心躺著一顆圓潤的白石。「你再玩一遍，我也看看。」

相思臉皮發紅。方才不過是在三、四歲的小春面前耍弄，心態輕鬆，如今旁邊坐著溫雲卿，便是另外一種情形了。

「不要了？」溫雲卿的手掌依舊伸在相思面前，白石一動不動。

相思小心翼翼撿起那顆石子，儘量不去觸碰溫雲卿的手掌，卻還是隔空感覺到掌心散發出的溫度。

「不……不過是小伎倆，糊弄小春玩的。」相思小聲道，把那幾顆石子收入手中握緊，不想在溫雲卿面前出醜。

溫雲卿以手支頷，小春也湊到他身邊擺出同樣的動作，一大一小兩人瞪著四隻眼盯著相思。「我從來沒見過玩小石子，你露一手給我看看吧！」

溫雲卿嘴角微微翹起，眼中滿是笑意和誠懇之意。相思覺得自己正騎著一頭老虎，正思忖該怎麼下，哪知小春竟也拍著小手，奶聲奶氣地喊。「露一手！露一手給我們看看嘛！」

「就是，露一手給我們看看嘛！」溫雲卿也不知是吃錯了什麼藥，學著小春的口氣喊。

小春轉頭看向溫雲卿，清澈的眼裡滿是驚喜，接著又看向相思，央著道：「你再耍一手給我們看看嘛，你最好了！」

溫雲卿眼中笑意更盛，相思只覺得自己的臉皮都要燒起來，生怕溫雲卿再學小春，說出「你最好了」之類的話，忙點頭如搗蒜。「好好好！你們好好看著！」

小春順心，樂得小屁股在石頭上一顛一顛的，拍著小手歡呼。

而溫雲卿今日的確是沒喝藥的……昔日別人眼中沈穩出塵的溫閣主，醫濟天下的溫神醫，此刻也學著那小女童的樣子，拍手歡呼。

然而他只拍了幾下手，便被自己這幼稚的行為逗得樂不可支，彎腰搖手，許久才平靜下來，抬頭就見到憋笑憋到臉紅脖子粗的相思，於是再也忍不住，十分失態地開懷大笑起來。

這笑聲引來了王中道，他站在門口看著樹下三人，微微發怔。

雲卿他在笑啊！他每日都在笑，微笑、淺笑，又或許只是在眼中微微透出些笑意，但那些笑與現在的笑一點都不同。

他現在笑著，只是因為覺得好笑，情不自禁要笑，而不是為了安撫別人，或者為了掩飾自己的不適。

年輕的男子閒適地坐在樹下大石上，眼睛微微彎著，裡面除了笑意什麼也沒有，他笑了又笑，終是用手覆住雙眼，肩膀微微顫動，許久，才放開手掌，水亮的眸子看向相思，唇角又忍不住溢出一抹笑。「我失態了。」

相思發傻，吶吶地看著溫雲卿燦然的眸子，只覺心肝一抖，慌忙低頭把手中石子鋪在地上，再不敢抬頭。

抛起石子，抓起石子，接住石子，相思的動作非常靈活，看得小春又開心地拍起手來。

「我試試。」溫雲卿輕聲道，然後從相思手中接過幾顆石子，學著相思方才的動作，抛、抓、接，石子穩穩落在他的手裡。

小春叫了一聲好，溫雲卿對她眨了眨眼睛，又看向相思，也是眨了眨眼睛。

相思想，她的臉皮此刻一定紅得跟猴屁股一般——這男色，害人啊！

溫雲卿又玩了幾把，小春連聲叫好，而站在門口的王中道，那雙閱盡滄桑的眼裡浮出一點微光，隨後這一點微光消散開來。

他走到那棵樹旁邊，輕輕咳嗽了一聲，樹下三人便都抬頭看向他。

他正了正臉色，又咳嗽一聲，平淡道：「已是正午，我尚有事要忙，煩你帶雲卿去城內用些飯食吧！」

這個「你」指的自然不是小春。

這幾日相思常來病舍幫忙，與忍冬閣眾人也漸漸相熟起來，王中道更是拿出了長輩的身分，時常吩咐相思做一些事，但「陪飯」這活兒卻是第一次接。

相思看了看溫雲卿，有些愁苦，貼心問道：「溫閣主喜歡吃什麼？」

「都可以。」

這回答實在太隨便，也是相思最怕聽到的回答，但也只能認命。喚來馬車，率先爬了上去，然後回身想抱小春上來，哪知小春也是個見色忘義的，竟抱住溫雲卿的手臂，絲毫不理會相思伸出來的雙手。

溫雲卿笑了笑，彎腰抱起小春。「我抱她吧！」

相思只得往後退了退，溫雲卿便抱著小春鑽進了馬車。

這馬車原是相思出門常用的，裡面並未鋪長凳，而是用整塊木板搭了個較為寬敞的位置，只在進門的地方留出一塊空地放腳。

溫雲卿將小春放在車裡，正要與相思說話，小春晶晶發亮的眼眸卻盯著他看了一會兒，然後一蹭一蹭地鑽進他的懷裡，抬著小臉盯著溫雲卿看，見他只微微笑著，便安心窩在他懷裡不肯離開了。

相思覺得好氣又好笑。「長得好看就是招人喜歡啊！」

小春聽了，面露羞澀。

馬車進城，相思先尋到了小春的嬸子家，把小春送回去，這才讓車伕去長寧街。馬車在長寧街一家食肆門口停了下來，這食肆並不大，兩人下車，相思便要往裡走，溫雲卿卻看了看食肆的門匾。「和味居？」

相思點了點頭，拉著他的袖子就往裡走，一邊走還一邊嚷。「現在在飯點上，不知道裡面還有沒有位置？」

一進大堂，果真見堂內坐滿了人，交談聲，招呼聲，有些嘈雜，相思不好意思地看了溫雲卿一眼。「要是沒有雅間，我們就換一家。」

溫雲卿鮮少在外面用飯，方才看見眼前少年靈活地穿梭於擁擠的大堂內，知她定然常在這樣的地方行走，所以如今聽她這麼說，便搖搖頭，笑著道：「吃飯就要熱鬧些，不用換地方。」

兩人正說著，有個伙計看見了相思，忙揮著手讓他們過去，於是相思又拉著溫雲卿在人堆裡擠，她儘量隔開溫雲卿與周遭的人，但人實在是太多了。

溫雲卿忽然拍了拍她的肩膀，笑著安撫。「不礙事的。」

相思這才驚覺，自己實在是太小心了。

好不容易，兩人終於擠到那伙計面前，那伙計一面用搭在脖子上的白巾擦額上的汗珠，一面招呼兩人往後面走，邊走邊道：「一到中午，店裡就要忙瘋了，老闆娘說或許你這幾日要來，讓我留著後堂小間。」

相思心中一鬆，謝道：「多虧老闆娘和你惦記著，不然我來了還真沒位置呢！」

食肆生意好，伙計心情自然也爽利，加上又與相思相熟，說話便沒個忌諱，看了溫雲卿一眼，湊近相思問道：「城外病舍這幾日怎麼樣了？」

相思自然不能照實說，小心措辭一番，回道：「現今沒什麼可怕的，瘴癘也不是什麼難治的病。」

那伙計聽了，不知是否信了，只點點頭，聲音越發小心了。「沈香會的藥材還沒送到嗎？」

相思有些頭疼，只點點頭，沒說話。

這伙計的猜測得到了證實，便不再刨根問底，引著兩人到了後堂小間裡。這小間確實小，只放得下一張圓桌，但屋內乾淨清爽，大堂的嘈雜聲也被阻隔在外。

相思十分熟練地點了幾道菜，那伙計便出門催菜去了。

相思起身推開窗戶，立刻有清風吹拂進來，而窗外院中那棵花樹，也落入兩人眼中。

相思笑了笑，指著那花樹道：「每年這個時候，是這棵花樹開得最好的時候。」花是淺碧色的，繁盛如星，清風一過，樹枝微微顫抖，淺碧色的花瓣打著旋兒飄進屋裡。

「你以前常來韶州府？」

相思點點頭。「家裡在韶州府有幾家藥鋪，時常需要來打點。」

「前幾年，顧長亭在忍冬閣學習醫道，也曾提起你幼時便來韶州府收龜甲。」溫雲卿淡淡言道。

聽他提起顧長亭，相思神色柔和了一些。「那時爺爺想讓我們幾個兄弟歷練歷練，便派給我們這樣一個差事。顧長亭與我們是一起長大的，他離開雲州府的時候，我們幾個以為一年半載就能再見，哪知這一走就是五年。」

「他在忍冬閣很用功，資質也很好，現在太醫院也得到重用。」溫雲卿想了想，又道：「今年年底，他應能告假回來。」

「真的？」相思眼睛一亮。

「真的。」

「我就說你這幾日應該能來！」屋外忽然傳來一個女子清亮的聲音。

第四十七章

相思忍不住笑了起來，起身迎上推門進來的婦人。「熊嫂子，妳手藝這般好，我才總想來叨擾。」

門口站著的婦人年近三十，生了一張鵝蛋臉，兩彎細眉柳葉一般，但一雙眼卻含著婦人少有的乾淨爽利。她看向坐在窗邊的年輕男子，眉毛微微一挑。「有客人？」

相思忙道：「這是忍冬閣的溫閣主。」

婦人神色一動，福身一禮。「原來是溫閣主，我替韶州府的百姓謝謝你。」

溫雲卿起身回禮，婦人再一禮，才與相思道：「熊哥前幾日去雲州府了，今日應能回來。」

這婦人正是熊新的老婆，原是個寡婦，性子極爽利，熊新惦記了好幾年，三年前終於在相思和崔錦城的鼓勵下，捧出一顆熱切的愛慕之心，抱回了一個美人。

熊嫂子對瘴瘧的情形也十分關心，問了相思幾句。這時方才招呼相思兩人的伙計端著大木盤進屋，盤上有兩盤菜、一盤糟雞、一盤八寶豆腐，配了兩碗瑩白的米飯，熊嫂子便不再打擾，關上門離開。

不多時，伙計又端了一菜一湯上來，菜是尋常時下小菜，湯是酸蘿蔔老鴨湯，相思盛了一碗湯遞給溫雲卿。「這酸蘿蔔是熊嫂子自己醃的，味道極好，來這食肆吃飯的食客，多半是衝著這酸蘿蔔來的。」

這湯色清亮，鴨肉燉得也酥爛，散發出酸鮮之味。本沒什麼食慾的溫雲卿，此刻聞了這湯味竟食指大動，端起碗輕啜了一口，驚訝地抬頭看向相思。「蘿蔔還能做出這樣的味道？」

北方氣候寒冷，蘿蔔的吃法不過是曬成蘿蔔乾，或者醃製成鹹蘿蔔；氣候溫暖的韶州府則不同，是把蘿蔔浸在淡鹽水中，用黃泥封了罈子，待過了十天半個月，蘿蔔發酵變酸，別有一番奇妙的滋味。

相思一樂，有一種找到同好的微妙情緒。「韶州府百姓喜食酸味，不管什麼菜，都想做成酸的。」

就著糟雞小菜，喝著酸蘿蔔老鴨湯，溫雲卿吃了一整碗飯，這是平日少有的，若是王中道看到此景，只怕下巴都要掉下來。

兩人吃得很慢，但很慢也總會吃完。

相思摸了摸飽脹的胃，舒服地嘆息一聲，正要說話，門外卻傳來一個腳步聲。這腳步聲很有特點，一重一輕，一重一輕，那人推門進來，相思也未回身，便道：「方才嫂子還說你今日回來，說來你就來了。」

熊新對溫雲卿點了點頭，也不用相思請，自己在桌邊坐下，從懷裡掏出一封信。「魏老太爺讓我給你帶封信。」

相思神色一凝，用帕子擦了擦手，接過信打開，越看神色越凝重。

看完信，她抬頭驚訝問熊新。「沈香會現在還不肯送藥材來韶州府嗎？」

熊新點點頭，面色頗為凝重。「我在雲州府時一直留心打探，但沈香會目前並沒有任何救疫的打算。」

相思的眉頭皺了起來。「這不正常啊，不對勁，不對勁！」

她忽然站起身，在屋裡來回踱步，她心裡隱隱有不好的預感。即便沈繼和膽子再大，也不應該如此無法無天，若韶州府的瘟疫大範圍蔓延開，沈繼和還有法子能瞞天過海？

溫雲卿也知這其中有異，思忖片刻，道：「李知州的信幾日前應已送到京中，按照如今韶州府的形勢來看，已不是防疫司可獨斷的，這幾日恐怕朝廷就要派撫災官員來韶州府，到時情況會明朗些。」

相思想了半晌也尋不出合理的理由，強自鎮定心神坐下。「那沈香會這治疫不力的罪責是否也會處置？」

溫雲卿想了想，搖頭道：「即便沈香會治疫不力，也要等到朝廷細查其中緣由後才能定奪，大抵是要等到瘴瘧平息後了。」

「吃完飯了嗎？」這時門外傳來熊嫂子清亮的聲音。

熊新和相思對視一眼，才收斂了臉上凝重的神色，熊嫂子便端著個食盤進屋。她看了自己相公一眼，眸色極為柔和，然後把食盤放在桌上。食盤裡有三碗琥珀色的湯，她端了一碗遞給相思，笑道：「我知道你最喜歡吃甜的，等你來了現做的，你嚐嚐看。」

相思謝過，輕啜了一口，驚喜地看向熊嫂子。「這味道似乎比上次喝的還要好？」

熊嫂子掩唇一笑。「我放了些刺槐蜜，合你胃口就好。」

「合胃口、合胃口，嫂子做什麼都好吃！」相思拍馬屁的功夫自是一流。

「我不知溫閣主的口味，但猜應是喜食清淡，所以你這碗並不十分甜。」熊嫂子說完，把白瓷小碗放到溫雲卿面前，溫雲卿溫和有禮地謝過，才低頭去吃那甜湯。

他向來極少食甜，但這甜湯卻有一股淡淡的果香味，是用了心思做的。

見兩人都吃了起來，熊嫂子才把最後一碗端給自家相公，哪知熊新皺了皺眉頭。「我不喜歡吃這些湯湯水水……」

他的話還沒說完，就被湯碗堵住了嘴。只見熊嫂子一手按住他的後腦勺，一手端著小碗塞進他的嘴裡，嗔怒道：「我費盡心思熬的，你不喝，今晚就別上床了！」

聽得「上床」兩字，熊新被日頭曬得黝黑的臉透出絲絲紅暈，他用眼角餘光去看正捧碗喝湯的兩人，對自家婆娘擠了擠眼睛，那意思分明是說：有外人在啊！

熊嫂子也看了看低頭認真喝湯的兩人，下巴指了指湯碗，熊新認輸，「咕嚕、咕嚕」兩大口，就把那小碗裡的湯水盡數喝入腹中。

心知眼前這對夫婦小別重逢，相思生怕自己在這礙著人家辦事，便快速拉著溫雲卿告辭了。

馬車行在青石路上，融入街巷嘈雜的人聲裡，相思摸了摸溫暖的胃。「你吃飽沒？」

「味道真的很不錯。」

相思滿足地嘆息一聲。「美食最能填補人生的空虛！」

溫雲卿笑了笑，沒說話。

相思忽想起魏老太爺的那封信，幾絲陰影漸漸浮上心頭，想了半晌，終是開口問：「你覺得為什麼沈香會會如此放肆？」

雲州府，從來都是藥商集結的繁華之所，此刻並未因韶州府的瘴瘧而有所改變。

沈香會裡，沈繼和坐在太師椅上，面前桌案上擺著十幾本防疫司發來的緊急文書，他的手指輕輕點著椅子扶手，垂著眼不知在想什麼。

「老爺，京裡來信了。」管家的聲音在門外響起。

「進來。」

在府中多年的老管家輕手輕腳地進屋，來到沈繼和面前時，才從袖中抽出一封被火漆封著的信。

這信封上一個字也沒有，只在信封口處有一麒麟印記。沈繼和有些急躁，快速把信封拆開，拿出裡面的信紙展開，只見信上寫了兩行字：

斷絕韶州藥路半月，等消息。

瑞

沈繼和愣愣坐回椅上，似是有些疲憊頹然。

「老爺，還不給韶州送藥嗎？防疫司已經催了許多遍。」老管家仔細觀察著沈繼和的臉色，有些擔憂。

沈繼和又看了一遍信，然後拿到燭火上燒掉，盯著面前的防疫司文書許久，似是下了決心。「既然決定好要上哪條船，就要全力保證這條船能順利靠岸。防疫司，就讓他們催去吧！」

老管家斂了神色，沒再言語，躬身退了出去。

事情果如溫雲卿所料，過了兩日，朝廷的文書送到韶州府來，只說了兩件事：一是朝廷對此次瘴瘧很重視，已派發了銀子和藥材，不日就能到；第二說的是，與銀子和藥材一起到的，還有一名朝廷的撫災官員。

於是李知州天天蹲在城門口等，盼著銀子和藥材能早日來救命。誰知過了六、七日，竟連根毛都沒見到，李知州愁得飯吃不下，覺也睡不著，原本肥碩的身子瘦了一圈。

只這六、七日，瘴瘧越發地不受控制了。先前雖有相思的「蚊帳」，也有溫雲卿的「草本防蚊」，但終歸是效用有限，而相思之前搜羅來的藥材也早已告罄。

韶州府，要亂套了！

民亂多生大疫之時，這幾日病舍裡的病患們已有諸多怨言，今日更有幾個鬧事的；若再過幾日，生起民亂來，只怕憑藉府衙裡那百來個士兵，根本不頂用。

相思愁得臉都皺成了苦瓜，想了幾日，總算想出個或許可行的法子，於是直奔連升客棧去了。

這些日子，忍冬閣眾人分成兩批，一批白天駐守在病舍裡，另一批晚上守病舍，入了夜，堂裡卻還有幾位年輕的大夫在激烈爭論如何快速治療瘴瘧。相思沒在人群裡尋到王中道，只得先上樓。

走廊盡頭的燈還亮著，相思在廊上躊躇了半晌才去敲門。

房門打開，絕世出塵的男子站在屋內，此時他只穿著中衣，平日用玉冠束起的頭髮已散開，面上雖有倦意，卻眼中含笑。「你這個時候來，肯定有事。」

相思雖然這些年在雄性堆裡打滾，但不過是和些像唐玉川這類讓人無法生出遐想的「摯友」，如今看著眼前的男子，相思愣住了，準確來說，是她覺得心裡有頭小鹿在亂撞。

「你……你歇息吧，我明天再來。」

溫雲卿輕笑一聲，側了側身。「進來吧！」

然後相思的腳就像踩了一條魚，不聽話地滑進了屋裡。

溫雲卿從小爐上提起銅壺，給相思倒了一杯溫水。「夜裡少喝些茶。」

然後，溫雲卿端起桌上一碗濃黑的藥汁，緩慢地喝了起來，於是屋裡瀰漫著苦澀的氣味。喝完藥，他用溫水漱了漱口，這才抬頭。「你有什麼事要和我說？」

「確實有一件事讓我想了好幾日。」相思放下手中的茶杯，斟酌一下，道：「病舍裡的百姓越來越焦躁了，我怕再過幾日他們要鬧起來。」

溫雲卿專注地盯著她。「這的確很棘手。現在韶州府內沒有軍隊，若患病百姓大鬧起來，韶州府必亂。」

「所以我想了一個好法子！」

溫雲卿微微挑眉，示意相思繼續說。

也不知怎地，相思只覺得一陣暈眩，心中還罵自己犯花癡，哪知下一刻眼前一黑，人事不知。

第四十八章

下一刻，相思落進一個帶著藥香的臂彎裡，她的頭歪向溫雲卿的方向，雙眼緊閉，似是有些難受。

「相思醒醒。」溫雲卿輕喚了兩聲，並沒得到回覆，忙把她平放在床上。只是這一連串的動作有些費力，他胸腹之間有些憋悶，但此刻竟強忍著不肯發作，手指落在相思的腕上一探，心下稍安。

相思嘟囔了幾句，眉頭蹙了起來。

溫雲卿清亮的眼眸盯著她看了半晌，忽幽幽嘆了口氣。「也是難為你了。」

說完這話，溫雲卿起身從架子上拿出一個小瓷瓶，又從小瓷瓶裡倒出一顆褐色藥丸用水化開，拿小勺一點一點餵相思喝下。這番動作做完，溫雲卿再也忍不住胸腹之間的不適，掩唇低聲咳了起來。

這幾聲咳嗽被憋得太久了，此時一發動，竟震得胸口發疼。溫雲卿握住床沿的手微微泛白，身子一顫一顫的，許久，終於漸漸止住了咳嗽，他拿開手，袖上竟染上點點梅花般的血漬。

他一愣，隨即胸中翻滾得越發厲害，猛然又咳出一口血。

相思呢喃了一聲，似是要清醒過來。溫雲卿撐著床沿勉力站起身，快步走到錦屏後面，扶著牆，他緩緩滑坐在地，不斷有暗紅色的鮮血從嘴角溢出來，彷彿他就是一個裝滿血的袋子。

相思覺得自己睡了很長時間，睜開眼，卻是身在陌生的房間，微微一愣，隨即想起昏倒之前的事，忙想坐起來，誰知肩膀卻被一雙骨節分明的手按住。

順著這隻手往上看，看到一雙明亮如星的眼。

「你才清醒，先緩一緩，不急著起身。」

相思眨了眨眼，想起方才之事，心肝一抖，顫顫巍巍問：「溫閣主……我是不是得重病要死了？」

相思是最怕死的，此刻卻偏做出大義凜然的樣子。「你直接告訴我，我能挺住。」

溫雲卿一怔，隨即笑彎了腰。「你腦袋裡到底裝了多少古怪的想法？」

此時相思尚有些頭昏腦脹，難受地哼了一聲。「我方才只覺得眼前一黑，到底是怎麼了？」

「韶州府入暑之後，天氣濕熱，你這半個月未曾好好休息，身子疲乏而已，吃些清瘟丹就好。」此時溫雲卿已換上一身嶄新的衣衫，頭髮也已束好。

相思鬆了口氣，坐起身緩了一緩，想起之前兩人的談話，便道：「方才咱們談起民亂，我想了一個法子，不知是否可行，所以想說給你聽聽。」

「你慢慢說。」溫雲卿坐在床前的椅子上，眉目間略有倦意，但精神尚好。

「現在病舍裡的病人心中有怨憤，這怨憤主要源於沒有藥吃。現在朝廷雖然派了撫災官員，防疫司也勒令沈香會共同救疫，但不知何時藥材才能送到韶州府？若藥材送到之前民亂已起，只怕南方六州都會不太平，所以我想，」相思眼睛一亮，抬頭看向溫雲卿。「我想，不如用一些無害強體的藥材熬成湯汁，分發給病舍裡的病人喝，或許能暫時穩住民心。」

這話一出，溫雲卿又是一愣，隨即溫潤的眸子也亮了起來。「這倒是一個極好的法子，只是要讓整個韶州府都相信藥材確實送到了，免不得要演一場大戲。」

「戲本我都想好了！」相思此時已緩過來，起身下床來到桌前，提筆在紙上寫寫畫畫，又手舞足蹈地比劃了一番，溫雲卿也聽明白了其中細節，於是此事敲定。

等相思說完望向窗外時，只見夜色黑濃，才知夜已深了，略有些苦惱地看向溫雲卿。

「打擾太久了……我回去了。」

「我送你回去。」溫雲卿說完便率先出門，然後回頭看著她問：「不走嗎？」

相思拒絕的話說不出口，跟著下樓上了馬車。

一路無話，相思在鋪前謝過，便進了鋪子。

「王叔，回客棧吧！」

車伕應了一聲，鞭子輓了一個花抽在馬臀上，馬車緩緩駛離，那車伕才嘆了口氣。「這麼晚了，何必親自來送這一趟？轉頭你病了，王堂主又要怪罪我。」

雖是夏日，但夜裡亦有些涼風，溫雲卿掩唇輕咳了兩聲。「那就莫要讓他知曉了。」

第二日，正午，二十餘輛馬車駛入城中，馬車上掛著魏家的牌子，停在魏家藥鋪門口。伙計們風風火火地搬藥材，一邊搬還一邊吆喝著，整條街的人都看得真切。

卻不知這些伙計前夜才偷偷把鋪裡藥材裝車運出城，今天又搬進鋪裡，費了好大力氣。

這消息很快在韶州府傳開，當日病舍便人人有藥喝，人心倒是大安了。

相思把這些藥材都送到病舍安置好後，有些疲乏，卻也在病舍裡幫了一陣子忙，傍晚才準備回鋪裡去，出門一看，自家馬車竟不在，而是一輛玄色馬車在自己面前停了下來。

「我送你回去。」車簾掀開，溫雲卿聲音略有些沙啞，眉間也有疲憊之色。

因確實晚了，相思便沒推辭，一提袍角，躍上馬車，與溫雲卿面對面坐著。

車簾放下，裡面便沒有亮光，只能透過窗子映進來的微光，看見溫雲卿的剪影。

「今晨我收到了京中來信。」黑暗中，溫雲卿忽然低聲開口。

相思聞言一驚，思及韶州瘴瘧之災，沈香會的異常和遲遲不來的撫災官員，心中越發惶然，小心開口問道：「是有人……要韶州府大亂嗎？」

沈默，漫長的沈默，然後男子輕輕咳嗽了一聲。

「你聽說過瑞親王嗎？」

相思心中慘嚎一聲，暗罵了幾聲「怕什麼來什麼」、「真會挑時候造反」、「安心當王爺不成嗎」之類的話後，強自鎮定心神，嚥了口唾沫，尚帶了一絲僥倖，問道：「瑞親王應該……可能……大概……不會造……造反的吧？」

然後又是長久的沈默，相思的心提到了嗓子眼。

「國家藥事一直是瑞親王管著的，治疫不力若糾察下來必是大罪，而沈香會卻遲遲不肯行動，瑞親王的意圖很明顯。」

相思默默無語問蒼天，許久才消化了這消息，卻忽然想起一個關節來。「謀反，是需要軍隊的吧？」

「目前還不明朗，但極有可能是京城附近的軍隊。」

溫雲卿的親娘是當今皇帝的親妹妹，也就是說，皇帝是他親大舅，相思實在是壓抑不住內心的焦慮，追問道：「那皇上應該也發覺了吧？接下來會有什麼措施？」

「也只是發覺，並沒有確鑿的證據，所以昨日已發了詔書去各州，這兩個月凡是運往韶州府的藥材，不須通關牒文，今晨各州應已收到；至於京中，已調回了一支可信的軍隊駐守宮外。」溫雲卿聲音沙啞，但這聲音在黑暗的車廂裡分外清楚明晰。

「往韶州府運藥不需要經過沈香會了！」相思一喜。前些日子她去籌藥尚且需要李知州的手書，如果現在連手書都免了，往韶州府運藥就方便許多。

溫雲卿正要回答，馬車卻猛地停住了，相思沒防備，一聲驚呼便要撞到車壁上，誰知卻被一雙溫和有力的手抓住。

「沒事吧？」

相思搖搖頭，又想到此時車裡一片漆黑，溫雲卿應是看不見的，於是忙答道：「沒事、沒事！」

溫雲卿轉頭問：「王叔怎麼了？」

那車伕也是驚嚇未定，說話也有些不索利。「忽然有一輛馬車衝出來……馬驚了。」

相思掀開車簾，果見前方一輛裝著貨物的馬車狂奔而去，正要坐回車裡，忽然又聽見後面傳來車輪滾滾之聲，然後一輛馬車、兩輛馬車……四十餘輛馬車飛快奔過。

相思有些傻了，不知這些馬車是從哪裡冒出來的？這時一輛黃花梨木馬車飛快從旁掠過，墨綠綢簾在她眼前一晃而過。

「唐玉川！」相思大喊一聲。

這一聲喊簡直就像定身咒一般靈驗，車伕「籲」地一聲停住馬車，馬車上跳下一個少年，這少年生得唇紅齒白，直往相思這邊跑過來，一把狠狠拍在她的肩膀上，大喊。「我的天啊！你沒事吧？韶州府亂成一鍋粥了啊！我們都要擔心死了！」

他話音一落，馬車裡又跳下來兩個少年，相蘭皺著臉揉額頭，顯然方才停車太急出了「事故」，相慶則是滿臉喜色。

「我們在雲州府聽說這瘴瘧鬧大了，都要嚇死了！」相蘭擔心道。

相慶也點點頭。「可不是，大伯好多日前就要過來，但爺爺讓大伯去籌藥，不然早來韶州府了。」

相思這一月餘過得提心弔膽，如今見到這幫伙伴，心中竟忽然安定下來，連方才聽到瑞親王要謀反的事，此時也沒那般可怕了。

「那麼多輛馬車……」

相思的話才說到一半，唐玉川便接過話頭。「都是治瘴瘧用的藥材，是雲州府的藥商一起籌的，只是沈香會一直不給批牒文，所以沒能送過來；今早府衙貼了告示出來，幾家藥商一商量，當下就封車啟程，中間一刻也沒休息，才能在這時候送到。」

「從雲州府過來怎麼也要三天路程啊！你們怎麼一天就到了？」相思驚訝不已。

相蘭指了指正從旁邊經過的一輛馬車。「每輛馬車都沒裝滿，車輕自然就快。」

這批藥的到來無異於雪中送炭，相思只覺渾身暖洋洋的，這時唐玉川也發現車廂裡還有一人，「咦」了一聲，看向相思。「這位是誰呀？」

相思忙往旁邊讓讓。「這位是忍冬閣的溫閣主。」

唐玉川嘴張得老大。「啊？」

相思賞了他一記爆栗，怒喝。「啊什麼啊？」

唐玉川也覺得自己失禮，不倫不類地拱手一禮。

溫雲卿回禮，溫和道：「六州的藥商能做到這樣，真是值得欽佩。」

「都是分內的事。」唐玉川客氣道，然後十分自然地上了馬車。相慶、相蘭對視一眼，也上了馬車，於是馬車裡有些擠，車伕有些氣苦，駿馬有些命苦。

馬車裡，唐玉川似有很多話要說，但是看看溫雲卿，又說不出口，只得和相思做親切急迫的眼神交流，但顯然相思此時並不想理會，只和相慶、相蘭說起這一個月的境況。

說了半晌，相思忽然想起一事，不可思議地看向唐玉川。「你家三代單傳，唐老爺怎麼可能放你來韶州？」

唐玉川把胸膛一挺，正要開講，相蘭卻冷冷道：「唐老爺出門了，他從後院鑽狗洞出來，又哭著求他家車伕，才出來的。」

「我才沒鑽狗洞！」唐玉川氣紅了臉，怒道。

相蘭擺擺手，似是並不在意他說什麼，又對相思道：「我們倆也是偷跑出來的，回到鋪裡你寫封信回家報個平安，別讓他們著急。」

相思一臉吃了土的表情，訕訕道：「你們……你們能不能可靠點……」

到了藥鋪，四人下車，相思謝過溫雲卿，四人便進了鋪子。一見溫雲卿走了，唐玉川再也憋不住。「他就是那個八歲就病得要死了，現在也沒死的溫雲卿啊？」

相思面無表情地點點頭，唐玉川越發地不解。「看起來也沒病得很厲害嘛！」

第四十九章

三日後，朝廷派來的撫災官員終於到了韶州府。這官員名叫馮常，是如今的吏部尚書，可卻好大的派頭，人來韶州府後，並不急著救命治災，連運來的藥物也存在庫房中不肯發放，李知州去求見幾次，馮尚書都稱病不見，於是韶州府眾人迎來了最大的難題。

城外病舍裡，人進人出，各個腳步急促，相思端著一個大木盤，盤上放著六碗藥，努力平穩身子往屋裡走，才進屋就迎上正往外跑的唐玉川，他一側身讓出路來，胸口起伏了幾下，急道：「忙死了、忙死了！這麼多病人怎麼辦？」

相思腦袋有些疼，瞪了他一眼。「快幹活唄，你在這喊就不忙了？」

唐玉川抱怨了一句，腳底抹油地又往煎藥那屋奔去。

他們三人昨晚才到，今天一早就被相思拉到病舍來，各個身上都掛上驅蚊防疫的藥草袋子。起初唐玉川和相蘭聞到那味道還有些嫌棄，但一聽是防瘴瘧的，都扯了三、四個掛在腰上。

中午，這間病舍的藥才算都分發下去，相思有些懷念以前有膠囊和藥錠的時光。既不用煎藥，也不用像中藥材這般費心儲存與運輸，若是日後有空，她倒想試試能不能做些藥錠，肯定能省去許多麻煩。

她正在這邊胡思亂想，就看見瘦了一圈的李知州愁眉苦臉地進了院裡。他才從馮尚書處回來，依舊沒見到尚書大人，心中的焦躁轉為失落。作為韶州的父母官，他十餘年兢兢業業，清清白白，也不圖官做得再大些，只求這韶州府無災無難，他落得些好官聲就罷了，誰知偏遇上這遭劫難。

「馮尚書還病著呢？」相思看著喪氣坐在旁邊的李知州，試探問道。

李知州沒說話，答案已經很明顯了。這時溫雲卿和王中道也從屋裡走出來，見李知州又是這副神情，便知道今兒又碰了壁，溫雲卿垂眸思索片刻，喚了相思幾人進屋裡去。

相慶、相蘭不明所以，唐玉川卻有些好奇，溫雲卿關上門，目光灼灼看向相思。「韶州府形勢不好，只怕變數就在旦夕之間，你們幾人要盡快離開韶州府。」

相思面色一變，嚇得不輕。

「什麼變數？藥材不都送到了嗎？」唐玉川一臉納悶。

相蘭也問：「熬過這一個月就入秋了，只要堅持到那時，這瘟疫也就控制住了，哪裡有什麼旦夕變數啊？」

相思對溫雲卿微微搖頭，溫雲卿會意，神色平緩許多，道：「馮尚書遲遲不肯見李知州，我想是有問責的意思，你們幾個留在這裡只不過幫些忙，不如繼續回雲州府籌藥，免得在這裡被牽累。」

相思在唐玉川等人面前不能挑明問，只得應承這事，等晚間無人在旁時再詳問。

四人走後，溫雲卿沈思半晌，伏在案桌上寫了一封信，封好後叫來蕭綏。「你現在立刻啟程去洮關把信交給左成將軍，一定要親自交到他手上。」

蕭綏一愣。他本是御前侍衛，在年輕一輩裡十分受倚重，本來前途光明，但溫元蕪去世後，皇上不放心這個多病多災的外甥，便把他派到溫雲卿身邊，偏偏溫雲卿沒遇過什麼危險，把他這把殺人刀都憋得快生出鏽來。

如今韶州府的形勢他也察覺不對，加上此時溫雲卿提起鎮守洮關的左成大將軍，事情就越發複雜了。「此時我不能離開。若韶州府形勢有變，我尚能護你周全。」

溫雲卿卻搖搖頭。「你這封信若能順利送到，我自然就能安全。」

蕭綏第一要務就是保護溫雲卿的安全，對於他的吩咐並非不敢違逆，依舊沒有接那封信。「這次忍冬閣來的人裡並沒有會武功的，我走了，沒人能保護你。」

溫雲卿嘆了口氣，把那封信擱在桌上。「我不過是個普通百姓，誰會謀害我呢？這封信卻只有你能送到，它關係到韶州百姓的安危，更關係到朝廷；你雖在我身邊待了五年，但到底是朝廷的人，如今有謀逆之人要乘機作亂，你該做什麼還需要我教嗎？」

蕭綏一驚。沒想到竟牽涉到朝廷根基，又見溫雲卿一臉嚴肅，心知此事是真的，便也不再囉嗦，收了信一拱手。「那我就去一趟洮關，來回五日路程，五日後我定然回來保護閣主！」

「你這一路只怕也不會安穩，千萬小心。」

「是。」蕭綬沈聲應了，轉身出門，眨眼消失在病舍門外。

傍晚，相思打發三人先回鋪子，自己在病舍門外等溫雲卿。天黑之時，才見那素白的身影從門口出來，相思顧不了許多，三步併成兩步衝上去，張了張嘴，又看看左右，見四下無人，才小聲道：「是瑞王要起兵了嗎？」

溫雲卿並未立刻回答，一手握住相思的手腕，拉著她上馬車，馬車緩緩駛離病舍，他才低聲道：「撫災官員本應從戶部調撥，這次派了吏部的官員本就有些古怪；馮尚書來了韶州府卻不救災，一連幾日避不見人，明顯是在拖延時間。」

今日溫雲卿說讓她離開韶州府後，她仔細尋思了其中的關節，此時聽溫雲卿如此說，便點頭道：「現在想來的確是這樣。救災是何等緊要之事，馮尚書即便能拖得幾天，卻不可能拖上一月、半月的，他現在拖著，肯定是在等什麼動作。」

「是，而且他所等的，必是翻天覆地的大動作。」溫雲卿掩唇輕咳了一聲，掀開車簾看了一眼街道兩側的民居，神色嚴肅。「潁州府連下了一個月的雨，如今受了洪災，我只希望這變數不要在潁州府的洪災上。」

潁州府受洪災一事相思也知道，如今韶州府受瘟疫之苦，兩州雖相鄰，但中間尚隔著西嶺河，聽說朝廷正在籌備賑災糧，等賑災糧一到，應沒有大礙才是，如何能與韶州府扯上關係？

見相思面露不解之色，溫雲卿緩緩說出想法。「如今韶州府遇上瘴瘧，潁州府遇上洪災，只怕瑞王要借這兩個契機鋌而走險。自古洪災和民亂總是先後而至，若要藉民亂之利，這兩州必然要被謀算進去。」

如今形勢的確不明朗，相思也想不出個所以然來，只是覺得這韶州府肯定要亂了，便決定聽從溫雲卿日間的建議。「既然這樣，那就盡快離開韶州府，不然真的亂起來，想走也走不了了。」

「你們幾個今夜就去城外渡口，免得夜長夢多。」

「你們」這兩個字讓相思一愣，隨即想到溫雲卿從來沒提過自己的去處，心中有些不好的預感。「你不走嗎？」

溫雲卿面向她，但車內光線昏暗，神情俱是模糊，只有聲音依舊溫和。「我暫時還不能走，若忍冬閣的人都撤走了，不用故意煽動，韶州府自己就亂了。」

「可是若有叛軍占了韶州府，你……你們怎麼辦？」相思急道。

溫雲卿沈默片刻，輕笑了一聲。「我自然有辦法的，總不會在這裡等死。」

聽著這話，相思又急又氣，說話也少了許多顧忌。「韶州府若是亂起來，你哪裡能有辦法呀？總不能拿著銀針去和他們拚命！」

似乎沒想到相思會急成這樣，溫雲卿愣了一會兒，隨即輕輕問：「你很關心我？」

相思此時頗有些惱羞成怒的意味，好在有夜色的掩護，尚不至於把自己那點繾綣的小心思暴露在溫雲卿面前。「我們雲州府的藥商行事你也是知道的，自沒有見死不救的。」

溫雲卿於是再不說話，一路安靜。

等馬車到了魏家藥鋪，相思也不言語就要下車，誰知手腕卻忽被溫雲卿抓住，他的手涼而穩，抓得很牢。

「你們今晚就離開。」這句話說得很堅定，又因過於堅定顯得有些強勢，溫雲卿也意識到這話的不妥之處，於是放緩了聲音。「好不好？」

相思一張臉，又紅又白，狠狠「哼」了一聲。「不好！」

溫雲卿搖搖頭，不知是因為相思的不配合，還是因為自己的多餘之舉，放開相思，看著她大步進了鋪子裡。

相思雖嘴上說不好，卻在當夜就送了唐玉川三人去城外渡口。相思這樣急，讓唐玉川起了疑心，站在岸上不肯上船。

「韶州府到底怎麼了？你既然要我們走，何不跟我們一起回去？」

相慶也點頭贊同。「如今沈香會自顧不暇，沈會長肯定沒工夫管你是不是在韶州府，和我們一起回去，免得爺爺他們擔心。」

相思有些頭疼，但韶州府尚有一些事要處置，怎麼也還要一日工夫，於是耐心勸道：「藥鋪裡的事情總要好好交代一下，病舍裡的藥材還有一些沒交接完，等明日我辦妥了這兩件事，晚上就坐船回雲州府。」

相蘭皺眉。「那為什麼非要我們今天離開？明兒一塊兒走不正好？」

相思斜了相蘭一眼。「你瞎起什麼鬨，都給我乖乖坐船回去！」

唐玉川皺著眉頭，垂眼想了半晌，忽然開口。「你是不是要去找忍冬閣的病秧子？」

相思眼睛一瞪。「誰說的！」

唐玉川哼了一聲。「你自小就喜歡長得好看的，沒想到大了還是一樣，一點長進都沒有！」

相思好說歹說，總算把三位小爺哄走了，此時天上一輪明月如鈎，江水之聲越來越遠，相思的心卻越來越亂。

潁州府，豪雨成災。

農田被洪水淹過，已長得老高的莊稼或被連根拔起，或匍匐在地。

房屋被捲走，只剩半面土牆插在地上，像是一片插在沙地上的貝殼。

雨還在下，像是瓢潑，像是天漏了似的。

「嘩啦啦、嘩啦啦！」

黑壓壓一群人在城外土道上行走，光裸的腳踩在泥濘的路上，腳掌便陷進泥裡，拔出腳，方才所踩的地方就「咕嚕嚕」冒出幾個水泡，快速被雨水填平。

人群有老有少，有男有女，老的走得慢些，累了便不顧地上的雨水，就地坐下休息；少的不知為什麼要在雨裡走這麼久，有的就哭起來，但往日十分疼愛她的娘親，此時卻木然看著，並不去哄。

陳二此時也十分狼狽，從隊伍中間往前擠，推開一個腳步蹣跚的老頭，小跑著到了崔老爹旁邊，眼睛轉了轉。「老爹，你說韶州府真的給咱們發糧食？」

崔老爹看了他一眼，肯定地點了點頭。「那還能有假，我親眼看見告示上寫的。」

陳二忙點了點頭，生怕自己頭點慢了，被崔老爹嫌棄。「那咱們還得走多遠才能到韶州府啊？」

崔老爹摸了摸下巴。「再有一日。」

「哎喲！哪個不長眼的！」陳二被人推了一下，惡狠狠回頭去看，原是一個抱著嬰孩的婦人方才沒站穩，撞在他的身上。

陳二眉頭一挑，一把揪住那婦人的領子，劈手就是兩巴掌。「妳這賤人敢往爺爺身上撞！」

那婦人本就力竭，被這兩耳光打得撲倒在地上，陳二猶不解恨，使勁踢了幾腳，那婦人悶不吭聲，只躬身護住自己的孩子。

崔老爹看了一眼，神情冷淡，沒有說話。

陳二平日就不是個善人，如今冒雨趕路，肚中又饑餓，戾氣越發地重了，掄起拳頭還要打，卻眼前一黑，鼻子一痛，猛地被摜在地上。

「誰他媽敢打老子！」陳二摀著鼻子厲聲叫喊。
「女人你也打，再沒你這麼不要臉的人！」
陳二抬眼看去，臉一白，再沒方才的蠻橫，賠笑道：「石大哥我錯了，我這是一時失了理智，可別再打我了！我錯了還不成嗎？」
石褚扶起那婦人，又詢問了幾句，見只是皮外傷，這才轉頭對陳二冷道：「若再讓我發現你欺負老弱婦孺，我肯定廢了你！」
「不敢、不敢！再也不敢了！」陳二連連搖頭。

第五十章

韶州府通往洮關的官道上，一匹黑馬飛快奔過，濺起數朵巨大的水花。神色冷峻的青年騎馬揚鞭，他頭上戴著斗笠，一身黑色勁裝被雨水打濕緊緊貼在身上。

官道越來越窄，漸漸兩側群山林立，忽然從泥濘的地上彈出一根絆馬索來，這絆馬索出現的時機太過險惡，駿馬沒能越過，嘶鳴一聲轟然倒地。那黑衣勁裝青年卻神色冷峻，在馬倒之時已飛身撲出，在地上滾了兩圈，停在數丈之外。

兩側樹林裡竄出幾個蒙面黑衣人，把青年圍在中間，一時卻不動作。

蕭綏緩緩扯下頭上斗笠，普通至極的臉上竟現出一抹古怪奇異的笑，他握住腰間佩刀，拔了出來，雪亮的佩刀在雨簾中被敲得發出數聲悶響。

「我很久沒殺人了。」

相思一早把鋪裡的事都與崔錦城交代了，想到韶州府或許會亂，於是告訴崔錦城，若是真的亂起來，要早早把鋪子關了，放伙計們去避難。

病舍裡依舊忙碌，相思進去找了一圈也沒見到溫雲卿，後來尋到個忍冬閣的人一問，才知他今日沒來，相思於是又回了藥鋪裡。中午隨便吃了一口，她便開始收拾東西，準備晚上就坐船回雲州府。

下午又去一趟病舍，溫雲卿依舊沒去，於是相思就準備回鋪裡好生吃一頓，然後帶著小包裹回家去。

馬車駛到城門附近的時候，相思忽看見官道上黑壓壓一群人正冒雨往這邊走，下一刻，她慌忙大叫。「快進城！快快！」

車伕也看見那黑壓壓的人群，狠狠抽了兩鞭，馬車逃命一般進了城。

城門上的守軍也見到遠處的情況，心知不妙，連忙關上城門，又吹響軍角，召集其他守軍。

韶州府裡也下了幾日雨，一連幾日街上都沒有行人，誰知這軍角一響，百姓們都衝到街上想看看到底出了什麼事？因而相思的馬車便被堵住，一時竟然過不去。

相思下了馬車，讓那車伕先回鋪裡告訴崔錦城這消息，自己卻往連升客棧的方向跑去。

她從人群裡穿過，在街巷裡穿行，終於跑到連升客棧門口。

這裡離城門很遠，雖也聽得見軍角，卻沒人出門來看，相思的胸口劇烈起伏著，舉步就往客棧裡跑，大堂裡坐滿了人，有認識相思的想要和她說話，她也沒理，直奔二樓去了。

走廊盡頭最後一間房，相思敲了敲門，屋裡沒人說話。

相思又敲了敲門。

「是叔叔嗎？」溫雲卿的聲音有些沙啞。

「是我。」相思悶聲應了。

屋裡沈寂片刻，傳出一些細微的聲響，然後腳步聲漸漸來到門邊，停住。相思屏息，良久，房門緩緩打開。

溫雲卿肩上披著一件長衫，神色倦怠，看見門口站著的相思，一愣。

她面色有些蒼白，額前碎髮緊緊貼在頰邊，身上的衣衫也已濕透，此刻正往地上滴水。

「潁州府的難民來了！」

溫雲卿卻並不怎麼驚訝，把相思拉進屋裡，然後去櫃子前翻找。

「難民來了，好多難民！」相思聲音有些顫抖。

溫雲卿蹲在櫃子前繼續翻找著，似乎並沒聽見相思說話，好一會兒，他才起身，手裡捧著一套淡青夏衫，遞給相思。「換上乾衣服，不然要生病的。」

「可是他們要進城了啊！」相思不去接那衣服，只重複著這句話。

溫雲卿嘆了口氣，伸手摸了摸她的頭，輕聲道：「他們一時還進不來，你先去換了衣服。」

相思的心跳得厲害，驚慌失措地看著溫雲卿，無助得如同一隻小兔子，溫雲卿便軟了心腸，哄道：「先換了衣服好不好？」

相思嘴一癟，眼睛也紅了。「城門關了，出不去了！」

溫雲卿也是心寬，此時竟還笑得出，又摸了摸她的頭。「晚上我送你出去。」

相思抱著那一套衣衫去了屏風後面，窸窸窣窣脫掉濕衣服，又窸窸窣窣穿上乾衣服，然後從屏風後邁著小步走出來。這身衣服實在有些寬大，袖子遮住了相思的手，因肩膀太寬，領子也歪歪扭扭，虧得有一條腰帶束著，不然相思和那臺上唱戲的沒甚分別。

溫雲卿無奈搖搖頭，見相思依舊有些惶恐，便給她倒了一杯茶。「這麼多災民都奔著韶州府來了，肯定有人帶頭，若說造反倒也未必，但既然有人帶頭煽動，民亂是遲早的事。」

「那怎麼辦？」

「城外病舍裡都是瘴瘧病人，災民應該不敢往病舍去，多半是想進城裡來。」溫雲卿想了想，正要開口說話，忽聽門外傳來急促的腳步聲，不多時進來個青年大夫。

「城外那些災民是從潁州府來的，不知從哪裡得來的消息，說是韶州府要給他們發救災糧，這下全都堵在城門口要糧食！」

「馮尚書還沒有露面嗎？」

那青年一愣，隨即搖搖頭。「還沒。」

「知州大人呢？」

「李大人想開城門，被城門守軍統領攔住了。」

「王堂主還在城外病舍沒回來嗎？」

那青年點點頭。「應該是沒回城裡。」

溫雲卿沈吟片刻，對那青年道：「韶州府要亂了，閣裡的人若有願意留下的就留下，若是想走，今晚就都趁夜色從東北小門出城去吧！」

「閣主……你……」

「我再等兩日。」溫雲卿這話說得極為平淡，那青年素知他的性子，便也不再多言。

青年走後，溫雲卿看向相思蒼白稚嫩的小臉。「你今晚也出城去，在渡口坐船，直接回雲州府。」

相思不再反駁，只是瞪眼盯著他，氣鼓鼓道：「你還不走嗎？」

屋外的雨聲混著人聲傳進屋裡來，嘈雜紛亂，屋裡的小爐上水開了，壺嘴冒出成團的白氣。

「我是個將死之人。」溫雲卿輕輕說出這句話，起身推開了窗子，夾著雨絲的風猛地灌進來，把他的衣衫吹得鼓鼓的。

他立在窗前，微微仰頭看向雨幕裡，遠處濃黑如墨的山巒。「我來到世間近二十年，並未體會到生而為人的快意，只覺浮生若寄，辛苦幾多，我不能如常人一般做想做之事，不能奔跑，不能大悲，亦不能大喜，分明還是個少年人，卻如老朽一般，這樣的一生，似乎也沒什麼意思。」

相思心中生出些苦澀，張嘴欲言，卻發現嘴也是苦的，只能一瞬不瞬地盯著溫雲卿佇立風中的背影。

這時，男子輕笑了一聲，拍了拍窗櫺。「我很羨慕你呀！能做想做的事，能去想去的地方，能有很多的樂趣，這才是人生該有的吧！不似我，全是灰白。」

「說不定……說不定你的病還有得治呢。」相思囁嚅道。

「我自小習醫道，過目不忘，又有眾多名醫指導，這世間比我精通醫道的人不超過三人，我若都救不了自己，誰又能救呢？」這話本應是驕矜之詞，但自溫雲卿口中說出，竟全無此感。

相思只能沈默，因為她雖有一個法子，那法子如今卻行不通，也不知日後能不能行得通？

「那……你是要在這裡等死嗎？」

站在窗前的溫雲卿忽然轉過身來，含笑看著相思，搖搖頭。「不是等死，是救人。」

「你來韶州府之前就這麼想了吧？」相思悶聲道。

「我一生庸庸碌碌，若死得其所，不也很好嗎？」

相思沈默，再沈默，然後猛然跳起。「好個屁啊！」

城外，黑壓壓的人群聚集在城牆下。官兵統領滿面愁容，雨水砸在他的鐵甲上，濺出一朵朵水花。

「告示上說韶州府要給我們發賑災糧啊！怎麼不開城門啊！」下面有人喊。

這一聲喊，便有許多人跟著贊同。

「就是啊！我們走了好幾天，都要餓死了，多少發些糧食啊！」

「大爺發點糧食吧！救命啊！救救我們吧！」

城牆雖高，下面亂糟糟的呼喊聲卻還是傳了上來，官兵統領皺眉，黝黑的臉上十分凝重，轉頭問旁邊的小兵。「知州大人什麼時候放糧？」

那小兵從沒見過眼前這陣仗，嚥了口唾沫。「咱們老爺的意思是，現在就開門放糧，但那病了好幾日的撫災官卻忽然出現，說這糧不能放，否則韶州府也要鬧饑荒的，兩下爭吵起來，現在還沒個結果。」

官兵統領揉了揉發痛的眉心，咒罵了一句，又去巡城。

韶州府的官家糧倉裡，氣氛略有些緊張，身著朱紅補服的馮尚書在屬下剛搬來的太師椅上坐了下來，下巴微抬，睥睨著李知州。「你想開倉放糧，你知不知道這是朝廷撥給軍隊的軍糧？擅動軍糧可是抄家滅族的大罪。」

這些日子，李知州日日去驛館求見，馮尚書一味不見，今日李知州不想見他，他偏自己跑出來了。李知州吃了這幾日的閉門羹，加上心中既急且怒，也不管眼前這京官是什麼來頭，眼睛一瞪。「城外那麼多災民，若不發糧食，豈不是要餓死？若是這些災民鬧將起來，就不是動用些軍糧能打發得了！」

馮尚書倚仗自己是京裡來的，背後又有貴人撐腰，本是做了要好好教訓李知州的準備，哪知被李知州一段話頂了回來，於是一張老臉憋得發紫，哼了一聲，咬牙斥道：「婦人之仁！你若是發了糧食，那些刁民更不肯走，非要賴上韶州府不可！到時糧食發光了，聞風而來的災民越來越多，我看你還能怎麼辦！」

「那是下官該擔心的，大人您還是繼續在驛館裡養病吧！若是事後朝廷怪罪下來，也是我一人承擔，絕不拖累您！」

「你！你反了不成！」馮尚書眼中閃過一抹狠辣之色。今日說什麼也不能放糧出去，不然大事難成。他看了一眼站在門口的屬下，那人竟猛地關上了門，把裡面和外面隔絕開來。

李知州一愣，隨即只覺得脖子一疼，眼前一黑，摔在地上。

「把他綁好藏起來，讓外面的人行動！」

「是！」

大雨還沒停，城牆下的災民漸漸騷動起來。崔老爹看了看城牆一角才掛起的黑色角旗，眼睛微瞇，轉身看向被他引來韶州府的數千災民，大聲喊道：「韶州當官的這是不想讓咱們進城啊！朝廷發下來的救災糧都被他們扣下了，一口也不肯發給咱們啊！」

人群中一陣騷亂。「那可怎麼辦！咱們可沒有力氣走回潁州府去了，即便回去也是餓死！」

「怎麼辦！這天殺的狗官！」

崔老爹擺擺手，人群漸漸安靜下來，一個個都目不轉睛地看著他，彷彿他是希望，他就是活命的糧食。

「咱們衝進去，搶糧倉，殺了那狗官，能活命就是最重要的！」

一片寂靜，殺府官，搶官糧，這是殺頭的大罪啊！

「衝進去！搶糧食！」人群中忽然有個人啞著嗓子喊。

「衝進去！大家一起去！咱們這麼多人，他們根本管不了！」人群中又有人咬牙狠道。

「咱們去搶官府的糧食！」

越來越多人贊同這個想法，然後他們抬頭看向城門的官兵，眼中閃著嗜血而饑渴的幽光。

城牆上，官兵統領怔怔看著這一幕，只覺得背後寒毛倒起。他沒有注意到正緩緩向他靠近的陌生小兵，和小兵手中的利刃……

「噗！」利刃從官兵統領的脖後刺入，穿透了他的喉嚨，喉嚨上「咕嚕、咕嚕」湧出血水來。

城門下的災民發出驚呼，崔老爹高喊。「看！連狗官的兵卒都看不下去，來幫咱們了！」

災民中爆發出歡快的高喊，而那守兵統領的身軀，也隨著利刃的拔出從城牆上摔了下來，狠狠摔在災民中間。

又是一陣驚呼高喊，然後城門緩緩打開了一道縫隙。

「城門開了，進城了！」

「快進城啊！」

「搶糧食去！」

「殺狗官！」

數千名黑壓壓的災民擁進城去，因人數眾多，竟把玄鐵的城門擠掉了半扇。

「碰！」

城門倒在滿是雨水的地上，接著被成百上千名洪水一般湧進的人群踩在腳底下。

第五十一章

連升客棧裡，相思和溫雲卿僵持著，相思氣鼓鼓看著他，覺得平日溫和的笑容此時竟十分可惡。

街上忽然傳來哭喊聲，溫雲卿神色一變，轉身往樓下一看，見一群災民在街上橫衝直撞，更有六、七個手裡拿著棍棒衝進客棧裡來。

見溫雲卿神色有異，相思正要開口，卻見他快步走過來，抓住她就往床邊走。

「他們進客棧了。」

「他們」是誰？相思一怔，隨即如被雷擊。「這麼快就進城了嗎？」

溫雲卿沒回答，只是快速挪開床前的腳踏板，對相思道：「快點躲進去。」

床底空間較為寬闊，相思匍匐著爬進去，溫雲卿隨後也鑽了進去，又在裡面把腳踏板挪回原來的位置，才做好這一切，房門就猛地被踹開了。

三個人走進了屋子，一個穿著破草鞋，兩個光著腳。三人在屋裡轉了兩圈，穿草鞋的停在床邊，腳尖朝著床的方向。

相思的身體不受控制地抖了起來。她害怕，害怕床前這雙腳的主人會忽然低頭看向她。

兩人本是緊貼著，溫雲卿發現了她的驚懼，手掌輕輕捂住她的眼睛和耳朵，但這並沒讓相思的顫抖稍稍消減，她的手緊緊抓住溫雲卿的衣襟，彷彿溺水的人抓著浮木。

溫雲卿覆在她眼睛上的掌心，略有濕意。於是他鬆開手，輕輕地將相思抱進自己的懷裡，少年的身體顫抖而僵硬，此刻把頭埋在他的胸口，彷彿那裡就是能防禦一切危險的山洞，只要把頭埋住，危險就不見了。

站在床前那人終究沒有低頭察看床底，他懶散地躺倒在床上，對屋內另外兩個人吩咐：「你們倆去廚房弄點好吃的，咱們好好吃上一頓，然後去街上看看有什麼好東西，搶些回來。」

其中一個人道：「二哥，咱們進城搶東西真的沒事？」

陳二啐了一口。「能有鳥事？韶州府就這麼幾個兵，也不頂用，就算咱們搶了銀錢、殺了人，又能怎樣？到時候咱們拍拍屁股走人，誰能抓到咱們？」

另一人嘿嘿一笑，奉承道：「這話說得對，咱們三個趁這機會狠狠撈上一筆，然後找個地方娶幾房小妾，也過過富貴老爺的好日子！」

兩人出去，不多時找到酒菜回來，在屋裡邊吃邊罵，罵夠了就床上、榻上躺著睡覺。

此時已是夜裡，三人發出響亮的鼾聲，而溫雲卿胸前的衣服濕了一大片，懷裡的人卻漸漸平靜下來。

他輕輕拉開兩人的距離，對相思唇語：我們先出去。

相思看懂了，卻是搖搖頭，顯然不敢爬出去。

這時躺在床上的陳二忽然翻身罵了一句，相思嚇得一抖，又鑽進溫雲卿的懷裡。溫雲卿拍拍她的背，讓她緩了一會兒，才又指了指門的方向，唇語道：今晚若不能離開韶州府，明天就走不了了。

相思癟著嘴，泫然欲泣：可是我害怕。

溫雲卿輕輕挪開腳踏板，率先鑽了出去，然後伸手來接相思。陳二又翻了個身，相思只覺得自己的心都提到了嗓子眼，忙抓住溫雲卿的手，悄悄爬出來，兩人輕手輕腳走到門邊，輕拉門閂，發出「呀」的一聲輕響，好在屋內三人睡得沈，沒有醒來。

二樓靜悄悄的，有幾間屋子門大敞著，裡面亂糟糟、空盪盪的。兩人下了樓，見大堂裡空無一人，桌椅板凳被砸得稀爛，於是不做停留，直奔城門而去。

然而到了城門口，兩人卻愣住——城門有人把守。

這些人衣衫襤褸，但頸上都繫著條黑粗布大巾，手中拿著不知從何處撿來的大刀。

兩人躲在一面牆後，有些進退兩難，溫雲卿小聲道：「這幾個人應該是災民。」

「城門被堵住了，這下怎麼辦？」

這時從街上走來一隊人，兩人忙藏到陰影裡，就看見這隊人徑直走到了城門口，夜間安靜，聲音傳得格外遠。

「幾位兄弟好好守著城門，別讓流寇匪盜乘機進了城。」

「我們曉得的，石大哥。」其中一個守門者回答。

「大哥，咱們不過搶些糧食餬口，明兒說不定就回去了，管他流寇匪盜的幹什麼？」一個少年問。

「咱們搶糧食，也是為了活命迫不得已，但若因咱們害得韶州府遭受匪盜之災，實在不是好漢所為。」

在城門處呆了一會兒，石褚幾人便想往別處巡查，忽聽見不遠處傳來「轟轟」馬蹄聲，石褚大步登上城牆一看，只見遠處煙塵漫天，數百人騎著馬風馳電掣而來。

「快鎖好城門！」

說話間，那批人馬已到城下，為首一人仰頭看看城牆，然後大喊。「我們乃是西嶺寨上的好漢，聽說這韶州府被你們拿下了，故來投奔！」

石褚面色一凝，隨即大聲喊道：「我們不過是些災民，來這裡尋些飯吃，絕沒有別的想法，好漢們請回去！」

為首那人名叫孫崇，是個狠辣的角色，被石褚回絕了，竟不惱火，只對身後的兄弟們一招手，立刻便有數名弓箭手快速拉弓放箭。

箭矢一瞬越上牆頭，擦著石褚的頭髮釘在地上，接著羽箭如牛毛一般飛上牆頭。

「刷刷刷！」

數道寒光劃破夜色，在空中劃出一道弧線，狠狠插入青石街道上。

尚自顫動的羽箭離相思兩人不過數尺距離，若城外山匪攻進來，這裡最為危險。溫雲卿拉起相思便往城內跑，身後又有羽箭破空之聲。

然後是羽劍沒入皮肉的聲音，溫雲卿一僵回頭，只見相思難以置信地看著自己的右胸——一支羽箭從她後背沒入，從胸口穿出。

城門那邊越發亂起來，溫雲卿慌忙扯下自己的一片袍角按在相思的胸口上，撐著她往小巷裡奔逃。

小巷盡頭，一個小院大門敞開著，溫雲卿喚了兩句，見無人應聲，便進院反手關上門。屋裡黑漆漆的，溫雲卿把相思小心翼翼扶坐在床上，去尋火摺子，過了好一會兒總算點燃了屋內的油燈。

此刻相思坐在床上，皺眉看著從胸口穿出來的羽箭，不斷有鮮血滲出來，染紅了胸前衣裳，但應沒有傷及動脈，她冷靜地判斷。

相思掙扎了一下，想坐得舒服些，雙肩卻被一雙手按住，她抬頭便看見溫雲卿滿是焦慮的眸子。

「我沒事。」她嘴唇泛白，卻硬要扯出一個笑來。

溫雲卿沒說話，修長的手指飛快解開了她的衣帶，外衫和中衣在這雙手的撥弄下，很快敗下陣來。相思心中一苦，臉上一紅，慌忙按住他的雙手，顫顫巍巍道：「我自己來……我會處理傷口的……」

「我知道妳是女兒身。」

只這一句話，相思便像是被施了定身咒一般，目瞪口呆看著眼前這個好看的男子。

「你……你知道？」

溫雲卿點點頭，雙手繼續動作，三兩下便把裡衣解開。裡衣內，還有一件樣式古怪的貼身小衣，兩根細細的帶子掛在相思如玉玲瓏的肩膀上，小衣鬆緊適宜，雖緊貼身上，卻並不十分緊繃，女子的身形畢露，這小衣正是相思靠著手頭有限材料研發出來的無限自由、親近自然、深呼吸胸罩……

雖心裡早有準備，但猛然看見少女如玉一般的身體，溫雲卿還是愣了一愣，臉雖然如往日那般蒼白，耳朵卻偷偷地紅了，他別開眼，輕聲道：「要把妳身體裡的箭拔出來，不然傷口會一直流血。」

相思此時耳中嗡鳴，腦中混亂，根本沒注意到溫雲卿的異樣，聽了這話便呆呆應聲。

「喔，好啊！」

溫雲卿起身，在屋裡找到一把剪刀，再回到床前時，神色一如往常，他讓相思坐正，自己則在側面扶住她的肩膀，剪刀平穩地剪斷箭尖，只是微微牽動傷口，滲出一些血來，溫雲卿鬆了一口氣，溫柔問道：「妳現在覺得怎麼樣？」

相思額頭上都是冷汗，纖細潔白的手緊緊抓住床沿，慘兮兮、氣若游絲。「疼啊……疼死了……」

看著少女面露悲戚之色，溫雲卿略有些動容，不禁哄道：「箭多在裡面一刻，便多傷妳一刻，拔出來傷口才能好。」

相思認命地點點頭，眼睛微微閉著，一副任君採擷……不，是任人宰割的模樣，著實有些可憐。溫雲卿在她旁邊坐下，因怕她亂動，便一隻手從她身前繞過，扳住她的肩膀，另一隻手緩緩握住羽箭尾部，稍稍用力，羽箭沒動，相思身體猛地顫動了一下。

「聽話，別動，不然要傷到內腑了。」一滴冷汗從溫雲卿額角流了下來。

相思緩了好一會兒，才能說出話來。「我也不想動，可是真的好疼啊！」

此時傷口流出的血更多了些，溫雲卿的手指也沾上了那些溫熱黏稠的血，讓他焦急更甚，他握住相思肩膀的那隻手緩緩收緊，將她整個人箍在手臂與胸膛之間，她的身體很纖細，像是尚未綻放的花苞，讓男子輕易一臂環抱住。

溫雲卿低頭在她耳畔勸道：「妳忍一忍好不好？拔出來就再也不疼了。」

相思拚命搖頭，只是為什麼要搖頭她也不知道，她只是不想拔，不敢讓溫雲卿碰那箭。

「不要拔……好疼……唔！」

溫雲卿緩緩握著那羽箭抽離相思的身體，她疼得低聲喊起來，身體劇烈地顫抖著，然而這並不能減輕絲毫疼痛，她想把自己藏起來，藏到黑暗裡去，那就不會疼了……

羽箭帶著幾滴血珠抽離了相思的身體，然後被拋擲在地上，溫雲卿拿出傷藥輕輕灑在少女背後傷口上，有些躊躇地拍了拍她的肩。「箭已經拔出來了，上些藥，再將養幾日就能好了。」

相思沒有回答，此時她整個人縮在溫雲卿的懷裡，臉埋在他的胸前，彷彿睡著了一般。

溫雲卿又喚了幾句，相思依舊沒吭聲，顯然已經疼昏了。

此時，從來沒近過女色的溫閣主，懷裡趴著一個半裸的少女，少女身體溫熱芬芳，散發著無窮無盡的吸引力，而溫閣主雙手高高舉在身體兩側，生怕不小心碰到了不該碰的地方。

第五十二章

溫雲卿小心動了動，往相思胸前的傷口輕輕敷了傷藥上去後，便想把她安放在床上，哪知相思雙手竟依舊緊緊攥著他的衣襟，他怕太用力扯到傷口，於是只得小心翼翼把她的衣服勉強穿好，然後從床上扯過一條薄被將相思的身體嚴嚴實實包裹住。

往日發病時，溫雲卿整夜不能寐，時常聽著院中風聲，看著窗上竹影到天明，黑夜於他來講，比常人要漫長。

此刻他懷裡抱著一個女子，女子溫熱的氣息輕輕噴在他的胸口，讓他感覺有些異樣。手指下是她纖細的手腕，透過薄薄的皮膚，能感覺到平穩微弱的脈搏，讓他稍稍安心，於是手指就一直這樣放著。

夜風從半開的窗子吹進屋裡，吹開了相思頰邊的幾縷頭髮，方才那一場變故中，她的髮帶不知掉到了哪裡，此時柔順如瀑的頭髮鋪散在背上，加上面色蒼白如雪，看起來竟像是一隻妖魅，一隻誤入塵世的妖魅。

她顰眉，似是有許多煩心事。

「沈香會……好煩人……」

她忽然嘟囔了一句，額頭輕輕抵在溫雲卿的胸口上蹭了蹭，被當樹蹭了的溫雲卿一動不敢動。

「沈繼和壞……壞得冒黑水！」這句話裡夾雜著許多氣憤之意。

溫雲卿愣了好一會兒，才隔著薄被拍了拍相思的後背，輕聲道：「壞人早晚都要被抓走的。」

相思嘟囔了一句，實在太過模糊，溫雲卿沒聽清，也不用聽清。

「你為什麼……不走啊？」

相思小眉頭皺著，似乎有些憤然，溫雲卿沒說話，只是又安撫一般拍了拍她的後背。

「你知不知道……我很喜歡你啊……」

這幾個字一出口，溫雲卿的身體猛然一僵。雖然此時懷中少女是在說夢話，亦看不見他的表情，他還是忍不住把臉轉向一邊，兩抹紅暈緩緩爬上他的臉頰，然後爬上他的耳朵，他輕輕咳嗽了兩聲，卻不是因為宿疾，而是因為第一次被女子當面說喜歡，略有些嬌羞之意。

「但我不能喜歡你……爺爺知道……會跳井的……」相思嘟囔，眉宇之間全是愁苦之色，顯然這個問題困擾了她很久。

溫雲卿低頭看向懷中的女子，眸中羞色盡數褪去，輕聲問：「為什麼爺爺會跳井呢？」

相思皺眉想了想，斷斷續續道：「因為……因為我這個嫡孫……沒有鳥兒啊！」

溫雲卿猛地咳嗽起來，這次依舊不是因為宿疾，大概是因為相思這話……實在粗鄙了些，又或者是溫雲卿第一次聽見「鳥兒」這個生動的詞，需要好好消化、消化。

或許是傷口有些疼，相思難受地哼了兩聲，溫雲卿掀開薄被察看了一下傷口，見血都已止住了，便想放相思躺下，哪知這一放，相思身前沒了人，她竟哼哼唧唧地鬧起來，手還緊緊抓著他的衣襟不肯放。

溫雲卿嘆息一聲，認命地靠著床坐下，相思便又湊上來，靠在他的腿上哼唧。

「我說羨慕妳，是真的羨慕妳。」忽然間溫雲卿幽幽開口，他的聲音有些沙啞，在這靜謐而動亂的夜裡，竟有股能安穩人心的力量，相思聽著這聲音，就不再哼唧了。

「第一次知道妳，是當年父親治痘瘟回來，向我說起雲州府魏家的小少爺，年紀比我小兩歲，卻極聰穎。」溫雲卿嘴角微微翹起，眼睛看著床簾，似是陷入漫長的回憶中。「更奇妙的是，這『小少爺』原是個女兒家，從出生起就被當成男孩養著，說話做事十分有趣。

「我少年時候，時常病得只能臥床靜養，出不得門，亦見不得人，只能從父親的描繪中想像外面是什麼樣？他總說起妳，最後我彷彿真的認識妳、見過妳一般。

「後來……戚叔叔回忍冬閣，也時常提起妳，雖他多半是罵妳，但我看得出，他其實很喜歡妳的。

「再後來，長亭來閣裡學習醫道，和許多少年人的急功近利不同，也與我因病而生的通透不同。長亭他很沈穩，這在他的年紀上是極少見的，我見他第一眼就知，他以後一定是個很厲害的醫者。」溫雲卿低頭，輕輕把薄被往上扯了扯，蓋住相思的肩膀，然後不自覺地摸了摸她的頭，幽幽道：「但他那樣的性子，提起妳，眼裡也總是帶著很溫暖的笑意，戚叔叔說妳的壞話，即便是他的師父，他也要反駁回去，生怕妳吃一點虧，我那時就想，妳肯定是個很好很好的人。」

月亮升起又落下，清輝灑在屋內泥地上，像是結了一層霜，溫雲卿從袖中取出銀針，在自己手上幾處穴位扎了下去，緩了一會兒才繼續道：「我初來韶州府那日，坐在石階上，看見馬車頂上坐著個人，那人很是愁苦，想下又不敢，伸了腿又收回去，不知怎地，我竟覺得那人就是我聽了許多次的魏相思。」

這夜，溫雲卿說了許多話，他極少說這麼多話，因為不知同誰說，如今說出口，竟分外輕鬆。

「我曾希望自己成為世間最厲害的醫者，我曾想行醫天下，我曾想醫盡世間疾病，但我快死了，所以，妳千萬不要喜歡我。」說完這句話，溫雲卿輕輕閉上雙眼，熹微的晨光映在窗櫺上，院中的麻雀唧唧叫著，鄰院的婦人在打水搗衣，他睜開眼，重複了一遍。

「妳千萬不要喜歡我。」

天將亮之時，相思睡得安穩許多，溫雲卿將她的頭輕輕放在枕頭上，去院中打水。石井很深，搖了半晌才打上一桶水來，然後點火燒水，趁這個空檔，溫雲卿察看了一下屋子裡外。這本應是個富足之家，柴米俱足，應該是聽聞災民進城後，舉家逃出去了，所以這院子才空下來。

雖沒做過這些家事，但如今相思受了傷，總要吃些東西，溫雲卿便用葫蘆瓢舀了一瓢米，淘洗過後，開始煮粥。等水開了，便用銅盆端進屋裡，輕喚了相思幾聲，見她沒回答，便來到床前拍了拍她的肩膀。「起來喝點粥，一會兒我去魏家藥鋪找人來接妳。」

相思面色有些不正常的緋紅，溫雲卿伸手一探，只覺得掌下滾燙，猛然一驚，又拍了拍她的臉。「醒一醒！」

相思哼哼兩聲，雙眼緊閉著，又用額頭去頂床板，彷彿這樣會好受些。溫雲卿見狀，再不能耽誤下去，喚了兩聲她依舊不答，也不管她能不能聽見，急道：「我去給妳找藥，很快就回來。」

溫雲卿顧不得鍋裡的粥，用水澆滅炭火，關好門疾步往魏家藥鋪走去。

平日車水馬龍的街上，此時空曠無人，穿過一條巷道，幾個身上骯髒的男人從巷口走過，他們手中都拿著刀斧，溫雲卿身體靠在牆壁上，才沒被幾人發現。

魏家藥鋪門口，散落著些雜物，一輛水車倒在門口階下，車上的水桶倒在地上，弄濕車下一大片青石。藥鋪大門此時緊閉著，溫雲卿敲了敲門，裡面無人應答，再敲了幾下，旁邊鋪子的門便開了道小縫，鋪老闆躲在門後看了溫雲卿兩眼，小聲道：「他們家鋪裡的人都走了，店裡沒人！」

現下城裡正亂著，整條街的鋪子都關了，溫雲卿走了很久，才在一個偏僻小巷裡找到一家極小的藥鋪，藥鋪的藥材並不全，但總算買齊了大半，抓好藥他便快速往回走。這條路此刻顯得長且遠，加上此刻心中焦急，便恨不得生出一雙翅膀飛回去。

走到巷口時，溫雲卿臉色一變——相思所在的那個院子，院門敞開著，一扇木門搖搖欲墜，似乎才經歷了激烈的衝撞。小巷盡頭，十幾個男人踹開了一扇門，然後魚貫走入門內。

溫雲卿面色一白，舉步快速跑進小院，院子裡很亂，木頭架子倒在地上，水壺被踹翻，屋子的門也敞著。

他疾步進門，直奔床邊而去。

床上沒有人，被子堆在床腳，因昨晚蓋在相思身上而沾染上些許血跡。

「相思！」溫雲卿急急喚了一聲，屋內沒人應答，他低身看向床底，空空如也。

這時溫雲卿全然絕望，他起身便要往外跑，去追那幾個男人，就是這時，角落裡傳來極細微的聲音。「我在這兒。」

溫雲卿渾身一震，腳步有些虛浮地往聲音來處去，接著看到了床與牆壁之間的縫隙裡，抱膝蜷縮著的相思。她的傷口滲出些血跡，臉上帶著不正常的紅暈，身體因為長時間的蜷縮而有些僵硬。

「他們……好可怕啊！」顫抖的雙唇輕輕說出這幾個字，一直勉強忍住的淚水滑落下來。「真的好可怕啊！」

不知怎地，溫雲卿的身體劇烈顫抖起來。他俯身抱住相思，這顫抖越發地劇烈，他的手臂環得越發緊，彷彿這樣才能安心，才能確定相思的平安。

相思把臉埋在他的懷裡，聞到微微苦澀的藥香，悶聲道：「他們踹門的時候，我聽見了，怕得要死，好不容易爬起來躲在床後面，他們就進屋了……」

說到這裡，她忽然挺直身子，身體也僵硬起來。溫雲卿感覺到她的恐懼，輕輕拍了拍她的後背安撫，緩了好一會兒，相思才再次開口。「他們在屋裡到處翻，還說……昨晚那夥山匪已經進城了，一些年輕的災民都加入，現在正挨家挨戶搶錢、搶東西，我們怎麼辦？」

「韶州府守備官兵不到一千，還有一半是普通民兵，昨日城門動亂，有一半官兵逃命去了，但最近的洮關有五萬駐兵，我幾日前已讓蕭綏去送信，若順利，大概三、五日救兵便能到韶州府。」溫雲卿扶著相思在床上躺好，探了探她的脈，脈象依舊紊亂，不再耽擱，稍稍安撫她幾句，便到院中去煎藥，不多時端了藥碗進來。

相思燒得有些糊塗，蜷縮成一個小團，看起來十分可憐。溫雲卿喚了她兩聲，把她扶坐起來，把藥碗端到她的唇邊。「喝了這藥就不難受了。」

那藥散發著極為苦澀的味道，相思的小臉皺了起來，張嘴喝了一口，立時五官就糾結在一起，像極了被秋風吹乾的笨南瓜。「好苦啊，不好喝。」

溫雲卿略有些無奈，卻十分有耐心地解釋。「裡面加了去躁火的黃連，自然比普通湯藥要苦一些，忍一忍，喝了燒才能退。」

哀嘆一聲後，相思認命地捧著碗「咕嚕、咕嚕」喝了下去，又就著溫雲卿的手漱了口。

放下藥碗，溫雲卿又折回床前，看著靠在床上的相思略有些躊躇，輕咳了一聲。「妳的傷口有些滲血，我給妳換一下藥。」

相思有些迷糊，睜著一雙迷濛的眼睛愣愣看著溫雲卿，略有些傻氣。

溫雲卿嘆了口氣，微微發紅的耳朵透露出他此刻的窘迫，走到床前坐下。「我給妳換藥。」

這次相思點了點頭，愣愣看著溫雲卿，彷彿在說：那你換呀！

年輕的男子實在是窘迫極了，手指微僵，緩緩解開少女的衣帶，原本就寬大的薄衫從肩頭輕輕滑落，露出玲瓏纖細的雙肩，溫雲卿移開目光，輕輕撥開了傷口處的布料，仔細把藥散均勻地灑在上面。這金剛散是戚寒水十分自豪的外傷妙藥，灑在傷口上，立刻便融入肌理，止住滲血的傷口。

或許是方才的藥起了作用，相思清醒了些，看看溫雲卿好看的眉眼，又看看自己衣衫不整的樣子，臉都憋紅了，掙扎許久，問道：「你什麼時候知道我是女兒身的？」

這次相思的用詞十分拘謹，雖不似昨晚那般把「鳥兒」掛在嘴上，但卻讓溫雲卿稍稍回憶起她昨晚囈語，他輕咳一聲，把相思的衣衫穿好繫緊，才抬頭看向相思的眼睛。「妳染痘那次，父親就知妳是個女孩。」

相思愕然，張了張嘴，說不出話來。

第五十三章

這一晚，神智已恢復清明的相思自然沒有再握著溫雲卿的衣襟入睡，也沒有再說些透露心跡的胡話。溫雲卿把幾張椅子拼在一起，在櫃子裡找了被褥鋪在椅子上，湊合躺下。

半夜相思傷口有些疼，溫雲卿起來幫她上了一回藥，又行了針，折騰了一會兒，便又睡著了，只是睡得極不安穩。

天方亮時，相思醒來，轉頭見溫雲卿竟沒在屋裡，慌忙下床往院裡跑，然後看到院中背對她煎藥的背影，心一下安定下來。

溫雲卿聽見聲響回頭，見相思滿臉惶恐站在門口，鞋子也未穿，忍不住想起昨日的情形，便是他，也嚇得魂不附體，於是很溫柔地笑了笑，拍了拍手上的灰塵，站起身從牆邊搬過一張椅子扶相思坐下，又進屋去取了她的鞋子，俯身握住她微涼的小腳。

他的掌心溫熱，相思有些不好意思地縮了縮腳，溫雲卿卻堅持幫她穿好鞋子，又進屋在櫃子裡找了一件衣服給她披上，才繼續轉身去煎藥。

溫雲卿蹲在地上，身體微微前傾，手中的蒲扇輕輕搖著，把爐火搧得大小適宜。

「外面這麼亂，你在哪裡尋的藥？」相思的頭髮垂在頰邊，稚嫩的小臉上滿是好奇，又因晨間有些冷，整個人縮成了一團。

溫雲卿沒抬頭，掀開蓋子看了看藥湯。「在一個僻靜的小巷子裡。我昨天先去了妳家藥鋪，但鋪子關門了，妳知不知道在哪裡能找到家裡的人？」

聽聞魏家藥鋪關門歇業，相思知是崔錦城聽了她的話，讓伙計都去避難了。既然鋪門是關著的，崔家的伙計應該走得很及時，沒遇上災民鬧事，於是對溫雲卿道：「崔錦城在城內有一處宅子，但如今城裡正亂，他應該出城去他父母所在的小村裡了。」

「妳的傷勢現在還不能動，再養一日，我陪妳去城外找他。」

不多時，藥煎好了，溫雲卿把藥汁倒入白瓷大碗裡，稍稍放涼後端到相思面前。看著那分量極足的苦口良藥，相思可憐兮兮地看向溫雲卿。「我燒已經退了，不喝也成吧？」

溫雲卿微微挑眉，瞇眼看著她。「人都說好了傷疤忘了疼，妳這傷還沒好，就要斷藥？」

平日相思在相慶、相蘭幾人面前，大道理一套一套的，洗腦功夫也是一流，但到了溫雲卿面前，這些功夫盡數廢了，頗有些英雄無用武之地的悵然，悶頭把藥喝了。

喝完藥，相思抬頭，正想說些什麼，忽聽見大門被拍得咯咯作響，嚇得驚慌失色，雙手緊緊抱住溫雲卿的胳膊。

這時門外傳來男人極不耐煩的聲音。「裡面有沒有人！有人快來開門，不然我們可要不客氣了！」

溫雲卿拍了拍相思的肩膀，大聲道：「有人，等一下。」

隨即對相思口語道：妳進屋躺到床上去。

相思進屋後，溫雲卿便去開門，看見門外站著幾個帶刀大漢。方才煎藥時，溫雲卿已換上一身粗布衣裳，此時看著不過是個面色蒼白的青年，帶頭大漢打量了他一眼，極為不耐煩。「家裡幾個人？這幾日可看見官兵了？」

「只有我和我妹妹，沒見到什麼官兵。」

帶頭那人伸頭在院子裡掃了幾眼，見沒什麼奇怪的，便想走了，誰知身後一個生著鷹眼的狠戾男人卻道：「大哥，這家我們昨天來過，家裡沒人，忽然冒出這麼一對兄妹很奇怪啊？」

這男人正是才投入山匪麾下的陳二，那帶頭大哥聽了這話明顯一愣，看向溫雲卿的眼神裡便多了一抹審視。「帶我們進屋看看。」

溫雲卿也不與他爭辯，帶著幾人進屋，屋裡有些亂，牆邊床上躺著個人，看樣子應該是個年紀不大的女子，帶頭大哥只掃了床上一眼，便轉頭察看屋裡能藏人的角落，見並無他人。

溫雲卿這才道：「昨日我帶妹妹去藥鋪抓藥，所以不在家中。」

帶頭大哥點點頭，正欲轉身出門，陳二卻往床邊走了幾步，看見床上女子如瀑的黑髮和露在被子外的一抹玉色肌膚，喉頭一緊竟伸手去掀被子，但他的手尚未碰到被子，手腕便被溫雲卿抓住。

陳二眼睛一瞪，滿是暴戾之色。「你幹什麼？」

這話溫雲卿還想問他。他神色微斂，眸中清冷。「我妹妹有肺癆症，昨兒才咳了血，別傳給大爺。」

聽了這話的相思，忙咳嗽幾聲，這幾聲咳得極為逼真，也是借著胸中有傷的緣故。因溫雲卿的提醒，屋裡人都忍不住看向埋在床上被褥之間的女子，只見她面朝床裡躺著，身上蓋著的被子染上點點血跡，顯然癆病已經很厲害。

「走了、走了！」帶頭大哥覺得有些晦氣，揮揮手招呼幾人離開。

陳二不好再多言，狠狠瞪了溫雲卿一眼，又看了床上的相思一眼，面色陰沈，卻只得轉頭跟著眾人要走。

「好漢留步！」溫雲卿忽然叫住已走到門口的帶頭大哥，帶頭大哥回頭看向他，眉頭皺了起來。「又怎麼了？」

溫雲卿躬身一禮。「我會些醫術，如今韶州府裡正流行瘴瘧，不知你們可需要大夫？」

帶頭大哥眉頭皺得越發厲害。「你會治病？」

「會治，不只會治瘴瘧，一些外傷也拿手。」

看著眼前這個清瘦有禮的青年，帶頭大哥有些為難。「但你妹妹……有癆病，別過了癆病給我們，再說，你給我們治病圖什麼？」

溫雲卿看向帶頭大哥，聲音清冷堅定。「我們兄妹無依無靠，只求好漢能保我兩人平安，再無所求；至於我妹妹的癆病，只要不與她親近，是不會輕易染上的。」

帶頭大哥想了想，確實聽說這癆病不容易傳染，若平日注意距離，倒也不是大事，如今寨裡正有幾個兄弟病了，又四處找不到大夫，若這青年能跟自己回去治病，他求之不得。

「既然這樣，你們兄妹就和我們去府衙住下，正好我們有幾個兄弟病了。」

溫雲卿一禮應下。

既然決定要讓兩人去府衙，帶頭大哥便留下兩個手下把他們帶回去。陳二走時狠狠瞪了溫雲卿一眼，但因帶頭大哥在場，並未說話。

留下的兩個山匪坐在院裡插科打諢，屋裡的相思頭腦發昏。「咱們為啥要跟山匪回去啊？」

這次輪到溫雲卿嘴裡發苦了。「因為妳被人惦記上了。」

相思一愣。「惦記我？」

想起方才陳二的表情，溫雲卿眸中寒光一閃，隨即溫和笑了笑。「沒什麼，只是這裡不安穩，山匪的老巢可能更安全些。」

相思似懂非懂地撓撓頭，還是有些遲疑。「那軍隊……來了，咱們怎麼辦？」

「軍隊來了，山匪肯定顧不上咱們了。」溫雲卿安撫道。

方才陳二的眼神很赤裸，如果溫雲卿沒料錯，今晚陳二肯定會再過來，即便兩人現在離開，只怕也已被他盯上，情急之下，為了保護相思，溫雲卿想出了這個有些險的法子——為這些山匪治病，請他們庇護。

溫雲卿之所以敢行這險之又險的一步，還因西嶺寨的山匪與別處不同，這些匪徒原也是正經的莊戶，但西嶺一帶早年被一酷吏所掌，霸人田產，淫人妻女，這些莊戶被逼到了極點，便聯合殺了那酷吏，然後盤踞在西嶺險山峻嶺之中，做些劫道的買賣。但這些人卻並非窮凶極惡之徒，不曾平白害命，江湖上也稍有名氣，加上此時城中缺醫少藥，只要溫雲卿能醫好幾個山匪，博些感激人情，倒不擔心這幫山匪害他們兩人。

兩人本也是鳩占鵲巢，自然沒有什麼好收拾的，只拿了兩件換洗衣物，便同那兩個山匪出了門。來到空無一人的街上，家家門戶緊閉，那兩個山匪閒極無聊，便說起這幾日的事情來，顯然並不在意身後這對兄妹聽了什麼機密去。

其中一個山匪長得矮胖，從懷裡掏出鑄銅的小酒壺，啜了一口，遞給身邊的伙伴。「寨裡這次可算是宰到了一頭肥羊，韶州府是什麼地方？可比咱們那地方富庶多了，搶完這一票，咱兄弟們就有好幾年的好日子了！」

瘦高的山匪接過酒壺，喝了一大口，很是贊同同伴的話。「可不是，兄弟們這兩年都沒劫到什麼大財，這次算是逮著了。」

矮胖山匪點點頭，回頭看了一眼靠在溫雲卿懷中的相思，見她走得艱難，且又病著，便道：「出了這條巷子就能坐車，妳堅持、堅持。」

溫雲卿十分感激地點頭致意。「多謝好漢了。」

矮胖山匪便不再理會兩人，對旁邊瘦高的山匪道：「但我有點不明白大哥的心思。前晚咱們攻進城裡的時候，抓了個叫石褚的，這不識抬舉的竟不肯加入咱們西嶺寨，一刀剁了就是，何必好吃好喝供著？」

瘦高山匪看了他一眼，頗有嫌棄之意。「大哥這是生了惜才之心。咱們攻進來的時候，好多膽小的災民都逃命去了，只有這個石褚不曾跑，可見他是有些孤膽的，幾個兄弟打他一個，不但沒能拿住他，反倒都吃了虧，就知他的拳腳功夫相當不錯，恐怕咱們全寨也尋不出幾個來。」

「那也不用這般客氣地對他呀……」矮胖山匪嘟囔了一句。「要我說，就狠抽他一頓，看他到時還硬不硬氣！」

瘦高山匪搖搖頭，顯然十分不贊同這只會使用暴力的伙伴。

說話間，四人到了巷口，矮胖山匪從牆邊柳樹上解下馬車，四人便坐著馬車往府衙方向去了。

第五十四章

溫雲卿兩人在府衙後面一所小院裡才安置好，那矮胖山匪便領著幾個人進院子，他姓方，在家排行老三，山寨裡的兄弟就都叫他方三哥。方三知道溫雲卿是大夫，也不客氣，喘口氣的工夫都不給，就帶了幾個生病的兄弟來。

此時溫雲卿已把相思安置在裡間，便讓幾人在前廳坐了，又讓人幫忙去找了腕枕等物來，然後一個個看過。兩個外傷的人並無大礙，開了些外傷用藥，又處理一下傷口，便十分穩妥了。

看完前兩個，方三便知道溫雲卿確實沒說謊，處理起傷口來十分熟練，便是他們這些時常自己包紮傷口的人看了，都瞠目結舌。

知溫雲卿是個可靠的，方三便把一直坐在椅子上瑟瑟發抖的兄弟推到他面前。「溫大夫，這是我王五兄弟，昨夜忽然發了病，忽冷忽熱的，你快幫忙看看！」

那王五較為年輕，此時雖是夏天，卻穿了一件厚重的羊皮襖，抖如篩糠，面皮慘白，分明是瘴瘧的癥狀。溫雲卿先未言語，而是誠意十足地把望聞問切做了一整套，又細細把脈。

只是這把脈的時間著實有些長，別說王五臉色白，連方三和陪著來的幾個山匪臉色都白了幾分，小心試探。「溫大夫……我兄弟沒事吧？」

若是平日有病人這麼問，溫雲卿肯定要好生安慰讓他寬心，只是如今他想讓山匪顧念他的好，便面色凝重地搖搖頭，沈聲道：「這位小兄弟是患了惡瘧，已耽誤一日，有些……」

見溫雲卿吞吞吐吐，方三急急問道：「有些什麼啊？」

「有些難治。」溫雲卿搖頭嘆道。

一聽這話，本就慘白臉色的王五面色越發難看起來，一把抓住溫雲卿的手。「大夫你可千萬救救我！我家中還有老母、妻兒要養活呢！」

溫雲卿自不會做得太過，只讓他們知道這病不容易治便好。「雖然耽誤了一日，但我有祖傳的一套神仙方子，治療惡瘧有奇效，喝了沒有不好的，我寫給你，你先喝上一日，然後我再作調整。」

聽了這話，屋裡的幾人都鬆了一口氣，隨後拿了「祖傳仙方」去尋藥。

送走了幾人，溫雲卿來到房內，見相思並沒躺下休息，而是盤腿端坐在床上，秀氣的眉毛緊緊皺在一起，顯然正在糾結著什麼事。

她見溫雲卿進屋，幽怨淒楚地看了他一眼，又忙收回目光，然後身子朝向床裡，用被子蒙住頭。

溫雲卿實在有些摸不著頭腦，他有些遲疑地走到床邊，輕聲問：「怎麼啦？是不是傷口又疼了？」

相思藏在被子下面的頭使勁搖了搖，卻不說話。

溫雲卿身子本就不好，今日又折騰了好一會兒，此時也有些疲乏，在床邊坐下，又問：「那是進了賊窩覺得心裡害怕？」

這次相思不僅搖了頭，還小聲嘟囔。「你在這我不害怕。」

溫雲卿更迷惑不解了。「那是怎麼了？方才還好好的，這會兒就裝起鵪鶉來。」

「我才不是鵪鶉！」相思掀開被子爬了起來，一雙幽怨的小眼睛瞪著溫雲卿，小臉紅撲撲的。

溫雲卿一愣，十分自然地伸手摸了摸她的額頭，皺眉道：「沒發燒怎麼臉這麼紅啊？」

相思氣鼓鼓的，把溫雲卿的手從自己的額上拉下來，深吸一口氣，吐出一個驚雷。「我是個姑娘家，可是我的身子被你看光了！」

聽了這話的溫雲卿，猛地咳嗽起來，他急著解釋，卻越急咳嗽得越厲害，好一會兒才止住，然後神色莊重寧靜，自然正直地看向相思，沈聲道：「我是一個大夫，當時又是為了救命，事有輕重緩急。」

「我不管、我不管！你看了就是看了，我都被你看光了！」相思耍起賴來。

溫雲卿何時見過這樣的潑皮無賴，哪裡是相思的對手，解釋的話她不聽，狠話又說不出，一張臉急得又紅又綠又紫，十分精彩可憐。

「妳是個姑……姑娘家，日後要嫁人的，不要說這些壞妳名節的話。」溫雲卿勸導的話如此蒼白無力，根本無法對相思造成任何影響。

「我不管！反正被你看光了，我不要活了！」相思噘著嘴繼續撒潑。

溫雲卿神色略苦。若王中道堂主看見自家的溫閣主竟能露出如此神色，定要以為閣主大人躁火太盛，以至於某些地方不甚通暢……

透過指縫空隙，相思看到了溫雲卿此時神色，見時候差不多，便把演技推進到下一層次。

「這事原也不怪你……只是……」相思聲音溫軟可憐，頓了頓才繼續道：「只是總歸你也是占了些便宜的……」

溫雲卿聽了這話，恍然有所察覺，卻不點破，只是如同誘捕猛獸入籠要放餌，也引誘相思道：「那妳覺得該怎麼辦？」

竟然這麼痛快！相思有些難以置信，隨即繼續做受了欺辱的小媳婦狀，期期艾艾地嘆了幾口氣，然後裝模作樣地拿被子揩了揩眼角，咬著被角，可憐兮兮地說：「你既然占了我的便宜，就要答應我一件事，咱們一脫身，你就立刻和我一起離開韶州府。」

溫雲卿沒立刻回答，只是看著略有些窘迫的相思，然後摸了摸她的頭，嘆息道：「妳到底哪裡來那麼多小心思？」

見一計不成，相思就搬出了計劃B，立刻調整心態，驅散眼中的幽怨，可憐兮兮看向溫雲卿。「要不是想勸你和我一起走，我哪裡會困在這裡呀，哪裡會挨這一箭，溫閣主你是有很大責任的！」

溫雲卿哪見過這般翻臉如翻書的人，嘴唇微張，相思卻已打定主意耍賴到底，抓住他的手臂搖起來。「答應我嘛！和我一起走嘛！好不好嘛？」

好吧，一向不知節操為何物的相思在撒嬌……

這院子本有幾間空房，但溫雲卿不放心相思自己待在房中，便準備在門外小榻上將就一宿；哪知相思說夜裡天涼，若他不肯進屋，她就也在外面陪著。

溫雲卿無法，只得進了屋裡，又用桌凳把門窗擋好。屋內除了一張床，並無其他可躺坐的地方，相思不介意和溫雲卿分享一張床，但怕自己說出來，他會嚇得拉緊衣襟跳離三步。

於是只多找了幾床厚實的被褥鋪在床前的地上，讓溫雲卿和衣躺下。

相思日間睡了覺，此時並無睡意，看著窗上樹影有些百無聊賴。

「雲州府是什麼樣的？」忽然間，躺在地上的溫雲卿開口，但他的眼睛依舊是閉著的。

相思想了想。「春天有開不盡的玉蘭，夏天有吃不完的冰碗，秋天有甜蜜可人的果子，冬天就要去泡溫泉。」

「那真的很好啊！」

相思點點頭，又想起溫雲卿沒見過的，便開口道：「溫閣主你要是去雲州府，我保證帶你吃遍美食，看遍美景。」

聽著少女信誓旦旦的保證，溫雲卿唇角微微翹起，說了一聲「好」，便沈沈睡去。

這一晚無人打擾，總算平安度過。

然而清晨，院門便被拍得「砰砰」響，開門看見四、五個神色凶狠的男人，為首的正是陳二。

「溫大夫，我兄弟病了，還請你給瞧瞧。」陳二不壞好意地笑著，顯然是打著什麼小算盤。

溫雲卿已讓相思把屋內門窗關好，便帶著幾人進了前廳，給那病人探脈。

這病人面色蠟黃，嘴裡不停「哎呀、哎呀」地叫著。溫雲卿在那人腕上一探，指下竟全無脈搏，卻不驚慌，看了那病人一眼，才看向陳二。

這陳二今日就是特意來找麻煩的，見溫雲卿不說話，只當他沒摸到脈搏有些吃驚，笑得越發不懷好意。「溫大夫，你說我兄弟到底是什麼病？脈象可好？」

「把他腋下的雞蛋拿出來，自然就好了。」

腋下挾著雞蛋，脈搏自然無法感覺到，昔日也有頑童用這法子戲弄名醫。陳二面色一僵，隨即眼珠子一轉。「我兄弟這病可不是裝出來的，你說這是什麼意思？我看你也不是個正經醫生，八成是來騙吃騙喝的！」

聽見外面吵鬧之聲，屋裡的相思甚是焦急，但卻更怕自己此時出去反而給溫雲卿添麻煩，便只能強忍著。

溫雲卿卻不回答，一隻手忽然從那假病人的袖口伸進去，手指如電，再抽出來時，三根手指已拈了一顆雞蛋。

「大……大哥……」假病人看著那顆雞蛋，有些口吃。

陳二臉色十分難看，咬牙低聲道：「我知道你妹妹沒得肺癆，你讓她乖乖陪我睡一覺，我便再不為難你們兩人。你別以為昨日大哥答應了你們什麼，我就不敢動你們，要是惹怒了我，保證讓你們活不長久。」

話雖是這麼說，但到底陳二心裡還是有忌憚，不然也不至於興師動眾弄這麼些么蛾子。溫雲卿心中清楚，也知在這等欺軟怕硬的惡人面前，言語上的恭敬沒有任何意義。「我勸你趁早打消這打算，若你敢碰她一毫，我保證有辦法讓你後悔。」

陳二一愣，沒想到溫雲卿竟如此硬氣，又因幾個新收的小弟在跟前，不好被掃了面子，厲聲道：「好！我今天倒要看看到底是誰厲害！」

說著他便要動手，誰知竟忽然小腹一痛，下肢痠軟，險些跪倒在地！勉力捂著小腹站住，雙腿打顫，哪裡還能出拳作惡？

沒人看見方才溫雲卿的袖子微微一動，彷彿微風拂過一般。

第五十五章

正是這時，昨日約好來複診的王五被幾個兄弟扶著進門。昨日喝了溫雲卿開的藥，他已好了許多，不再忽冷忽熱，只是身體尚有些虛，見院內還有別人，眉頭一皺。

陳二哪想到這麼早就有人來這小院，當下收起惡色，換了面孔，假意謝過溫雲卿，被幾個人扶著走了。

王五在西嶺寨的時間也算久，見這幾人面生，猜到是才入寨子的新兄弟，打了個招呼，便進了堂裡。

王五在春凳上坐下，十分感激溫雲卿。「溫大夫啊，你這家傳仙方果真有用！我只喝了一副，感覺好上許多……」

「嗚嗚嗚！」

裡屋忽然傳出女子淒楚的哭聲，打斷了王五感激的話。王五有些愕然，轉頭看向溫大夫。

溫雲卿快速收拾心情，搖搖頭，一副有苦難言的模樣。

屋裡女子的哭聲越發淒慘可憐，王五看看屋門，又看看溫雲卿。「這到底是怎麼啦？」

溫雲卿嘆了口氣，正要說話，屋門卻「嘎吱」一聲開了，一個穿著粗布衣衫的少女，滿臉淚痕地衝了出來，她竟不顧周遭眾人眼光，直直撲入溫雲卿的懷中，痛哭失聲。

溫雲卿身體一僵，隨即也面露愁苦之色，輕輕拍了拍相思的背當作安慰。

堂內幾人被唬得一愣，倒是王五看不下去，急問：「溫大夫，你妹子這是怎麼了？」

溫雲卿深深嘆了一口氣，卻是搖搖頭，沒有說話。

相思哭得越發淒慘，肩膀微微顫抖，彷彿受了什麼委屈一般。

「我說妹子啊，妳到底是哭什麼？說出來我聽聽，要是能幫上忙，我一定幫的！」王五看不下去這麼一個柔弱的姑娘家，哭得這般淒慘。

旁邊幾人也附和。「就是，妳要是有什麼委屈就說出來，我們兄弟幾個一定給妳撐腰！」

「我……我……」相思淚眼朦朧地抬起頭，看向身邊幾人，小鼻子抽了抽，才委委屈屈地道：「我們兄妹自小相依為命，日子過得十分艱難，一到冬天，我們連棉衣也沒有，只能縮在破棉被裡發抖，飯也吃不上，只能煮些夏天曬的野菜湯；我又患上癆病，沒錢看大夫也沒錢治……」

說到此處，豆大的淚珠從少女的眼裡落了下來，啪嗒、啪嗒砸在地上。這幾個山匪也是有兄弟姊妹的，又才被溫雲卿醫治過，自承他的情，對相思便也多些感念，聽她說得如此淒慘，心中都有些難過。

相思抽泣了一會兒，這才顫聲道：「後來哥哥為了給我醫病，自學了醫術，漸漸也開始幫鄉親們看病，鄉親們便給我們些錢糧，這生活才好了一些。那時候哥哥又要照顧我，又要砍柴做飯，十分辛苦，也是多虧哥哥的照顧，我才能有命活到今日。」

聽到這裡，那幾個漢子忍不住看向溫雲卿，只覺得這青年實在是不容易，心中難免又生出憐惜之感。王五似是也想起自己的艱難歲月，跟著抹了兩把眼淚，略有些哽咽地對相思道：「妳哥哥現在也算是大夫了，往後你們兄妹跟著我們西嶺寨，吃香的、喝辣的，再不用發愁！」

相思聽了這話，嘴唇張了張，欲言又止，眼中又溢出淚水來，翻身撲在溫雲卿膝上嚶嚶哭起來。

王五一見慌了，還以為自己方才說的話有什麼問題。「我……妳這又是怎麼了？」

「王大哥，你不知道……方才……方才那人想……」相思梨花帶雨抬起頭來看著王五，臉上又羞又怒。「方才那人想強我！」

平地一聲雷，堂內幾人一時間都愣了。

「他媽的！沒王法了不成！」王五憤怒地把手中的杯子摔到地上，砸了個粉碎。

相思此時十分想提醒他——身為土匪講王法有點違和……但她正努力當受欺負的小媳婦，自然只能憋著，可憐兮兮道：「那人昨日就心懷不軌，哥哥怕他晚上過來，所以才求領頭大哥把我們帶回府衙，免遭他的迫害；誰知今天一早他就來找麻煩，還說了好多……好多下流齷齪的話……我……他若是真的要逼我……我情願一條白綾吊死算了！」

溫雲卿也是個有急智的，聽相思說到這裡，便十分有默契地接住，先是面色凝重，眼神悲戚地把她摟在懷裡，接著沈聲道：「妹妹妳想開些，我就是拚了命也不會讓他碰妳一根指頭，大不了和他同歸於盡罷了！」

聽得這一對兄妹竟被西嶺寨的人逼得要拚命，王五是又羞又氣，羞這逼他們的人竟如此無恥，氣那齷齪小人竟能入寨子裡，狠狠捶了桌子一下，大聲怒吼。「那人到底是誰？哪個不長眼的把他領進了寨子裡？」

「好像叫陳二，是咱們才進城那日自己來投奔的，那日咱們收了好些災民入夥呢！」另一怒不可遏的山匪回道。

「這才進寨子幾天就敢做這樣傷天害理的事，若以後，只怕還不知打著咱們的旗號做多少惡事！你們三個給我把他狠狠揍一頓，告訴他不許再來這院子，也別再打溫妹子的主意，否則我親手把他小二哥切下來！」王五咬牙道。

這幾個山匪心中也對陳二十分不齒，聽了這話，哪裡還有顧忌，抬腿便追了出去。

王五猶自氣憤，提起水壺灌了兩口涼水。「這事全怪我們寨子，讓溫大夫和妹子受驚了，你們兩個且放心，有我王五在，保證那陳二不敢再來相擾！」

「真……真的嗎？」相思怯怯地看向他。

王五拍拍胸口，保證道：「妹子儘管放心，我們大哥絕對不會容忍這樣的事，若知道陳二這樣欺負人，絕不會容他的！」

得到這幾句保證，相思心中稍安，感激地謝過王五，便乖乖回屋去了。

溫雲卿給王五把過脈，又在那祖傳仙方上添了一味半夏，囑咐幾句，便讓王五回去好好休息。因為陳二的事，王五覺得有些對不住溫雲卿，但又不知該說些什麼好，於是只得訕訕勸了幾句，才走了。

溫雲卿回到堂裡，見裡屋門縫後偷偷露出一張小臉，忍不住笑了笑，嘆道：「妳這麼一鬧，只怕借那陳二一百個膽，他也再不敢來了。」

確認王五走了，相思才走出房門，眼睛明亮如星，哪裡有方才的可憐模樣。「那個陳二一看就是個窮凶極惡之徒，離他越遠越好，怕只怕，他現在雖不敢來，等找到機會，還是要來報復的。」

溫雲卿點點頭，卻不想在陳二身上浪費太多精神，扶著桌沿坐下，悠悠道：「我又要砍柴、又要做飯？」

相思有些不好意思，小聲嘟囔。「胡編的，不然他們哪能這般可憐咱們嘛……」

「哦～～」這個字拉得老長，相思只當不明白溫雲卿的揶揄之意，正要坐下，卻聽大門「砰」的一聲被撞開，幾個人抬著門板進了院子，擔架上躺著個面色如土的少年，旁邊還跟著個神色嚴峻的男人。

其中一個抬門板的人認識溫雲卿，進門便直奔他這邊來，小心翼翼把門板放下，才道：「溫大夫，快來看看這個兄弟，這幾天一直發燒，今日竟暈過去了。」

溫雲卿來到門板前，蹲下身一看，見門板上的少年嘴唇發白，面色死灰，又一摸脈門，便斷定是多日積寒導致的亡陽之症，忙開了一張人參回魂湯的方子，讓人去抓藥，於是堂內就只剩下一個山匪和那神色嚴峻的男人。

這時門外來人找那山匪，山匪有些遲疑，神色嚴峻的男人卻冷冷開口。「我既然答應了你們當家的要留在西嶺寨，自然不會食言，我弟弟還在這裡，我斷不會走的。」

想到事實的確如此，那山匪便對男人拱拱手。「石大哥你稍坐，我去去就回！」

石緒點點頭，依舊蹲在昏迷少年的身側，喚了少年兩句，抬頭看向溫雲卿。「我弟弟有多大把握能救回來？」

溫雲卿手中拿著一根細針，在少年另一側蹲下，輕輕把針刺入少年的穴道中，然後緩慢使力，銀針漸漸沒入身體裡。

「尚有六、七分把握。」

聽了這話，石緒心中稍稍安定。他與弟弟石明從小相依為命，若不是弟弟病重垂死，他是根本不肯投靠西嶺寨的，伸手握住少年的手，石緒靜靜等候。

不多時，有個山匪端著人參回魂湯來，溫雲卿與石緒一起給少年灌下，溫雲卿又施了一回針，少年的氣息才漸漸平穩了，臉色也稍稍好看些。

「只要這位小兄弟熬得過今晚，第二日便無大礙。」溫雲卿又交代了些應注意的事項，幾人便把石家兩兄弟送到隔壁廂房暫住，防止半夜有事無法及時趕到。

是夜，溫雲卿去了鄰廂兩次，施針行氣，天將亮之時，總算安然過了這一關，回到自己院內的時候，屋內油燈還亮著，溫雲卿敲了敲門。「是我。」

隨後便聽見屋內相思下床穿鞋，跑來開門的聲響。

溫雲卿一進門，便反身把房門關好，略有些疲憊。「那小兄弟沒事了。」

相思點點頭，看著他蒼白的臉色，有些擔憂。「你沒事吧？」

溫雲卿正要說話，卻忽然喉頭一甜，猛地咳出一口血來，眼前一黑便往相思這邊倒了下來。相思慌忙去扶，奈何力氣小，不但沒扶住他，自己也跟著一起栽倒在地。

壓在自己身上的男子一動不動，相思有些慌張地拍了拍他的臉。「你怎麼了？醒醒啊！」

溫雲卿毫無所覺，平日狹長好看的眼睛，此時緊緊閉著。

「你別嚇我啊……」相思的聲音有些顫抖，使了幾次力氣才勉強坐了起來，拿了個枕頭墊在他的頸下。方才他咳出的血是暗紅色的，說明並不是動脈出血，所以出血速度較慢。相思趴在他胸口仔細聽了一會兒，能聽見雖微弱但穩定的心跳，說明也不是心臟出了問題。

但現在相思手中並沒有任何可用的檢查儀器和急救藥品，能做的事情太少，只能等，等溫雲卿的癥狀再嚴重些，或者穩定住。但等待實在是一個漫長的過程，相思只能小心把耳朵貼在溫雲卿的胸口上，彷彿聽著他的心跳，便能安心一些。

「嚇到妳了吧？」

過了好一會兒，頭上忽然傳來男子清冷的聲音，相思嚇了一跳，忙抬頭看去，便見溫雲卿面色蒼白地微微笑著，彷彿方才咳血不過是吃飯一樣的小事。

相思癟了癟嘴，轉身背對著溫雲卿，肩膀微微顫動，許久才帶著哭音道：「都要嚇死了啊！」

第五十六章

自那日相思與溫雲卿合力演了一齣戲，陳二倒是不曾再來。西嶺寨的這幫山匪，很快搜刮了許多金銀和錢糧，裝了整整幾十車，想著時候差不多，便準備打道回府；哪知這時聽聞京中瑞王起兵謀反，本欲圍京發難，奈何京中早已布下天羅地網等他，便只得退而求其次，占據了西川、都名兩郡，自立為皇帝，倒也有幾個將軍、小王響應。

一時間既派了軍隊來守韶州府和潁州府，圍攻瑞王的軍隊便不足夠，頗有些首鼠兩端的意思。

聽聞這消息的西嶺寨眾人心中大安，知京中派兵路途遙遠，只怕再快也要七、八日才能到韶州府來，便越發地行事無忌，在城中又搶掠了幾日，便準備回山寨去吃香喝辣。偏世上有許多不湊巧之事，正在這時，忽有一五千人馬的軍隊來圍城，彷彿從天而降一般。

山匪們忙鎖上城門，都納悶為何京中的軍隊竟如此神速？細看軍旗，見上面寫了個「左」字，竟是駐守洮關的左家軍！

府衙門口，山匪們進進出出，正在做戰前準備。

一個年輕男人推著一輛送菜車從正門經過，他身旁還跟著個同樣年輕的女子，只是身著粗布衣裳，面上有些勞動導致的黑灰。兩人行至角門，敲了敲，便有個相熟的山匪開門，只隨意掀開車上的菜筐看了看，便放兩人進門。

年輕男人推著小車，腳步快而穩，然後忽然轉進一條小路上，壓低聲音問：「是這個院子嗎？」

女子看了看四周，也同樣小心謹慎。「應該沒錯。這幾天周圍的院子都看了，就剩下這一所院子，少爺如果在山匪手裡，就應該在這兒了。」

年輕男人點點頭，推著菜車快速往小路盡頭的那所院子走去。或許是因為山匪正在應付城外的軍隊，所以這院子裡的防備便鬆懈些，這一路竟未遇到什麼人，快行至院門時，正巧有一個病懨懨的山匪從院子裡出來，與兩人打了個照面，男人解釋了幾句，便也矇混過去。

從院門口往裡望去，前廳的門開著，能看見三、四個人坐在裡面，為首一人正是溫雲卿。

送菜的年輕男人正是一直在到處找相思的崔錦城，而女子則是跟著相思來韶州府的紅藥。看見溫雲卿在這院裡，紅藥心中便有了幾分主意，與崔錦城躲在門外，小聲道：「少爺之前正是去找了溫閣主，如今溫閣主在這兒，少爺應該與他在一起，一會兒我摸進去探查探查，你幫我在外面把風。」

紅藥之所以會這麼安排，只是怕崔錦城知曉了相思的女子身分，但崔錦城卻未作他想，點點頭，便與紅藥在院外一處假山後藏著。

大概過了一炷香的時間，院裡的幾個山匪才離開，紅藥瞅了一個空檔，快速進了院子，把門關上。

溫雲卿聽得聲音，只以為又有山匪來看診，抬眼一看一愣，再仔細一看，才認出是相思身邊的丫鬟，他曾見過一面的，於是也不多話，指了指裡屋的門，率先進去了。

見溫雲卿如此動作，紅藥心中越發篤定，快步進了裡屋，就看見讓她牽腸掛肚的相思「少爺」，只是此時少爺變成了少女……

想起災民進城時的混亂險惡，紅藥不禁眼睛一紅。「您可讓我們好找，急都急死了！」

相思忙上前抱住紅藥肩膀。「妳怎麼找到這裡了？」

「那日災民衝進城時，我們幾個要去連升客棧找，但是街上太亂，只得暫時找了間宅子避避風頭，後來等我們找到連升客棧的時候，你們沒在裡面，到處也找不到你們，急得我們像熱鍋上的螞蟻。前幾日我們聽說山匪裡來了個姓溫的大夫，醫術極好，便想可能是溫閣主，我和崔掌櫃就化身送菜的農戶，來送了幾日菜，今日才摸進這所院子裡。」紅藥自然知道此地不是掉眼淚的好地方，便揀重要的簡單說了說。

「這裡極危險，難為你們了。」忽然見到親人，相思心中多了些安定之感，又聽紅藥和崔錦城經過許多波折才找到這裡，心中自然感動。

「少爺，晚上我們偷偷從角門進來接你們出去。」

相思有些遲疑，溫雲卿聽到這裡卻道：「這不妥。如今軍隊圍城，夜間府衙肯定會嚴加戒備，逃出去並不容易，若是我等被發現，只怕當即就有生命危險。」

這話不無道理，若是被山匪抓到，只怕還會被當成是官府的細作，到時候自沒有活路。話到此處，相思忽然想起一個人來，急急問道：「熊大哥可還在城裡？」

熊新這幾年常替魏家跑藥，亦算是熟識，紅藥遠遠見過幾次。「這我不知道，災民進城那日聽說他好像剛出城去。」

相思沈吟半晌。「這樣，妳今天出去後，先和崔錦城去熊嫂子的食肆裡看看，若熊新大哥回來了，妳把我們的事與他直說，他常在江湖上跑，若是和西嶺寨有過交往，應是能說上話的，到時候讓他做個中間人，與這西嶺寨裡能主事的人說一說。」

紅藥應了，正要開口，相思卻又抓住她的手。「但有一件事妳要記住，萬萬不能讓西嶺寨的人知道我和溫閣主的真實身分。」

聽了這話，紅藥一愣，還是點頭應下。之所以有這一句囑託，也是相思的一點小心思。幾百山匪對抗五千正規軍隊，勝負並無懸念，她怕城破之時，這些山匪為了保命而抓人質威脅；魏家不過是藥商，但溫雲卿卻有皇家的關係，又是忍冬閣的主人，這可是個求不來的優質人選。

主僕兩人又說了幾句，相思便催紅藥離開，哪知才開屋門，便聽見院子裡傳來一個男人的聲音。「溫大夫在嗎？」

溫雲卿側身從門內出去，又反手關上屋門，便見石褚提了一條臘肉、兩壺酒進了堂裡。

「我弟弟如今已經大好，特地來謝謝溫大夫。」石褚一拱手，把那臘肉和酒放在桌上。

溫雲卿一揖還禮，與石褚在桌前坐下。「醫者本分，何必特意來謝呢！」

石褚卻搖搖頭，微黑的面龐上帶了些柔和的笑意。「我和弟弟自小相依為命，這次又遇上洪災，活下來很不容易，你救了他就是救了我的命。」

兩人說了一會兒話，因石褚也聽別人說起溫氏兄妹的坎坷人生，所以難免生出些相惜之感，說話也頗為投機。

「我聽說駐守洮關的左家軍如今正在圍城？」

石褚點點頭，眉頭微皺。「西嶺寨的山匪本該早些走，卻因貪圖金銀而拖延了幾日，如今這些寶貝怕是一車也帶不走了。」

「寨主可有什麼對策？」溫雲卿狀似無意問道。

石褚倒是並未疑心，長嘆了一口氣。「並沒有好計策，只是想找一處守軍薄弱的地方，強攻出去，應就在這幾日了。」

聽得此言，溫雲卿稍稍放心，又與他說了些閒話，便送石褚出門。

屋外的兩人一走，屋內的紅藥便吃驚地搖著相思的肩膀，小聲道：「溫閣主知道您是女兒身了？」

相思看了看自己穿著的衣裙，然後用一種看白癡的眼神看向紅藥。「溫閣主又不瞎……而且他很早以前就知道了。」

紅藥一噎。「他不會說出去吧？」

相思正要回答，溫雲卿卻已推開了門，笑著對紅藥道：「一會兒可能還有山匪來。」

於是紅藥慌忙走了，出門在假山後尋到了崔錦城，說了院內的事情，又怨他沒給自己把好風。

屋內，溫雲卿看了相思一眼，又轉過頭去，過一會兒再看她一眼，相思被看得寒毛倒豎，顫聲道：「你要幹什麼？」

溫雲卿搖搖頭，笑道：「我突然很好奇，妳這麼多年女扮男裝，是不是……很不方便？」

「當然不方便啦！」相思慘嚎一聲，掰著手指頭數著這些年的不易和辛酸。「時時刻刻都要避著人，生怕被人發現我是女兒身，小時候還好，後來長大些，相慶、相蘭、長亭和玉川的聲音都變粗了，我的嗓音卻還是細細的，害得唐玉川那廝叫了我好一陣娘娘腔，真是氣死人！」

溫雲卿眼底滿是笑意。「雖有諸多不便，但想來那時妳也是開懷的。」

相思撓撓頭。「可能是吧……」

「可惜那時候我病得出不得門。」溫雲卿沒有再往下說，若說出來，應該是滿心的悵然。

昔日食客雲集的熊家食肆門口，此時門可羅雀，食肆也關著門，崔錦城敲了敲門，並無人回答，紅藥便又敲了敲，喚道：「熊大哥在家嗎？我是魏家的丫鬟，有事想請您幫忙。」

話音剛落，門內便傳來熊新低沈的聲音，不多時，房門打開，熊新讓兩人進了門。

請兩人在八仙桌前坐下，熊新便重新關上房門，這才道：「如今城中正亂著，你們有什麼事這麼急？」

「我家少爺和忍冬閣的溫閣主如今都在山匪手裡！」

看著焦急的紅藥，熊新的眉頭蹙了起來。「魏少爺在山匪手裡？」

崔錦城與熊新時常打交道，兩人也相熟，說話便直接些。「他們兩個在民宅躲避的時候，被山匪帶回去的，但因為溫閣主替他們治病，現在倒還以禮相待，暫無危險。」

「沒危險便好。」熊新也在桌前坐下。災民進城那日，他才出城不久，但聽到消息後，便因擔心熊嫂子立刻回了城內，這幾日也是閉門躲禍，倒沒遇上什麼麻煩。

「我家少爺說，他們兩人的身分千萬不能讓山匪知道，不然事情便要難辦了。」

熊新點點頭。「魏少爺素來機警，他們兩人的身分若讓山匪知道了，只怕要狠狠敲咱們一筆。」

說完這句話後，熊新便低頭沈思。他正在想解救之法，紅藥卻以為他在為難，起身深深一福。「熊大哥千萬援手，不然只怕我家少爺……」

「他要是敢不救，我就休了他！」樓梯口忽然傳來一個嬌俏的女聲，正是熊嫂子。

見自家婆娘下樓，熊新也不計較方才這十分不客氣的話，而是大步上前環住她的腰，另一手則是扶住她的胳膊，像是生怕她摔倒一般。這是什麼原因呢？自然是因為熊嫂子有喜了，前幾日才知道的，已經兩個多月。

扶熊嫂子在桌前坐下，熊新才道：「魏少爺平日對我們一家多有照顧，他有事我肯定要幫的。我兩年前曾與西嶺寨的二當家有過交往，一會兒我去一趟府衙，看看是否能說上話，你們先回去等我消息。」

崔錦城點點頭，從袖中掏出幾張銀票，都是一千兩面額雲鼎銀樓的通票，遞給熊新。「需要打點的地方還請熊大哥受累，這些銀子儘管花。我們家少爺雖然平日小氣財迷些，但若知道這銀子是為了救命花的，肯定不心疼。」

熊新倒也不客氣，收了那銀票一看，卻退回三張給崔錦城。「有一百兩的沒有？這銀票的數額太大，我怕他們反而要起疑心。」

第五十七章

第二日，崔錦城和紅藥依舊推車去送菜，走到角門的時候，見門對面站著一個青年，這青年有些面熟，崔錦城看了兩眼，想起這人是忍冬閣的大夫，曾經在病舍裡見過一次，於是上前問了幾句話，才知他也猜自家閣主在山匪手裡，想進去探一探。

崔錦城於是將昨日探知的情況告訴了他，又讓他在街角稍等，他送完菜再細談。等崔錦城和紅藥再次來到街角，竟看見那青年身邊又多了幾個人，一問才知都是忍冬閣的人，於是一行人到了崔錦城的落腳處，商討一番後，決定先等熊新的消息。

中午時候，熊新來到崔宅，看見紅藥時，眼中滿是震驚駭然之色，似乎是在詢問她——為啥山寨二當家說是兄妹兩人？溫大夫肯定是男的，難道魏少爺是女的?!

紅藥滿眼乞求之色，熊新深吸兩口氣，嚥下滿腹的疑問，然後開口道：「西嶺寨那邊我已打點好，他們今夜要突圍出去，也不欲帶多餘的人走，所以入夜後，會把溫閣主和魏少爺放出來，我去角門接人，你們在遠些的地方等候。」

眾人聽了這話，都長吁一口氣，盼著太陽快些落下去，好去府衙接人。因熊新晚上要出門，便擔心熊嫂子自己在家有危險，於是也把她接來崔宅與紅藥待在一起，倒也是個伴。

明月高懸，夜靜街清。

一輛馬車從街角緩緩行來，這馬車樸素寬敞，不疾不徐地停在府衙角門旁。等了一會兒，角門「呀」一聲開了，從裡面走出兩個人，一個青年、一個少年，青年是溫雲卿，少年自然是換回男裝的相思。

相思看見門口馬車上的熊新，眼睛一亮，卻未言語，拉著溫雲卿上了馬車。熊新一揚鞭，馬車緩緩駛離了府衙。

相思拍了拍猶自狂跳不已的胸口，小聲慶幸道：「感謝老天爺，真是太嚇人了！」

「在裡面時也沒見妳這樣，出來了，反而膽子變小了？」

「我那是強裝……」

「籲！」馬車猛然停住，熊新看著車前幾個面目凶惡的男人，握緊了手中的鞭子。

「把車裡的兩個人交給我，老子饒你一條性命！」陳二揮舞著手中的砍刀，往面前的青石板上吐了一口黏痰。

自從被王五派來的幾個山匪打了，陳二一直不敢有動作，但今晚山匪們便要出城去，哪裡還有閒工夫管這兩人，所以自從知道兩人晚間要離開後，陳二就在這裡埋伏好等著。

當初想要輕薄相思或許只是一時慾念，但今時卻不同，他不只要在溫雲卿面前強了她，還要讓他的兄弟們都開開葷。他溫大夫不是有能耐嗎？他倒要看看今晚他還能長出翅膀飛走不成？

馬車前面的幾人邪笑著靠近，陳二走在前面，正要揮刀上前。

不知從哪裡飛出一顆石子，狠狠打在陳二的胸口上。

陳二捂著胸口緩了好一會兒，才張口大罵。「誰他媽敢拿暗器打老子！」

所謂暗器，不過是一顆拇指大小的石子，他話音一落，從馬車後面的小巷裡，走出一個黑色勁裝的青年，正是被溫雲卿派去送信的蕭綏，他在馬車前躬身一禮。「閣主，我來晚了。」

輕輕的咳嗽聲從馬車裡傳出來，少頃，咳嗽聲漸漸平息。

「殺了他。」

這三個字說得極輕、極平淡，與他平日安慰病人時所說的「沒事」並無差異。

蕭綏眼中閃過一絲詫異，心想，這是他第一次要用自己的刀……接著點頭應是。

雪亮的侍衛刀緩緩出鞘，陳二也已從地上跳將起來，口中還在叫囂。「你又是哪裡冒出來的？不怕死是不是？給我上！殺了他！」

身後匪徒應聲而動，揮著大刀衝向蕭綏，蕭綏眼睛微瞇，出招準而狠，一刀一條命，場面雖不血腥，卻極為寒肅，陳二見此，不敢再戀戰，趁亂跑了。蕭綏追至巷中，忽聽城門那邊傳來兵器之聲，顧忌是左家軍在攻城，於是不再追擊，折了回來。

來到馬車旁，蕭綏躬身一禮。「屬下無能，被那人逃脫了。」

城門方向傳來的騷動之聲越發大了，溫雲卿自然知道蕭綏為何沒有繼續追。「無妨，先找地方暫避。」

這夜，西嶺寨眾人決定衝出包圍，而左家軍決定攻城逐賊，城中一片混亂，城北幾家連在一起的鋪子不知怎麼燒著了，火光照亮了整個韶州城。

城外一所破廟裡，幾十個西嶺寨的山匪們枕戈待旦。他們是落在隊伍後面的山匪，早些時候雖然突出重圍，卻被左家軍追上，交鋒不敵便躲進了這所破廟裡，但外面全是兵，再想逃，只怕比登天還難。

外面的左家軍喊著要招降的話，山匪中或有一、兩個想降的，卻不敢開口。石褚、石明兩兄弟也在這幫山匪中，經過潁州洪災、韶州不伸援手等事，他已對朝廷徹底灰心，亦覺得這所謂的招降，只怕是另一種圍殺，所以倒表明了自己的態度，於是大多數山匪也傾向找時機突圍出去。

土灶上燉著一鍋湯，寡淡非常，陳二拿勺子攪了攪，盛了幾碗出來，然後一一分給廟裡的人。實在是之前的打鬥耗費太多力氣，這幫山匪接過湯碗便都喝進肚子裡去，並未發現湯裡的古怪。

石褚是最後喝湯的，但因想著其他的事情，心思並未放在湯上。

一炷香之後，一個山匪忽然倒在地上，接著更多山匪倒下，石褚看著地上的破碗，身子晃了晃，也倒了下去——他的眼睛睜著，但身上一絲力氣也無。

石明這幾日病著，方才剛吃過藥，所以並未喝湯，見廟內眾人都倒了下去，便往石褚這邊跑來，正是這時，陳二出現在他身後，他嘴角帶著一抹讓人厭惡的笑，揮刀，狠狠劈了下去，石明緩緩倒下，只是眼睛一直看著石褚所在的方向。

陳二一腳踢開石明，然後又揮刀，劈向離他最近的一個山匪，刀光落處，頭身分離，血光四濺。

然後再揮刀，再落下，再揮刀，再落下！

石褚咬牙看著，一雙眼睛猩紅可怖。

「砰！」用木頭頂住的廟門被撞開，一隊人馬衝了進來，為首一人目光掃過躺在地上的眾人和陳二，眸中神色一變。

那陳二見此，頗有些惋惜地放下砍刀，討好笑道：「這位軍爺，我願意投降的，這些人都是我設計放倒的。」

那領頭的人名叫蘇子平，是左成將軍麾下校尉，他打量了陳二一眼，心中雖不喜，卻因如今招撫才是最重要的事，便強迫自己平靜道：「那你就和我們一同回去，將軍定不會虧待你。」

聽了這話，陳二面上一喜，隨即看了看廟中眾人，眼中閃過狠戾之色。「這些都是殺人越貨的惡匪，逼我入夥，是萬萬留不得的。」

蘇子平整日與匪徒流寇打交道，知道陳二是擔心日後被報復，卻也不想安撫他，只厲色道：「將軍有吩咐，這些山匪還不能殺。」

陳二有些悻悻然，看著廟裡這幾十個目露凶光的仇人，不自禁地嚥了口唾沫。

左家軍入城之後，先是迅速掃清城內流寇土匪，駐軍各個城門入口，並在官府的糧倉後院裡，找到了已餓瘦數圈的李知州，接著組成數個巡邏隊伍，日夜不停地在城中巡邏。經歷了這場大劫難的韶州府，一時間河清海晏。

城門攻破的第一時間，病舍裡的忍冬閣眾人便衝進城裡來，最後被崔錦城派人引去了崔宅。王中道一見到自家閣主，那叫一個老淚縱橫，哭得險些抽過去，痛陳自己沒能照顧好他，以後無顏去見地下的老閣主云云。

後宅廂房裡，紅藥、熊嫂子、相思、熊新相對坐著。

熊新看了相思一眼，深深嘆了口氣，搖著頭轉開臉去。

相思扶額，不知這話該從哪說起。

紅藥如食黃連，看看這邊，再看看那邊，然後低頭喝水。

這樣的情形持續了很久，熊新又看了相思一眼，又嘆息著搖搖頭，這次終於激怒了熊嫂子。她猛地一拍桌子，嚇了相思一跳，忙拍拍她的手安撫，這才轉頭看向自己當家的，怒氣頗大。「你這是吃了啞藥了？唉聲嘆氣半天了，到底要說什麼？」

往日見到自家娘子生氣，熊新肯定立刻要哄上一哄，誰知今日竟一反常態，他又看了相思一眼，才悶聲道：「西嶺寨的人說，是『溫氏兄妹』在府裡，兄長溫大夫的醫術不錯……那妹妹是誰？」

熊嫂子一愣，隨即狐疑看向相思，看了半晌，眼睛一亮。

相思卻已先認了。「我原是個女子……」

「我說嘛，先前還以為妳是有隱疾，所以生得這般女兒氣，原來竟是個如假包換的女子！」熊嫂子倒是不驚訝，反而有恍然大悟之感。

熊新卻一臉排泄不暢的表情。「妳這……不對啊……」

「什麼對不對的！」熊嫂子暴喝一聲，打斷了熊新的話，相思便把自己的苦衷細細說了，並且專挑那悲戚無奈地說，聽得兩人眼睛發紅。

末了，熊嫂子舉起自家夫君的手，發了個毒誓，保證不把她的秘密說出去，又說了半晌的話，便準備告辭。

「思少爺在裡面嗎？」門外忽然傳來魏興的聲音。

相思又驚又喜，慌忙拉開門一看，自家的魏興老管家竟就站在門口。魏興見她沒事，放下心來，長長吁了一口氣。「老爺聽說韶州府出事，便要來找你，偏犯了老毛病，只得讓我帶人來尋。」

原來幾日前韶州府城破的消息傳到魏家，魏老太爺一急之下，犯了病，原就有頭痛眩暈的毛病，這一嚇，更厲害了些。相思於是忙寫了一封平安信，讓人連夜送到府裡去，這邊又與魏興說了這幾日的情況，只是未提自己受傷和匪窩求生的險事，免得把這老人家也嚇得病了。

第五十八章

蘇子平把抓住的西嶺寨山匪關進府衙大牢裡，又把城中諸事處置穩妥後，正要出門去見溫雲卿，他卻已自尋上門來。

軍旅之人，自然少些繁文縟節，蘇子平只對溫雲卿一抱拳，便請了他在裡屋落坐。兩人坐定，蘇子平道：「現在大將軍鎮守洮關，並未來此，但叫我問溫閣主好。」

「洮關乃是兵家重地，大將軍駐守，反軍必不敢擅動。」

看著面前這個羸弱清瘦的男子，蘇子平心中一動。早年左成大將軍被敵軍暗害，中毒昏迷，當時忍冬閣閣主溫元蕪曾親入軍隊搶救，這才救回了大將軍一條性命，那溫元蕪的風采，蘇子平也曾見過的。眼前這個青年是他的兒子，依稀能從他身上看到先父神韻，但又有許多與溫元蕪不同的地方。

「我來此有兩件事，第一就是要感謝大將軍肯撥兵來救韶州府，第二就是想為西嶺寨的俘虜求個情。」

溫雲卿的話，打斷了蘇子平的思緒，他正了正色道：「韶州府安危本是我們左家軍的分內之事。出兵之前，大將軍已上書朝廷，朝廷應不會責怪，且日前京城那邊傳來消息，本應派來韶州府的軍隊已派往西川、都名兩郡，相信不日即可剿滅反賊。」

蘇子平頓了頓，想起今日從牢中出來的情形。「至於西嶺寨的山匪，大將軍的意思是儘量不要殺人，能招撫則儘量招撫，不能招撫的也應交給府衙，讓府衙處置。現下，那些山匪大多數已降了，只是有個叫石褚的，原是個災民，應沒做過什麼惡事，卻嘴嚴得很，什麼都不肯說。」

溫雲卿點點頭，微微笑著道：「我與這石褚倒有數面之緣，若是蘇校尉信得過，我倒是可以去規勸。」

牢獄，一直都是陰冷的所在，此時雖是夏末，牢裡卻因常年不見光的緣故，潮濕而陰冷。

溫雲卿獨自一人進入獄中，走到最後那間監牢前停住，看向牢裡的男人。「石兄，我來看看你。」

監牢裡的男人緩緩抬頭看了他一眼，一雙眸子冷漠麻木，乾裂的嘴唇微微一動。「你走。」

似是有些疲憊，溫雲卿不顧地上滿是灰塵，竟扶著牢門緩緩坐了下來，緩了一會兒，才道：「蘇校尉說你不肯接受招安，所以我來做做說客。」

石褚的頭髮披散著，無喜無悲的一雙眼看向溫雲卿。「我知道你不是普通人，在府衙第一眼看就知道，但你並不能讓一個心死的人重新活過來。」

「為什麼呢？」

「因為我的鄉親們死了，我的伙伴們死了，我的弟弟死在我面前，朝廷死在我心裡，這世間沒有公正，你們都不是普通人，有普通人沒有的權力，所以你們不知道一個普通人的公正被摧毀後，他會不想活。」

「你覺得世間沒有公正，是因為朝廷自私自利的貪官太多，還是因為陳二殺了你弟弟，卻依舊平安無事？」

「呵呵。」石褚冷笑了一聲。「現在還有什麼關係呢？」

長久的寂靜後，溫雲卿忽然問：「你覺得公正是什麼？」

石褚沒有回答，溫雲卿似乎不需要他的回答，繼續道：「公正是一個州府之官可以給你的嗎？是一個軍隊校尉能給的嗎？

「朝廷並非沒有下發銀糧，這些錢糧也並不是被韶州府扣下，而是被瑞王私自扣下的，挪當了軍餉，然後在災民中進行煽動，想藉你們的手推翻朝廷；但愚民只知道自己沒拿到糧食，餓了肚子，所以朝廷不對。」溫雲卿的聲音依舊溫和，卻字字誅心。

石褚身子微微一動，嘴唇微微顫抖，卻終是沒有說出什麼話來。

「石大哥，你真的知道什麼是公正嗎？公正從來不是別人給的，從來都是要自己去爭取的。

「左成大將軍，除暴安良，保一方平安，他的軍隊紀律嚴明，你要不要加入左家軍，為自己、也為別人謀取公正？」

石褚出獄時，陳二嚇得尿了褲子，然後某日，軍內較量，石褚「失手」錯殺陳二。

但兵器不長眼，蘇校尉不過是重罰了石褚，倒沒再深究。

半月之後，瑞王山窮水盡，在都名郡中自刎。

韶州疫病亦在眾多藥商捐錢、捐藥，忍冬閣傾力協助下，漸漸止息。

秋分日後，瘴瘧再無復起的可能，於是忍冬閣的人便都回到各自的處所，相思也準備回雲州府，只是有一件事掛在心頭不曾放下。

自那日在崔宅分別後，溫雲卿閉門謝客已有十餘天。

相思雖去了客棧幾次，卻都被王中道擋了回來，若再要打聽，王中道就要發火，以至於她對溫雲卿目前的情況一無所知。

這日下午，找了個王中道不在的空檔，相思摸上二樓，敲門之後無人應答，輕輕一推，門便開了。

相思又在門口喚了兩聲，依舊沒有聲響，她進門，走至床邊一看，溫雲卿就在床上躺著，只是眼簾緊閉，一動不動，只有仔細看，才能看見他胸口細微的起伏。

「溫閣主？」相思輕輕喚了一聲。

然而溫雲卿一點反應也沒有，相思輕輕摸了摸他的額頭，只覺觸手冰涼，心下略驚。

她正要起身去打些水來，原本沈睡著的溫雲卿卻忽然一動，猛地抓住了她的手腕，她一喜，低頭去看。「你醒啦！」

此時溫雲卿的眼睛已經張開，雙眼明澈如鏡，卻與往日不同，相思只以為他還有些糊塗。「你怎麼好幾日沒出門？是不是這幾日病得厲害了？」

溫雲卿沒說話，眼睛微微垂下，眸中亦有矇矓迷惘之色，手卻依舊緊緊握著相思的手腕，他的手掌冰涼，握得她有些疼。

「你怎麼啦？」相思不解，覺得這疼痛有些難忍。

溫雲卿眼中的迷惘之色越盛，顰眉看著相思，小聲問道：「娘，我是不是快死了？師叔祖說我活不到八歲的……爹……走了，我是不是也要走了？是不是？」

相思身體一顫，才知溫雲卿這是夢魘了，雖睜著眼，人卻沒有醒。他平日說起自己的病，常帶笑容，而此時卻不同，眼中滿是淒涼悲切之色，渴求地看著相思，等待著她的回答。

那一年溫元蕪染上寒熱症去世，也是那一年，尚是少年的溫雲卿病得極重。

想到這裡，相思低身伏在床前，摸了摸他的頭，哄道：「不會的，雲卿會長命百歲的。」

溫雲卿依舊垂著眼睛看她，但是迷惘之色漸漸散去。

「我活不到一百歲。」

相思一愣，偷偷把手從溫雲卿頭上拿開藏在身後，有些訕訕道：「你醒啦？」

溫雲卿沒動，依舊握著相思的手腕，不過力道鬆了些。「今日初幾了？」

「初九。」

溫雲卿緩緩坐起，靠在身後軟墊上，鬆開她的手腕，見雪白的腕上已印上青紫的痕跡，眸一黯。「傷到妳了。」

相思慌忙收回手，搖頭。「沒事、沒事！」

「抽屜裡，紅瓷盒拿給我。」

相思乖乖起身去拿，遞給溫雲卿，溫雲卿卻抓住她的手，然後才接過瓷盒，從裡面沾了些藥膏輕輕搽在手腕青紫印痕上。

「我有時睡得沈，容易夢魘，嚇到妳了。」

他的手微涼輕柔，弄得相思有些癢。「你睡了很久嗎？」

溫雲卿沒說話，只是小心把藥膏搽好，才抬頭問：「妳是不是要回雲州府了？」

相思點點頭，正要說話，他卻輕笑了一聲。「我覺得妳可以再等兩天。朝廷給忍冬閣的詔書我昨日已收到，想來給沈香會的詔書今、明兩日也就到了。」

「詔……詔書？」

看著相思不明所以的神色，溫雲卿解釋道：「防疫司召在韶州瘧疫救治中，有功的忍冬閣和沈香會人士入京，應是有賞的。」

「可我也沒幹什麼呀？」

「這次沈香會辦事不力，朝廷已免了沈繼和的一應職務，並押送京城；魏家和雲州府的諸多藥商這次盡了許多力，李知州已上書為你們請功。」溫雲卿覺得腹中有些噁心，卻因相思在旁，便強忍著不肯發作。「若是詔書下來，你們要在本月十五之前趕到京中驛館，若妳現在回雲州府，行程會有些趕。」

便是溫雲卿強忍著，相思也看出他如今的情況不好，心思轉了幾轉，才道：「那一年戚先生在雲州府，和我說起以利刃開胸割畸脈之法，我也曾在一本醫書上見過有以此治病的例子，溫閣主可……可曾想過試一試？」

聽了這話，溫雲卿眸中閃過一抹異色，卻無驚恐之狀。「戚叔叔常說妳有許多古怪的想法，原來竟真的沒錯。」

他不接話，相思便沒辦法繼續試探，於是怏怏不樂回藥鋪去了。

相思前腳剛走，後腳王中道就進了屋，神色頗有些凝重。「魏家小子怎麼和戚寒水那老匹夫一樣，淨想些有的沒的！」

溫雲卿掩唇咳了幾聲，有血從指縫中流下。

第五十九章

第二日，李知州便派人來了魏家藥鋪，說的正是赴京一事。午間相思便收到了雲州府來信，說是魏老太爺已大好了，又說京中傳召是求不來的榮光，要她立刻啟程去京中，給魏家搏一個響亮的名聲。

知魏老太爺無事，相思放下心來，寫了一封回信送走，便去找魏興。尋到他的時候，他正與崔錦城說話。

「興叔，家裡來信了。」相思在旁坐下，繼續道：「信裡說爺爺的病大好了，現在已能下地走動。」

「可說讓你什麼時候去京城？」

「早上府衙派的人說，要在十五日之前到京中驛館，若是回雲州府，只怕時間來不及，爺爺的意思是讓我從韶州府直接出發，還想請興叔與我同去一趟。」

魏興倒無意外，點點頭，和善笑道：「我若是能陪小少爺入京，也是求之不得。五姑娘如今正在京裡，雖這些年書信常有往來，但已有許多年沒見過，這次入京小少爺正好去見見她。」

這五姑娘便是和魏老太爺最對脾氣的女兒，嫁了個窮酸書生，後來這書生中了舉，在京中做了小官，便一家遷往京城去了，聽說這幾年政績、官聲都不錯，升了戶部侍郎。至於這個未曾謀面的姑母，相思平日常聽府中人提起，是個極爽利聰明的，只是但聞其事，未見其人，若此次進京，倒真應去見見她。

說了半晌話，商定好第二日一早啟程，魏興於是起身去準備一應事宜。

崔錦城把一本帳冊推到相思面前。「這幾個月，藥鋪入不敷出，先前墊付的藥材款，府衙還沒撥下來，之前為了從山匪手中把你和溫閣主救出來，也使了些銀錢，都記在最後，你看看。」

這幾個月的帳目，相思不用看，也知道肯定滿目瘡痍，便也懶得掀開惹煩心，當下笑得親切可人，道：「這些事你處理就好，至於府衙的藥材款，應是不會賴帳的，你不必催得太緊，不然本有恩情，反而要生出怨憤來。」

崔錦城點點頭。「你明日就要啟程，韶州府的事，可還有要交代的？」

「有。」相思從袖中抽出一張縐巴巴的帳本紙，也不知是從哪裡隨手撕下來的，上面寫了密密麻麻的小字，遞給崔錦城。「這上面的藥材你要開始著手準備了，收來的一部分運到雲州府，一部分自己留著。大部分藥材是秋冬進補強身的，韶州府剛鬧過瘧疫，入秋後進補的人肯定多，我之前要開的那家養生堂這幾日開張正好。你辛苦些，若是人手不夠用就再招些伙計，但都要可靠踏實的。」

「好，這兩年馮小甲勤勉許多，人也頗為機靈，養生堂的事，我想多交由他去主辦，你看行不行？」

自崔錦城進鋪子，馮小甲便有許多改變，相思雖沒說，卻看在眼裡，點頭贊同道：「他一直跟在你身邊，許多事都了然於胸，你多在旁幫襯幫襯，應沒什麼問題。」

想著相思今日有許多事要忙，崔錦城索性把要問的事一併問完。「今年藥材的價錢肯定要上漲的，咱們鋪裡漲多少適合？」

相思面露愁苦，少頃，猛地一拍桌子，頗有壯士斷腕的決然之色。「今年秋、冬兩季，咱們鋪子的藥材只保本，不盈利，價格能多低就多低！」

崔錦城皺眉，懷疑相思腦子壞了。「不盈利？」

「不盈利！」相思灌了一口茶水，咬牙道：「咱們要沽名釣譽！今年為了這韶州府的百姓已經賠了不少銀錢，也不差這點小利，索性一併做了人情，讓百姓們念咱們的好，樹立兼濟天下的名聲，以後咱們魏家藥鋪也好在韶州府賣藥！」

崔錦城瞪大眼睛看著她，實在沒想到這無恥的話，竟能如此正大光明地宣之於口，佩服之情難以言喻。

相思拍了拍他的肩膀。「今年我也不考核你的盈利能力，你就好好賺咱們藥鋪的名聲。」

崔錦城極是不情願地點點頭，拿起那張帳本紙看，卻忽聽見相思道：「你能進土匪窩裡去找我，我很感激。」

抬頭一看，見相思神色凝重正經，崔錦城忍不住也要正經應對，卻聽她繼續道：「所以，我決定送你一件禮物，你是要媳婦還是要田地？」

崔錦城默默從袖子裡掏出一根曬得乾脆的紅辣椒，放在嘴裡嚼了起來。

「熊大哥那裡，還請你幫我備一份禮物送去，日後也多照顧他的生意。」

崔錦城應了一聲，繼續去研究自己的寶貝帳本。

對於是否去客棧見一見溫雲卿，相思有些猶豫。忙活了半晌，蕭綏卻來了藥鋪裡，在鋪裡抓了兩副藥。「閣主有話想與魏少爺說，請隨我去一趟。」

此時已是傍晚，馬車行在街上，外面有不少行人小販，人聲入車，頗為熱鬧。

相思雖只見過蕭綏幾次，那夜卻也在馬車裡隱約猜到他身手相當不錯，又殺人不眨眼，心中難免有些好奇。「蕭大俠，你是哪裡人啊？」

神色冷峻的男子聽到這「大俠」兩字，眼中閃過一絲古怪，隨即道：「京城。」

「哦。」相思點點頭。「京城是不是很大、很貴、很繁華啊？」

蕭綏冷峻的神色有些崩壞，輕咳了一聲。「很大，不知道貴不貴。」

相思又點點頭。「蕭大俠你一直跟在溫閣主身邊保護他啊？」

「五年有餘。」

相思又點頭。「溫閣主這幾日都沒出門啊？」

蕭綏看了看對面少年機靈狡黠的眼睛，又想起來時溫雲卿的囑託，淡淡道：「前幾日有些勞累，所以王堂主不讓出門，在客棧靜養。」

聽了這話，相思稍稍安心，又與蕭綏扯了些有的沒的，馬車便到了客棧門口。

進了客棧，相思便看到在人群裡坐著的溫雲卿，他亦看到她，笑著點點頭，與旁邊的忍冬閣眾人繼續說話，相思便坐在旁邊等。

不多時，眾人散去，溫雲卿起身來到她旁邊，笑問：「和我一起吃飯？」

相思姑娘覺得有些赧然，暗啐自己色慾薰心，身體卻很誠實地跟著溫雲卿上樓。

店家送了飯菜上來，溫雲卿招呼她吃飯，然後道：「妳哪日啟程去京裡？」

「明日，忍冬閣什麼時候啟程？」相思吃了一顆蝦仁，覺得彈牙鮮美。

「也是明日，倒可以一起走。」

相思點頭，沒有什麼話說。

快吃完時，她才有些擔憂地看著溫雲卿。「你的身體沒事？」

「都是老毛病了，沒事。」溫雲卿微笑看著她。「今天本應我去找妳的，因閣裡事情太多，只能煩妳過來一趟。」

聽到這話，相思便正了臉色。「你說。」

看著她這正襟危坐的模樣，溫雲卿眼中閃過一抹笑意。「本應與魏家沒什麼牽連，但妳之前在沈香會做事，還是要問一問妳。」

「和沈繼和有關係？」

溫雲卿點點頭，頗有些讚賞之意。「沈繼和如今已被押送進城聽審，他應和瑞王有關係，罪名是逃脫不了，只怕還要株連，魏家和沈家可有什麼關係，是否會被他牽連？」

相思想了想。「早年倒有些往來，今年沈繼和打壓魏家打壓得厲害，不曾走動，我只是怕……怕他信口雌黃，有意誣衊。」

「倒不怕他故意把魏家牽扯進來，只因這幾個月魏家所盡之力有目共睹，且又有李知州擔保，應是沒什麼關係。」

說完了沈香會的一應瑣事，相思便道：「明日我在城門口等？」

溫雲卿點頭。這時有人敲門，溫雲卿應了一聲，王中道端著碗藥推門進來，見相思在屋內，只是微微點頭，便將那藥端到溫雲卿面前。「今日最後一劑，趁熱喝了。」

一手捧著藥碗，溫雲卿看向王中道。「金川郡那邊近日有沒有事？」

王中道依舊寒著臉。「戚寒水在閣裡，翻不出大天去，你專心養病，別操這麼多心。」

溫雲卿垂眼喝藥，嘆了口氣。「我問什麼，你都這麼回我，彷彿我除了養病做什麼事都不該。」

「你那身子不養著還想幹什麼！」王中道動了氣，收走藥碗，也不再看溫雲卿，只瞪了相思一眼，下了逐客令。「說完事就走，閣主要養病。」

相思訕訕點點頭，便要起身告辭，卻聽溫雲卿道：「還有事要說。」

王中道極為不滿地看了他一眼，憤憤離去。

「總耽誤你靜養，王堂主好像很討厭我。」聽著王中道漸行漸遠的腳步聲，相思有些苦惱地抓了抓頭。

「我也沒見他喜歡過誰。」溫雲卿搖搖頭，起身打開窗戶，看見街上往來行人不絕，心中便覺有一種古怪的安定感。「明日蘇校尉會派十幾個步卒在城門口等候，護送一行人去京城。」

次日一早，眾人啟程，出了高大城門，相思回望，只見城門之上，「韶州城」幾個字略有些模糊，然後越來越模糊，最後整個韶州城變成一個小黑點。

第六十章

行至渡口時，相思遠遠便看見一輛奢侈華貴的馬車，接著從馬車上跳下個少年，正是唐玉川。他也看見了相思，快跑幾步衝上來，一把緊緊抱住了她，哭道：「你這個沒良心的！說話不算話！不是說第二日就回雲州府嗎？怎麼食言而肥啊？你沒有良心啊？」

看著趴在自己肩膀上啼哭不已的唐玉川，相思的頭有些痛，小心扯起他的衣袖擦了擦他的涕淚，哄道：「事情發生得太快了嘛，我也不知道，我要是知道，肯定和你們一起走啊！」

「你不知道，我們三個第二天聽說韶州城破了有多擔心，相蘭都哭得要抽過去，相慶也以為你完蛋了，險些跳了江！」唐玉川哭得肩膀一抽一抽的，邊哭還邊狠狠拍相思的肩膀，彷彿這樣能稍減胸中委屈。

這邊的動靜自然驚動了後面的馬車，且不說那些左家軍的步卒各個憋笑憋得辛苦，便是溫雲卿也聽得這邊的聲響，掀開車簾看，見是這副模樣，眼中全是笑意。

相思有些訕訕，慌忙安慰了唐玉川幾句，便拉著他鑽進自己的馬車去躲羞。

車隊繼續行進，唐玉川上車後還抹了好一會兒眼淚，才癟嘴看向相思。「你沒事吧？真的是嚇死我們了！」

相思怕他故態復萌，忙伸伸手腳。「你看、你看，好著呢！沒少胳膊、沒少腿。」只是胸口的傷尚有些疼罷了。

唐玉川仔細打量了她幾眼，這才真真放下心來，又用袖子把臉擦了一遍，才算是雨過天晴。

「你怎麼在這裡？」

唐玉川往她身邊湊了湊，頗有些憤憤無奈。「我老爹花了十多萬兩銀子，才算是買了個入京的名額，我和你一樣是入京去聽賞的。」

相思一愣。「花了十多萬兩銀子？」

「可不是？我就說他敗家！」唐玉川嚷嚷了兩句，也未刻意壓低聲音，大剌剌道：「為了韶州府的瘟疫，我那敗家老爹花了十多萬兩雪花銀籌買藥材，拚了個義商的好名頭，這名額可不是買來的嗎？」

相思嗤笑一聲。「唐老爺也是為了光耀門楣，他這是對你抱以厚望啊！」

唐玉川鼻子皺著。「敗家啊！太敗家了！」

「這次又是唐年年大掌櫃陪你去？」

唐玉川搖搖頭。「我說在這裡等你，沒讓唐年年來。雲州府這幾日有些事要處理，過兩日我爹也去京城。」

「唐老爺也去京城？陪你啊？」

「不是。」唐玉川掀開簾子看看左右，見與別的馬車離得較遠，這才湊到相思耳邊。「為了沈繼和的事。」

「沈繼和？」

「可不是。我那見風使舵的老爹，這次終於辦了一回人事，他要出面指認沈繼和協助治疫不力的罪名。」

相思略有些驚訝，卻也佩服唐永樂這棵優秀的牆頭草，低聲問唐玉川。「我讓你幫我帶來的東西，帶了嗎？」

唐玉川一愣，隨即手指朝上點了點。「帶來了、帶來了，但你這東西怎麼藏得這麼隱秘，我在你床底下找了半天，才摸到那箱子。」

相思眼睛一瞪。「見不得人的東西，當然得藏得嚴實些，哪能這麼容易被找到。」

「我去拿給你！」唐玉川說完這句，便跳下尚在行進中的馬車，不多時又跳上馬車，手中捧著個小木箱子。「是這個吧？」

相思點頭接過，掀開小箱子仔細察看了一遍，滿意地點點頭，收入自己的行囊裡。

「這裡到底裝的是啥呀？」

「這些年我在沈香會搜集到的證據，或許能用到呢！」

唐玉川點點頭，對這並不感興趣，只是下巴往車後面一指。「後面那幾輛馬車是忍冬閣的吧？你現在和他們閣主熟不熟？」

「你要幹啥？」

唐玉川眼中閃爍著金銀銅臭之光，面上露出商人本色。「經過這次韶州府的事，溫閣主在咱們南方六州可是聲名大噪，老幼皆知，我尋思也到秋季進補的時節了，我家藥鋪你是知道的，就等秋、冬兩季多賣些補藥，要是溫閣主能給我家寫幾個進補的方子，這可是張張能賣千金的！」

相思捂著額頭，略有些無奈。「溫閣主這幾日身體不大好……」

「也不用他自己寫，就說出來，咱們記錄便成，用不了多少時間的。」唐玉川一揮手，顯然已想好了對策。

相思無法，只得道：「等有空時吧！」

當夜，一行人在客棧落腳，王中道被幾個忍冬閣的人叫去開內部會議，相思便被唐玉川拉著去找溫雲卿。

他屋裡的燈還亮著，唐玉川這廝又是個自來熟，自己去敲了敲門。「溫閣主，我是雲州府唐家的，仰慕你的聲名，所以冒昧來訪。」

屋內傳來男人略有些沙啞的聲音。「稍等。」

片刻之後，溫雲卿開了門，見門外站著相思和另一個面皮白淨的少年，微微一笑，對唐玉川道：「現下不哭了？」

唐玉川一愣，隨即憋紅了臉。「好……好了。」

溫雲卿請兩人進門，沏了兩杯茶水遞給兩人，笑道：「有什麼事嗎？」

相思還未開口，唐玉川便道：「我家藥鋪是專門賣補藥的，這不是入秋了嗎？想請溫閣主賜兩張補身用的方子。」

見眼前白淨的少年竟如此坦率直接，溫雲卿便笑著應了。「唐小弟既然說了，我便不推辭，只是今日不太方便，不如入京之後我寫給你？」

「不用你親自寫，你說出來就好，相思替你寫。」唐玉川彷彿怕溫雲卿後悔一般，變戲法一般從袖子裡掏出了筆墨紙硯等物，然後倒上些茶水磨起墨來。「相思寫東西可快了，你說讓他寫。」

若是相思此時有棒子，肯定饒不了唐玉川這貨的。她以前曾因見過溫雲卿的字而生出自卑之感，哪裡還敢在他面前獻醜？

哪知溫雲卿似沒看到相思吃了黃連一般的表情。「進補亦看體質，我只把較常見的幾類補方說給你們，到時要看進補之人體質抓藥。」

唐玉川一口應下，溫雲卿便不疾不徐地說起來。相思如今箭在弦上，只得提筆努力寫得工整些。

寫完四張藥方，唐玉川獻寶似地拿給溫雲卿檢查是否有錯漏？溫雲卿看了好一會兒，接著從方子上邊看了相思一眼，幽幽嘆息一聲。「方子內容倒是沒錯的。」

相思恨不得找個地縫鑽進去，拉著沒說夠的唐玉川逃命似地跑了。

後來這幾張藥方自然被唐玉川用檀木框子裱了起來，正正經經掛在藥鋪中央，藉以攬客。

五日之後的傍晚，相思終於看到了王氣所在的京城，雖有些遠，但也看見那城牆比別處高上許多，牆上旗幟比別處招搖許多，城門守衛比別處多很多……

眨眼到了城門口，相思才看清城門外還站著幾個穿著官服的人，其中一個人頗有些眼熟。

門前停車，眾人下馬，唐玉川才忽然看清，扯著相思的袖子，小聲而激動道：「你大外甥，你大外甥在那兒呢！」

相思眼裡都是笑意，也小聲回道：「我看見了，收斂點，別讓京城的人覺得咱們小地方來的沒見過世面。」

唐玉川於是閉上嘴，只是卻壓不下嘴角的弧度，眨眼瞅著顧長亭；顧長亭雖是一臉莊重之色，卻對兩人擠眉弄眼。

這時，一個太監打扮的白胖宮人細著嗓子恭敬道：「諸位一路辛苦了，老奴在這裡恭候多時，昨兒已到了幾位救疫有功的爺，現在都在驛館休整，諸位也請在驛館稍住兩日，等候旨意。」

眾人應是，那宮人便行至溫雲卿旁邊，十分恭敬地行了個禮，客客氣氣道：「太后娘娘在宮外準備了個別院，十分清幽，溫閣主請跟老奴去吧！」

「多謝。」溫雲卿還禮，抬頭看向相思的方向，見她和唐玉川正拉著顧長亭說話，本想上前道別，卻覺得胸中翻騰欲嘔，忙轉身上了馬車。

那宮人一走，相思和唐玉川便不顧周遭眼光，一人一邊衝上去抱住了顧長亭。

唐玉川捶了顧長亭胸口一拳。「走的時候你就是我們五個裡最高的，現在看來還是嘛！」

看著由少年變成青年的顧長亭，相思有一種難言的惆悵之感，但這惆悵自比不過喜悅之情，拍了拍他的肩膀。「長大了啊！大外甥你長大成人了啊！」

顧長亭雙眼明亮如星，看著掛在自己身上的兩人。「聽說你們倆要來京城，我便請了這差事，專等你們過來。」

三人才說幾句話，有個宮人便要引著他們去驛館，顧長亭對那宮人說了幾句話，又折回來，對相思道：「姑母現在在家中等著呢，留個小廝在驛館裡聽消息，你們住在姑母家便好。」

「姑母？」相思一愣。

顧長亭含笑道：「她嫌把她叫老了，不肯讓我喚姑奶奶，又說我和你們一起長大的，所以讓我叫姑母。」

唐玉川有些為難。「姑母叫我去了嗎？」

「讓你也去，說想見見你這個話癆鬼！」

三人說說笑笑便要走，相思回頭，見忍冬閣的幾人已沒了蹤影。

第六十一章

魏明在魏家那輩裡排行第五，在女兒中排行老大，青春年少時看上個窮酸的秀才，魏老太爺本不同意，但這魏家五小姐的脾氣和老太爺像了個十足十，最後到底是後浪拍死前浪，順順利利嫁給了那窮秀才。

這秀才趙平治倒也爭氣，受了魏家幾年的接濟之後，竟中了舉，這幾年在京中做官，越發地順遂起來，又升了戶部侍郎，賜了雀尾街的官邸。

這雀尾街，素來是朝中官員聚居地，來往馬車皆為權貴。

相思三人坐著趙侍郎的馬車，走在雀尾街上，只覺得兩側宅院十分氣派闊氣。

唐玉川忽然看見車外一處府邸，門前寥落無半個人影，朱紅的大門也因風雨的腐蝕有些斑駁淒慘，忙問：「這是哪個當官的家，怎麼看起來這麼窮酸啊？」

顧長亭順著他指的方向看去，瞭然道：「這是于御史的府邸，本就家底不厚，做了言官之後，府裡吃飯的人也多了起來，進少出多，便有些窮酸氣了。」

「京裡當官的怎麼也能窮？你看咱們沈會長，這些年生辰、過節收了多少禮，沒事還要辦個燒尾宴，好似比他們這些做官的還闊氣些。」

相思搖搖頭。「商賈到底和官員是不一樣的，這京官還不比地方官，要更難做些，朝廷法紀嚴，且總有些無所事事的人，整日盯著你的一言一行是否有失，也是不自由啊！」

「京中為官確實要謹慎小心些，言行舉止都要注意。半月前，戍邊才回來的費將軍，就因酒後說了幾句醉話被御史臺給參了，罰了半年的俸祿。」

「不過幾句醉話，就落了罰？」相思詫異。

「半年俸祿應該也沒多少吧！」唐玉川嗤笑一聲。

相思卻問：「御史臺也管太醫院的事嗎？」

顧長亭看向她，眼中略有笑意，卻是搖搖頭。「太醫院不在吏部權責範圍之內，只受宮中約束，平日院裡的太醫們行事也小心謹慎，出入宮廷又須有宮人左右陪同，所以並沒有什麼可指責的。」

相思點點頭，眼中閃過一抹失望之色，顧長亭看在眼中，裝模作樣地嘆了口氣。「至於你曾在信中叮囑我的事……太醫給後宮娘娘們看病，左右至少要有四人陪同，根本找不到私下接觸的機會。」

聽了這話，相思拍了拍顧長亭的肩膀，嘆道：「這樣也好，常在河邊走，哪有不濕鞋呢？不給你們這樣的機會，是防患於未然的大好事。」

「你倆到底說啥呢？」唐玉川聽得雲裡霧裡，見兩人沒有要解釋的意思，便又對顧長亭的官服生出些興趣。「長亭啊，你身上穿的是太醫院常使的官服？」

相思也順著唐玉川的目光看去，見顧長亭穿的是一件深竹色綢袍，樣式規矩雅致，袖口、領口處繡著回字紋飾，應是太醫院的院服一類。

「我前幾日剛從常使升做前稟太醫了，這身衣服是也是剛發下來的。」

相思一愣。「你升官啦？」

「恭喜、恭喜！顧太醫何時辦燒尾宴，我們也來湊個分。」唐玉川湊趣兒。

顧長亭自然聽得出兩人話中的揶揄，笑道：「前稟太醫和太醫是不同的，我且要再歷練個兩、三年才能升做太醫，你們別打趣我。」

不多時，到了趙府，門前早有僕從等候，牽了馬往後門走了。

門口兩座威武的石獅子，朱紅大門，高立的門檻，這條街上所有府邸的標準配備……這也太沒特色了些，要是晚上歸家，怕是要走錯的，相思暗暗想。

跟著領路的婆子進了府門，穿過前廳走廊，行到一處四面琉璃築成的花廳前，那婆子開了門，請相思幾個入內，自己卻是沒進。

「長亭，是你們幾個回來了嗎？」聲音一落，重重盛開的繁花之後，便緩緩行出一個婦人。

這婦人三十多歲，生得高眺豐潤，梳著如意高髻，菱唇含朱，目如秋月，上身著菊紋上裳，下面穿宮緞素雪絹裙，腕上也不知戴著什麼鐲子、手串，走起路來金玉之聲不絕。相思想這婦人應就是自己的親姑姑，忙上前見禮。「見過姑母。」

那婦人雙手扶起她，細滑的手指竟在相思臉頰上輕輕一捏，爽朗笑道：「你的模樣倒比你親爹、親娘好許多，小時候我是常抱你的，只是後來到了京裡，便沒能再回家裡去。」

相思捣著臉，訕訕道：「爺爺在家裡常提起姑母，我也像與姑母十分熟悉。」

魏氏拉著相思在花廳春凳上坐下，又對唐玉川道：「你就是唐家的小子吧？我爹也在信中提過你，說你極有做生意的頭腦。」

唐玉川被誇得有些不好意思，撓頭在凳上坐下，難得有些閨中大姑娘之感。

這時一直站在魏氏身後的少年開口道：「娘也別只顧著自己說，好歹給我們引見引見。」

魏氏作勢要掐他，少年往旁邊一躲，嘴上卻道：「我們表兄弟頭次見面，好歹給我些面子！」

「你哪有什麼面子、裡子的！」魏氏輕啐了一口，卻是拉著相思道：「這是你趙銘弟弟，平素最沒個正經，你只管管教收拾他，我給你撐腰。」

相思與那少年見過禮，魏氏才又道：「你姑父半月前被派到遂寧去了，再有幾日才能回來。」

「現在也不知要在京裡待幾日，但料想應是能等到姑父回來的。」

魏氏是極爽利的性子，和幾人說了半晌話，末了似是想起了什麼來，搖著頭道：「我兄長也太膽小了些，便是害怕沈香會栽贓，也不能放你去韶州府賭命呀！他將近半百的歲數，只得你這一個兒子，要是你在韶州府有個三長兩短，他和爹爹爺兒倆就抱頭哭去吧！」
「爹倒是不讓我去，是我自己堅持要去的，哪知去了之後遇上災民鬧事，我要是早知道，就是把沈香會得罪到家，也絕不肯去。」相思有些後怕地拍了拍胸口。
魏氏見她這副模樣，有些忍俊不禁。「你這性子也不知是像誰！」
喝了一盞茶，魏氏本還有許多話要說，但體恤他們兩人舟車勞頓，便早早把他們送到早已收拾好的院子去休息。
送走魏氏和趙銘，屋內只剩三人，一直拘著的唐玉川才鬆了口氣，倒了杯水咕嚕咕嚕灌進肚裡去。
相思方才就看出唐玉川的不對勁，見他此時情狀，打趣道：「方才喝了半晌水，原來你還沒喝飽。」
唐玉川搖搖手。「長輩面前我哪裡敢放肆。」
顧長亭卻知他心思，又給他倒了一杯水，替他解圍道：「我第一次見姑母時，也有手足無措之感，生怕在她面前做得不夠周全，相處時日久了就好了，姑母是極直率的人。」
方才在城門口，周遭人多煩亂，三人只說了幾句話，如今總算清淨下來，相思便問出這一路的疑問。「這次不是防疫司召我們入京嗎？你們太醫院怎麼也在城門相迎的隊伍裡？」
五年未見，少年模樣並未大變，只是神色比以前更加堅毅，氣質也越發地成熟起來，所幸微笑著時，依舊親切熟悉。「這次韶州大疫，忍冬閣出了許多力，太醫院裡又多是忍冬閣舉薦上來的人，防疫司便想從太醫院裡選個忍冬閣的熟人，不過是為了好協調事情；此外，我這次還有一個職司。」

「職司？」相思好奇。

顧長亭故作神秘地眯起眼睛，等把兩人的好奇心都勾出來後，才道：「我是沈香會一案的陪審。」

相思一愣，唐玉川卻是一拍大腿。「那要狠狠搞死他啊！」

「說是陪審，不過是此案涉及瘴瘧和藥材諸事，為防主審大人有不明之處，所以找了個懂醫理藥事的人陪同，大抵就是個解疑的用處。」

「解疑也成啊，你要是陪審，便不會被沈家收買，免得到時定不了死罪，他還要出來禍害人！」

顧長亭沒立刻說話，只是看向相思，似在思考些什麼，片刻之後才道：「這幾日，有人在京中替沈家疏通關係，那人姓錢，曾找過我。」

相思有些吃驚，隨即心中卻是瞭然。「沈成茂的妻子是韶州府人，娘家是韶州府的大戶，正是姓錢，應是她家在替沈家周旋。」

聽了這話，唐玉川知道不是什麼王公貴族要保沈繼和，心中大定，神色也放鬆了些，拍了拍顧長亭的肩膀。「長亭兄啊，你現在可厲害發達了，日後升了太醫，有好處可要多幫襯幫襯我們這些兄弟呀！」

顧長亭被逗笑，裝模作樣地拱手一禮。「自然、自然，一起發財。」

相思也湊趣兒。「改明兒要是要找宮中藥材採買的人，顧太醫千萬想著我們，苟富貴，勿相忘！」

「好說、好說。」顧長亭微笑點頭。

唐玉川和相思住的院子相鄰，但這唐小爺五年沒見顧長亭，便軟磨硬泡了半晌，總算讓顧長亭晚上與他同睡，他還想邀相思一起，被相思義正辭嚴地拒絕了。

晚間用過飯，相思有些乏了，便想早些休息，才要更衣梳洗，顧長亭卻去而復返。

相思晚間不喝茶，自然沒有什麼好茶水招待，只隨意給顧長亭倒了杯要涼不涼的開水。

「唐玉川沒去你院子？」

「吃完飯他就睡下了，說是小憩，但我估計是要睡到明早的。」

相思揉了揉有些發痠的後頸。「這長途跋涉的真是折磨人，脖子都要斷了。」

顧長亭起身走至她背後，修長有力的手指輕輕放在她的頸項上，令相思一僵。

「我幫你按按，放鬆些。」

相思沒說話，顧長亭手上稍稍使力，令她忍不住悶哼了一聲。

「勁大了嗎？我輕一些。」

顧長亭的手是醫者的手，認穴極準，只按了幾下，相思便覺得肩頸放鬆許多。

「這次韶州府大疫，南方六州的藥商立了大功，光雲州府被召的就有十幾人，這本是好事，但因沈繼和，沈香會只怕會被人詬病，不知防疫司會不會趁此機會大做文章，撤了沈香會？」顧長亭的聲音從背後傳過來，溫和平靜。

相思被按得搖頭晃腦，舒服地閉著眼睛享受服務，聽了這話只想了片刻，便道：「這幾年雖然沈繼和做了許多見不得人的勾當，但總歸是大體穩住了南方六州的藥事，若是撤了沈香會，以後這藥事誰來管呢？總不會是戶部或者防疫司來管吧？我聽爺爺說，先皇曾想過要撤掉沈香會，但是撤掉之後，南北藥事便陷入混亂，又碰上百年不遇的大雨，藥田損毀大半而無人施救，那年可真是亂到家了，朝廷就算想乘機做文章，總歸要好好掂量掂量。」

「話雖這麼說，但沈繼和見死不救，總歸是損了沈香會的名聲，且此事過後，再選誰做沈香會的會長，都有些顧忌。」

相思點點頭，漫不經心道：「反正這些事也不是咱們這些小嘍囉能管的，索性讓那些位高權重的人操心去吧！」

屋內一時沒有聲響，顧長亭力道適中地給相思按著頸項，眸色如水似墨。「我有件事想和你說。」

第六十二章

相思睜開眼，轉頭看向顧長亭，臉上略有些調皮神色。「啥事啊？」

顧長亭輕咳了一聲，在桌前坐下，鄭重看著相思。「我想在京城買個僻靜的院子，把奶奶和母親接到京裡來，在她們膝前盡孝。」

相思當即點頭贊同，隨即卻一愣。「你準備一直住在京中了嗎？」

「經過韶州府的事，我想，」他頓了頓，看向相思的眼神有些閃爍。「站在更高的地方，才能救更多的人。」

相思看著面前的青年沒有說話，他似是沒有變，但到底不是原來涉世未深的少年了。

「你是不是覺得我的想法太過世俗了？」

相思知他誤會了，搖頭笑了笑。「權力從來都是很好的力量，你想這麼做，我便支持你。」

顧長亭神情微微一動，復又柔和下來，輕輕抱住相思，她沒掙扎。

「這麼多年，你竟真的一點都沒變。那日我聽聞韶州府的動亂，很擔心你，還好你沒有事。」

相思吸了吸鼻子，十分感動道：「大外甥，你依舊這麼孝順。」

與相思說完要說的話，顧長亭便要走，走到門口才想起一件事，轉身問道：「我明日要去別院拜見閣主，你們一同進城，應也相熟了？」

第二日一早，相思同顧長亭一起去了溫雲卿現在住的別院；唐玉川本也要去的，但因唐家在京裡的藥鋪掌櫃來找，便沒能同去。

這所皇家別院並不大，離皇宮距離亦不甚遠，環境清幽，且緊鄰玉鸞河，實在是個靜養的好去處。兩人被別院管事引著進了院子，行過幾處亭臺樓閣，便看見一處滿是花樹的院子，兩人在前廳等了一會兒，才喝過半盞茶，廳門一開，溫雲卿獨自進了門。

此時已是秋日，早晚亦有些寒意，但平常人只著厚些的衣衫便可，他卻穿了一件墨毫大氅，腳上蹬著素白皂靴，神色恬淡，眉目如畫，只是稍有疲憊之色。

「閣主。」顧長亭一禮。他曾在忍冬閣學習醫道，也是受過溫雲卿教導的，自然很是尊重他。

溫雲卿虛扶他起身，笑道：「幾年不見，你越發進益了，歐陽院長寫信給我時，常提起你，聽說你才提了前稟太醫；你年紀尚輕便受此重用，歐陽院長是對你寄與厚望的。」

「我入太醫院後多虧院長照顧，定不會辜負他的期望。」顧長亭見他面色不好，有些擔憂。「這次去韶州府救疫，路途實在遙遠辛苦，又逢反賊作亂饑民鬧事，閣主的舊疾可還好？」

「不礙事。」溫雲卿輕輕帶過，又請兩人落坐，轉向相思，道：「妳在韶州府時，說想長亭了，不知多久才能見到，誰知竟這麼快便見了面。」

溫雲卿神色溫和，顧長亭眸帶笑意，全都盯著相思，讓她有些不自在。「長亭倒是沒怎麼變，總歸是一起長大的，唐玉川昨兒非要和他睡在一起，說是兄弟多年沒見了，有好多話要和他說。」

溫雲卿笑了笑。「唐小弟是個性情中人。」

「這次防疫司召了忍冬閣和沈香會的人過來，說是要封賞，只是如今韶州府的事情剛了，防疫司尚有許多事情要做，沈繼和的案子還要審，不知要拖到幾時？」

「這次瑞王謀反一事，看朝廷的處理手段，就知不欲將這件事的影響擴大，所以年前應該會把這幾件事都處理好。」溫雲卿見顧長亭面露擔憂之色，不禁又道：「我想，沈繼和的案子，韶州府諸人封賞和沈香會移交三件事，處置最快的，應該就是封賞一事，這事之後便會審理沈案。」

「要是沈案也能在年前了了，我們也能早些回雲州府。出來都快半年了，家裡肯定擔心。」相思說完，又想起昨夜顧長亭提起的沈香會長人選一事。「只是這次韶州府瘟疫，沈香會的藥商們雖然出錢出力，但總歸會長髒了沈香會的名聲，不知道朝廷會怎麼處理沈香會？」

相思問這句話，本是小心思，她想溫雲卿是有些皇家背景的，內幕消息總應有些，所以來套套話，卻見他笑著搖搖頭。「這我確實不知道，但沈繼和一案，朝廷應是不想牽扯到瑞王身上，只因若牽扯上了，沈香會便再洗不乾淨，天下人若知曉，只怕也要議論，難免被有心之人拿去做文章。」

顧長亭眉頭舒展。「這麼說，朝廷到底是要保住沈香會了？」

「看目前的形勢，這一點是並無疑問的。」

「要是這麼說……」相思沈吟道：「審沈繼和時，最好不要提起和瑞王有關的事了。」

溫雲卿點點頭。「是，光救疫不力、吞沒銀兩藥材，這有傷國祚的兩罪名，就夠判他個秋後問斬了。」

這時房門一閃，進來個小廝。「顧先生，王堂主有事要你過去一趟。」

顧長亭便轉身與溫雲卿告了一聲罪，又對相思點點頭，同那小廝並肩走了。

此時屋內只剩兩人，溫雲卿低頭喝茶，屋內寂靜。

第六十三章

第二日天還未亮，相思便和唐玉川出了門。到了第一重宮門，便看見顧長亭與幾名官員站在門口一處臨時搭建的帳亭下，他見兩人來了，與旁邊幾個官員一拱手，走向這邊。

他先看向相思，見她衣著雖正式，卻也平常，然後看向唐玉川，神色變了幾變，深吸了兩口氣，才開口。「玉川，你是把家私都帶在身上了嗎？」

但見唐玉川穿了一件墨綠水綢暗雲紋的長衫，這水綢原是淳州府獨有，因製綢實在耗費人力，價格十分高昂，光這一身衣裳便要千兩的雪花銀。除了這衣裳，唐玉川腰上還繫了一條金紋嵌白玉瑪瑙珍珠腰帶，腰帶上還掛著一枚羊脂白玉珮、兩個精巧的香囊，實在是不怪顧長亭這麼問。

相思聽了，胸中鬱氣一掃而光。「這一路我都要被他晃瞎了！」

唐玉川有些不悅，低頭看了看自己這一身，瞪了相思一眼。「我這還是克制了呢！你不知我爹給我準備了多少東西，他說不能在京城丟了唐家的顏面，讓他們覺得我家裡窮酸小氣！」

「罷罷罷，你這也算是獨樹一幟了。」顧長亭無奈搖搖頭，引著兩人往臨時搭建的帳亭下走去。「估計還要再等一會兒，你們稍坐。」

這帳亭邊角用鑄鐵長棍固定，上面支起防雨氈布，亭下又擺了幾張桌子和椅子，兩人剛落坐，便有幾個從禮部剛調來的小廝端上熱茶。「天氣寒涼，兩位小爺請用些熱茶。」

相思點點頭謝過，唐玉川卻挺了挺胸脯，裝模作樣地「嗯」了一聲，從荷包裡掏出一錠銀子遞給那小廝。「拿去喝茶。」

那小廝一愣，抬頭見唐玉川這樣一身騷包打扮，心中一樂，雙手接過。「謝謝爺！」

那小廝一走，唐玉川便沒了方才裝腔作勢的模樣，對相思挑挑眉。「我跟你說，閻王好過小鬼難纏，遇上這些人可要好好應對，不然不知在什麼地方給你使絆子呢！」

相思睨他一眼，搖搖頭，又點點頭。「到底是唐老爺的親兒子，應是沒抱錯的。」

兩人說話間，已有數輛馬車過來，或有雲州府來的，相思兩人認識便去打個招呼；也有忍冬閣來的，都在亭下坐著喝茶，只是一直不見溫雲卿和王中道。

負責此次封賞的禮部官員看了看時辰，見天已大亮，略有些急，轉頭問顧長亭。「溫閣主怎麼還沒到？」

顧長亭正要說話，卻見一輛宮人用的馬車飛馳而來，馬車尚未停穩，便從車上跳下個白胖的太監，正是那日在城門口迎接眾人的黃公公。他身材有些胖，又是一路趕過來，難免上氣不接下氣，快步走到禮部官員面前，行了個禮，尖細著聲音道：「諸位大人別等啦，溫閣主今兒一早犯了舊疾，進不了宮了，還是讓已到的諸位入宮去聽賞，免得耽誤了時辰！」

禮部官員一愣，顧長亭亦是一驚，隨即又強定了定神色，對那禮部官員一禮。「既然這樣，就請忍冬閣裡的人代為聽賞吧，別誤了時辰才是正經。」

這禮部官員名叫周致寧，今年若是政績考核過了，八成是要升侍郎職司的，這次是頭次接這差事，生怕出了差錯，聽顧長亭這麼說，還是有些不放心。「這不適合吧？」

顧長亭轉頭看向忍冬閣的幾個人。「溫閣主舊疾復發，定是來不了了，若是再誤了時辰，實在因小失大，只是這事還要和尚書大人說一聲才是。」

周致寧聽了，連連點頭，卻不敢擅動，讓人快去稟報禮部尚書。等尚書大人的口信回來後，才算是穩住了心神，召集帳亭下的諸人按照點名順序站好，開言道：「諸位都是在韶州府大疫中立了功勞的，今日能進宮聽聖上封賞，從來無人有此殊榮，別的本官也沒什麼要說，只望入宮後，諸位能謹言慎行。」

這幫人自然應諾。周致寧領著諸人往宮裡走，因早已交代了侍衛，且又有宮中手令，只稍稍盤查了幾人，便放了行。入宮之後，他們自然是沒有車坐的，相思正愁著要走到什麼時候，就見原先走在前面的顧長亭放慢腳步，漸漸走到她與唐玉川身邊。

「宣和殿是外殿，離這宮門不遠，不到半個時辰就到了。」顧長亭沒看兩人，聲音卻清清楚楚傳進他們耳中。

「宮裡有人就是不一樣。」唐玉川頗為驕傲自豪地點點頭。

相思卻記掛著方才那一幕。「溫閣主不會來了嗎？」

顧長亭看她一眼，又轉頭去看隊伍前方，壓低聲音道：「閣主晨間犯了病……怕是……」

他沒有繼續往下說，但相思卻已猜到，不自覺地攥緊了袖角，輕輕問：「若他的病真到了這個地步……當年戚先生想出的法子或許管用呢？」

看著相思滿是希冀之色的眸子，顧長亭沈默許久，腳步亦慢了下來，卻終是搖搖頭。「太險，若非要以金石之力除去病灶，只怕病未好，人先丟了性命。」

相思低頭看著自己的鞋子，再看著地上鋪著的方正金磚，略有些出神，許久低聲嘟囔了一句。「說不定我能成呢！」

不多時，這幾十人到了宣和殿內，本想一睹天顏的眾人自是沒有如願，只有一個年紀頗大的老太監宣旨，眾人各封了個使，相思心思不在這上面，自然沒有細聽，混在人群裡哼哈應是。

這宣旨的老公公似是也急著回去辦事，宣完了旨，便又背了一段辭藻十分華麗的話，大意是——皇上很看重你們這些賣藥的和看病的，你們受了封賞後，回去要繼續造福相鄰，咱們大慶國在你們的努力下會越來越好的，大家加油哦！

之後便又發了類似國家認證證書的東西，據說是在戶部有備案的，然後各賞了一對玉如意，實在沒什麼新意。

很快這程序算是走完了，眾人對著聖旨磕頭謝恩，又跟著周致寧往外走。

唐玉川手裡拿著那對如意，在陽光下看了又看，眉頭皺了起來。「成色很一般嘛……」

「噓！」旁邊一個相熟的沈香會同窗提醒。

不知是何原因，回程時周致寧的帶隊速度明顯快了許多，相思也跟著加快腳步，聽見唐玉川說了這麼一句，眯著眼道：「宮裡賞賜的東西不在於這東西品質的好壞，重點在於意義，便是賞咱們一塊石頭，也比外面的極品美玉要珍貴萬分。」

唐玉川點點頭，依舊皺眉盯著手中成色一般的玉如意，體會著相思話中的真諦。

離兩人並不遠的黃公公聽了，掩唇一笑，快走兩步與兩人並肩。「這話原是在理的。這世上有幾個商人能入宮聽封，還得了如意的？只這一條，諸位就比這天下商賈都高出一頭來！」

相思心裡暗啐一聲「狗屁」，面上卻笑著逢迎了幾句。

出宮門，眾人拜別周致寧，各回各家，各找各媽，只有相思和唐玉川在旁等著顧長亭完事過來。

因太醫院不過是從中輔助的，所以大事既然完了，顧長亭便不用留下，與幾位主事的官員交代幾句，又告了罪，便往相思和唐玉川這邊來。

「我要去別院探望閣主，你們兩個先回去府裡。」

相思卻搖搖頭。「我和你一起去。」

「溫閣主又病啦？」唐玉川詫異。

最後竟是三人都往別院去了。才到門口，顧長亭便看到個熟人，上前行禮道：「院長。」

歐陽成亦是聽到溫雲卿病重的消息趕來的，才下馬車，見顧長亭也來了，面色有些沈重。「你也來了。」

「早上聽說閣主舊疾犯了，所以來看看。」

歐陽成搖搖頭，又看見顧長亭身後站著的兩人，點點頭算是招呼。

幾人被引著去了內院，才進門，便見屋外站著幾個才從宮裡回來的年輕人。戚寒水也在，各個眉頭緊鎖，這時房門「嘎吱」一聲開了，一個小廝端著個銅盆出門往外走，銅盆從面前經過，相思一瞥，見是一盆血水。

王中道緊跟著從屋裡出來，見院裡站著許多人，眉頭微微皺了起來。「閣主暫時穩定下來了，需要靜養，不要去打擾他。」

忍冬閣的幾人雖不放心，到底是應聲散了。

王中道走到歐陽成面前，點點頭。「你來了。」

「怎麼樣了？」

王中道看了相思和唐玉川一眼，又看向歐陽成，搖搖頭道：「這次本不應讓他去韶州府，要是攔著他，身子也不會傷得這麼厲害。」

歐陽成拍拍王中道的肩膀。「他的性子和老閣主一模一樣，豈是你想攔便能攔住的？需要什麼藥材，你告訴我，我去給你尋。」

王中道素來嚴肅刻板，聽了這話，眼睛竟有些紅，喉結動了動，轉頭看向旁邊的荼蘼花樹，哽著聲音道：「現在就是找了龍肝鳳髓來，也沒用了。」

幾人聽了這話，俱是一震，歐陽成難以置信問：「上次信上不是說，尚有五年之期？」

第六十四章

「是戚叔叔來了嗎？」

屋外幾人一愣，戚寒水先反應過來，舉步往屋門走了幾步，後面的人才跟上。屋內有些昏暗，窗戶關著，有些悶熱，相思最後進門，床已被幾人圍住，她只能在空隙裡窺見到一抹素錦被。

「我讓你們擔心了。」溫雲卿輕柔的聲音穿過眾人傳到相思耳中，她又往前走了幾步，終於看到他的臉——蒼白清俊，雙眸微垂，平日總帶著弧度的唇角，此時泛著病態的猩紅，如同染血一般，說話間唇角又溢出一絲血。

「別說話了。」王中道急切道。

溫雲卿笑了笑，沒再說話，眾人退了出去。王中道和戚寒水又吵了一架，然後各去尋法子，不理會對方。

戚寒水在旁邊的屋子坐下來，這才看向相思幾人。「我尋思來京城應該能看到你們，沒承想你們竟然也在這兒。」

顧長亭看著自家師父有些滄桑的臉，略有些擔憂，卻道：「今早我聽聞閣主舊疾犯了，所以宮中的事一辦完，就和他們兩個過來了。」

戚寒水看向相思和唐玉川，面色稍霽，搖頭道：「誰能想到你們兩個還能有進宮聽封的機緣，真是趕上了好時候。」

唐玉川「哼」了一聲。「我才不稀罕，白花了許多銀子。」

相思應和兩聲，忽開口問：「先生，溫閣主的病……真的沒得治了嗎？」

屋內一時寂靜，良久，戚寒水嘆了口氣。「若他安心靜養，或許還有四、五年的光景，但看今日的情形，真是油盡燈枯了。」

「先生在雲州府時，曾提過開胸手術……之法，如今是不是可用？」相思試探著問。

戚寒水冷哼一聲。「我早兩年便想試這法子，但你今日也見到王中道那老匹夫了，他是不會同意的。」

相思不知怎麼回答，正低頭思索時，又聽戚寒水道：「且那法子尚有些問題。」

相思不明所以抬頭看去，見戚寒水從包袱裡挑揀，拿出兩個掌心大小的小包裹來。「人清醒的時候，自不能動刀，但我尚未尋到適合的。」

相思打開其中一個包裹，見裡面裝著淡黃色的粉末，用手指沾了一點，卻沒看出來是什麼。唐玉川早已被勾得好奇心起，低頭就去聞，相思沒攔住，只來得及驚呼一聲，唐玉川已吸進鼻內……

「咳咳咳！」唐玉川覺得這粉末味道香得嗆人，接著腦袋迷糊天旋地轉，竟是有些站不住，腳步虛浮走了兩步便要軟倒下去，顧長亭忙伸手抱住，相思也在旁邊扶著。

只見唐玉川一灘爛泥般掛在顧長亭的手臂上，變成了鬥雞眼，舌頭也大了，口齒不清嘟囔。「介系痕麼玩應……」

「介系麻藥啊！」相思掐了唐玉川的臉蛋一下，又好氣、又好笑。

好不容易兩人把唐玉川拖到床上，相思才又到桌前拿起那包淡黃色粉末問：「這應該是一種花粉吧？」

戚寒水點點頭。「這是蛇頭曼花的花粉，有些麻醉的作用，只是這作用還不夠大。」說完，他走到床前，從袖中抽出了一根銀針，又牽起唐玉川的手，唐玉川猜到戚寒水要幹什麼，一邊扭動身子，一邊大著舌頭喊道：「你……晃開……我……不尿刺我……」

相思和顧長亭也站在床前看著，卻對小川川的求救聲無動於衷，實在有些冷血。

戚寒水彷彿沒聽到唐玉川的拒絕，拿起雪亮的銀針，抬手就往他虎口扎去。這個穴道雖對提神醒腦十分有用，但扎起來十分疼，唐玉川疼得緩緩張大了嘴，口齒不清地喊道：「好通啊……不尿刺我……」

戚寒水又扎了一下，這才抬頭看向縱容他施暴的兩人。「你們看，這蛇頭曼花的花粉雖能讓人變得遲鈍，但人卻依舊能感覺到疼，所以用它當麻藥肯定不成。」

「那另一種是什麼？」

戚寒水示意兩人到桌前去。相思看了看癱倒在床上眼淚口水齊流的唐小爺，心疼地掐了掐他的臉當作安慰，然後拋棄他往戚寒水那邊去了。

小包裹打開，只見是幾把褐色的無葉乾草，相思拿起一束聞了聞。「這是百憂草？」

戚寒水讚許地點點頭。「這草平日少見，你竟然認得。」

相思撓了撓頭。「以前聽先生你在堂裡講過便留了心，後來去收藥時也見過幾回，所以認得。這百憂草雖然能痲人，但需要的藥量極大，用它熬成濃湯，也要灌一大鍋下去才成的。」

「所以才難辦。」戚寒水搖搖頭，到底是沒什麼好法子。

相思此時卻有個想法，只是不知能不能成功，為防戚寒水失望，便也沒有提。

「此外，還有一事也頗讓人困擾。」戚寒水皺著眉。「手術後，那傷口必定流血不止，若是只包裹好，怕傷口不癒。」

相思鬆了一口氣，道：「到時傷口要用線縫好，等癒合後再拆掉。」

這話是相思從不曾與戚寒水說過的，他一聽這話，眉頭皺得越發緊。「用線縫好？什麼線？」

「這我也還不確定。」相思尋思。若有羊腸線自然最好，但只怕尋不到她需要的細度，最後難免要自己動手做；此外絲線和頭髮倒也可以，只是頭髮韌度差一些，絲線術後還要拆線。

一直在旁聽兩人對話的顧長亭，眸中亦有異色，但因戚寒水在場，便壓下心中的疑問未曾開口。

這時唐玉川吸進去的花粉藥效過了，他顫顫巍巍地坐了起來，苦著臉，舌頭依然大著。「我尿肥家……」

馬車上，顧長亭看著窗外街道，一手護著尚有些迷糊的唐玉川，忽然開口問道：「你方才同師父說的那些法子，都是哪裡看來的？我自認看過的醫書亦不少，卻從未見過隻言片語；還有你前些年說的那本《西醫手術案集》，我和師父找了許多年，也沒找到，更是沒人聽說過。」

「就系，你剛剛說的髮好怪。」唐玉川也來湊熱鬧。

相思瞪了唐玉川一眼，學著他說話。「你髮好怪，就憋削髮了。」

唐玉川又氣又惱，恨恨把頭轉到顧長亭那邊，用屁股對著相思，相思這才看向顧長亭，道：「確實是小時候看閒書看到的，那書還是手抄本，後來不知被丟到哪裡去，我找了幾次也沒找到。」

顧長亭一瞬不瞬看著她。這麼多年一起長大的人，當她對著你撒謊時，總歸是有些察覺的。相思有些心虛，假裝低頭去整理衣角，許久聽得顧長亭嘆息一聲。「罷了，你既不願說，便不說吧！」

趙府門口站著個婆子，這婆子是魏氏屋裡的，認得三人的馬車，車一停便迎上來。「三位小爺，老爺回來了，夫人讓你們一回來就去花廳呢！」

「姑父什麼時候回來的？」

「快晌午時回來的，現在正和夫人在花廳喝茶。」

三人跟著婆子進了府裡，也未去換衣服，到了花廳，看見一個三十多歲的男人正與魏氏並排坐著，男人身材極高，略有些瘦，應是才換上淡色常服，頗有些書生氣，生得並不老相，卻偏生神色極為嚴肅古板。

不知魏氏正與他說著什麼，明麗的臉上都是嬌俏的笑意，他卻只時不時嚴肅點頭，彷彿在討論有關國家蒼生的事一般，十分不苟言笑。顯然魏氏早已習慣了自己夫君的模樣，自顧自說著，眼角餘光看見才進花廳的三人，忙坐正了身子，笑著招手。「等你們好一會兒了，快過來坐。」

相思和唐玉川是第一次見趙平治，難免拘謹些，一絲不苟地行了晚輩之禮，這才坐下。

趙平治只是把臉一繃，就唬得相思和唐玉川不敢隨便說話。魏氏拍了趙平治一把，嗔道：「和孩子們相處你也輕鬆些，板著一張老臉嚇唬誰呢！」

趙平治看向自己的妻子，神色溫和了些，但到底還是一張嚴肅臉，魏氏無奈搖搖頭，轉頭笑著對三個小輩道：「他就是這樣的性子，你們不要怕。」

相思忙搖搖手。「姑父一看就是個做事嚴謹的人。」

魏氏掩唇一笑。「他十幾歲時就生了張幾十歲的臉，改不了了。」

被兩人議論著的正主兒的臉不紅也不白，只悶頭喝著茶，彷彿沒聽見自家親親娘子正在揭他的短。

幾個小輩被魏氏逗笑了，氣氛一時輕鬆起來，魏氏從桌上拿起一封信遞給相思。「爹爹來信了，說想在京裡開一家藥鋪，讓你這幾日有時間去找一間地段好的，要是能買就買下來，要是買不到適合的，就簽個長租的契書。」

相思倒是不驚訝。年初的時候家裡還在討論這事，只是後來家裡生意被沈繼和打壓，又遇上韶州府的瘴虐，才因此擱置了，如今她在京裡，可以順便著手準備，她接過書信展開看了看，然後抬頭看向魏氏，笑道：「我是知道要找什麼樣的鋪面，只是對京裡不熟悉，怕是要麻煩姑母和姑父給我找個嚮導。」

「嚮導人選我已想好了，就讓趙銘陪你去。」魏氏笑著看了自家夫君一眼，半是玩笑道：「且你有個姑父在戶部做侍郎，就是遇上什麼難事也不妨的，只叫你姑父替你去出頭，咱們有權有勢的怕個什麼！」

這本是一句玩笑話，但偏偏趙平治是個極認真嚴謹的，聽了這話，眉頭微微蹙在一起，沈吟半晌，道：「只要是合乎法理之事，我肯定會站在你這邊，但要是違背法紀，也要秉公處置的。」

魏氏粉拳打了趙平治一下，佯裝惱怒道：「你這個呆子！」

晚些時候相思回了自己的院子，找出之前讓唐玉川帶來的小箱子，把一疊帳本拿出來後，便看見箱底放置著幾把刀。這套手術刀她送了戚寒水一套，之後自己又去打了一套以備不時之需。

她的手指輕輕撫摸著雪亮冰涼的刀面，既熟悉又陌生，但想起今日見到的情形，握住刀柄的手，不禁緊了幾分。

第六十五章

第二日一早，嚮導趙銘便來叫幾人出門，因顧長亭今日要去太醫院報到，所以先出門，只剩相思、唐玉川和趙銘三人一起去尋鋪面。找了一整天，找到了三、四個較為適合的鋪面，相思想著要謹慎些，便都沒定下，只等第二日讓魏興去看看再說。

此時天已有些晚，馬車路過街市，相思見路邊有賣魚的，便給車伕銀子去買了兩條，唐玉川有些納悶。「你饞魚了？」

趙銘也不解。「相思哥，你要是想吃魚，和廚房說一聲就成，家裡廚房還養著幾條呢！」

相思搖搖頭，只眼冒綠光看著那兩條魚。

三人回府時，晚飯已做好了，自然沒有魚。吃罷飯，相思就火燒屁股一般拎著魚回院子，唐玉川有些好奇，便也跟在她屁股後面。

到了院裡，相思先打了一盆水放在院裡的小臺上，又把魚拿出來，隨後進屋去取了那小刀出來，唐玉川嚥了嚥口水。「相思你要幹啥呀？」

那魚被折騰了一路，此時早已魂歸離恨天，相思左手提起一條魚，放在小石臺子上，雪亮的小刀在唐玉川眼前閃過，然後放在了魚肚上；她的手小而纖細，但是很穩，握住刀柄緩緩滑動，將密實緊致的魚肚一點點切開。

被切開的魚肉處，平整完好，並無一處太深傷了臟腑，也無一處太淺，沒能劃開肌理。小刀緩緩從魚尾、魚背、魚鰓處劃過，畫了一圈。相思的手輕輕揭起一邊，完整地將半面魚身提了起來。

唐玉川驚訝地睜大了眼睛。「相思你怎麼辦到的？你這簡直……簡直是太厲害了！」

相思仔細檢查那半面魚肉，見邊緣都還平整完好，只是有一處她本想也割下來，卻沒成功，心中有些惱火，卻又很快平靜下來，用那薄薄的刀輕輕撥開裹著臟腑的薄膜，然後將內臟一個一個小心地解割下來。她的手一直很穩，那是握手術刀的手，雖已十餘年沒有握刀，很快這條魚被完完全全分割開來，斷處都很平整，內臟亦無破處，唐玉川出神地看著，覺得眼前的這個少年有些陌生，又有些……吸引人？

相思又抓起第二條魚，如法炮製，這一次速度更快，下刀更穩準，簡直行雲流水一般。

唐玉川的嘴越發地合不上了。「相思……你……你這是在哪學的？」

「醫學院。」相思嘟囔了一句，把魚肉收好準備一會兒給廚房送去，又清理好石臺，然後才用皂角洗淨手術刀。

魚肉自然和人的肌肉完全不同，不管從哪個角度來看，都沒有可比性；但是她已經十幾年沒有動過手術刀，解剖魚可以讓她熟悉刀的角度和手的力度，找回一些感覺。她不知溫雲卿還能堅持多久，也不知自己有沒有機會幫他做手術，甚至不知道手術成功的機率有多大，但她想試試，說不定呢……

按照她這些日子看到的情形，溫雲卿有可能是肺動脈栓塞，也有可能是其他和動脈有關的疾病，但她無法做檢查，下不了確定的診斷，一切都是在賭。

既然是在賭，她就要下賭注，賭贏了溫雲卿能活，忍冬閣會感激她，若她賭輸了呢？在別人眼中，她與殺人無異，這個世界可沒人懂「手術有風險」，她大概會被「喀嚓」掉的。相思一邊想著，一邊摸了摸自己纖細的小脖子，心肝亦有些顫抖。

這檯手術不好做呀……

第二日一早，相思把那幾家鋪面的情況與魏興老管家說明後，並未同去，而是套了馬車去了皇家別院。找到戚寒水時，見他正蹲在牆角忙著什麼，相思走近一看，只見他左手拎著一隻雞大腿，右手握著手術刀，正在脫毛雞的肚子上劃。

「您練刀呢？」

戚寒水手一抖，劃偏了，轉頭有些不悅地看著相思，也不知是誰又惹了他不開心。「我不練，難道真有那一天你上去做手術不成？你也就是嘴上的能耐，真要動手時，只怕就啥都不是了！」

相思伸伸舌頭，心想，我怎麼說也是在醫學院裡真刀實槍做過的，不像你，聽我說了幾句全憑自學，連野雞大學的文憑也沒有，反倒嘲笑起我來了。

「溫閣主怎麼樣了？」

戚寒水又低頭去對付那隻赤裸裸的小母雞，沈默半晌，道：「又吐了一回血，王中道煎了回陽止血湯灌下，總算止住了。」

相思看向腳邊那個盆子，裡面裝滿了壽終正寢的小母雞，於是問道：「先生想什麼時候給閣主做手術？」

戚寒水也練習了很長時間，手很穩，輕輕劃開雞皮、雞肉，也未傷及內臟，聽了問話，手中的刀微微一頓，偏了幾分。「我看雲卿也就是這幾日了，你今日若不來，我也要去找你。你前日說縫傷口的線，到底選什麼線好？你快些幫我準備，這幾日我便要動手了。」

相思昨日不只殺了兩條魚，還做了另外兩件事。一是去找了粗細得宜的絲線，頭髮到底強度不夠太過冒險，絲線應是沒問題；再有就是切下病灶後，切口處的縫合，這裡縫合不能用無法吸收的絲線和頭髮，眼下最適合的就是羊腸線，她也找了個三代製羊腸線的婦人家訂做，明日便能交貨。

「線我已準備好了，若是順利，明日就能送過來。」相思說著把手中的包袱往戚寒水面前一放。「咱們現在更重要的是製麻藥。」

原本低頭與小母雞搏鬥的戚寒水聞言一愣，瞪著眼睛問相思。「你想出法子了？」

相思有些猶疑地點了點頭。「並不一定能成，且試試再說。」

「什麼法子？」

相思撓了撓腦袋，搜腸刮肚想了半晌，遲疑道：「萃取？」

「你想的法子你問我！」戚寒水翳子一吹，伸手去解那包袱，解開一看，見有許多百憂草，又有一個不小的封口瓶子，拿起來晃了晃，知道裡面裝的應該是油一樣的東西，奇怪道：「這是什麼？」

相思伸手拿過那瓶子，轉開封口送到戚寒水鼻下，蒜頭鼻抽動了兩下，有些猶豫。「菜籽油？」

「不是，是白茶油，質輕，味淡，性平，無毒，是我能想到的最適合的基質了。」

老頭的小眼睛瞇了起來。「你這又是從哪裡看來的？」

相思正要開口糊弄，戚寒水卻忽然伸手阻止了她。「罷罷罷！你肯定又要說些不著邊際的話，我也懶得聽了。」

相思眨了眨眼，有些委屈，覺得人與人之間最基本的信任都沒有了。

戚寒水洗淨了手，與相思一起去小灶房展開萃取大業。

百憂草做痲藥，從藥效上來說本應沒有問題，問題在於用量。乾草要吃一斤半，熬湯得喝一大鍋，溫雲卿肯定是吃不了這麼多的，所以濃縮才是解決之法。

但現在這個時節已沒有新鮮的百憂草，不能榨汁濃縮，只能從乾草浸液上想辦法。根據戚寒水所言，這百憂草溶出率極低，也就是說，藥草中的成分在水中難溶；既然水中難溶，且許多草藥中的有效成分易溶於油，相思便想用油將有效成分從水中萃取出來。

所用的法子也極簡單，還是用水煎藥，等水的顏色變成淺褐，才倒入白茶油，然後攪動藥鍋。起初並看不出特別來，水的顏色也沒變，只是浮在上面那層一寸高的油面漸漸變成了褐色，然後是深褐色，最後竟變成了黑色。

「這、這、這就是咱們要的東西嗎？」戚寒水有些難以置信地盯著那油面，彷彿見到鬼一般。

相思依舊不疾不徐地攪動著藥鍋，直到水的顏色越來越淡才停火。她把那層茶油舀了出來，裝了滿滿一瓷盞，等油的溫度降下來，分別倒入五個小瓷瓶裡。

「總要試試有沒有用，你倒進瓷瓶裡做什麼？」

相思看著戚寒水已經伸到瓷盞旁邊的手，往後退了一步，道：「咱們這次可用了五倍的百憂草，你別看只有這麼一小盞，藥效可烈著呢，要平均分成五份，不能多喝了。」

「你給我一瓶，我試試效用。」

相思把茶油均勻倒進五瓶裡，然後封好，並沒有給戚寒水。「這只是第一步。雖油裡有藥，但喝起來麻煩不說，藥性也極易揮發，做成蜜丸才成。」

戚寒水一愣，皺眉看著相思。「你到底在哪看到這麼些稀奇古怪的東西？」

相思尚未開言，他卻再次揮手打斷。「愛在哪兒看在哪兒看，我不想知道！」

相思嘟囔。「男人心海底針哦……」

後來這五瓶藥油，三瓶被戚寒水拿去做了蜜丸，兩瓶被相思拿走，在不違背人道主義的前提下，做了動物實驗。

戚寒水拿到藥油也不客氣，揮手讓相思回家，便回屋去做蜜丸。相思慢吞吞地往院門走，走到門口時，忍不住回頭看了一眼那緊閉的門，腳底像生了根一般。

第六十六章

相思自小和顧長亭他們一起長大，且又兩世為人，所以十分缺少小女兒的旖旎心思，只是自從遇上溫雲卿後，竟變得畏首畏尾，像個思春的大姑娘！憤憤哼了一聲，相思轉身就往屋子走，走得那叫一個虎虎生風，威風凜凜！

「想看就去看，他還能吃了你不成！」一色厲內荏的某人嘟囔了一句。

走到房門前，猶豫了一會兒，終是沒有敲門，只輕手輕腳地開了門，然後躡手躡腳地滑進去，哪裡還有前一刻的囂張威風之氣？

屋內門窗緊閉，秋末的天氣已生了火盆，相思怕風進了屋內，忙把門關嚴，這才看向床那邊。

似是擔心溫雲卿被外面驚擾，床前的紗簾盡數放下，從窗上映入的天光射在素白紗簾上，蕩出重重疊疊的幔影。屋裡很靜，靜得相思連呼吸都要小心些。

她往床邊走了幾步，小心翼翼坐在床前的春凳上，看向紗幔內，並沒有看到溫雲卿的臉，只能隱隱約約看見堆疊著的錦被。相思坐了一會兒，並未去掀簾子，只因屋內寂靜非常，能聽見簾子裡面溫雲卿清淺的呼吸聲。

她莫名其妙地覺得很安心。

原本，不過是想進來看一眼就走，可是看了許多眼，卻還是不想走。相思雙手抱住膝蓋，蜷縮在狹窄的春凳上，直到屋內光線一點一點暗下來，變得漆黑一片，她還沒走。

溫雲卿其實醒來許久，她在紗幔外面看他時，他也在裡面看她，只是一直未曾開口。他已沒幾日可活，開口能說什麼呢？不過徒增她的煩惱和無措罷了，反倒不如假裝什麼都不知。

直到夜如墨，相思才深深吸了一口氣，然後緩緩吐出，依舊如來時一般輕手輕腳往外走，偏這時聽見門外王中道和戚寒水說話的聲音，相思腦子進水一般，竟想也不想就躲到了床幔後面，等躲進去，她才反應過來，惱火地想：都怪王中道像個老媽子一樣護著溫雲卿，她見到他就本能想跑，這下可怎麼辦？

她正這般想著，便聽門響了一聲，接著屋內亮了起來。

王中道端著溫度適宜的藥碗掀開紗幔，輕聲喚道：「雲卿起來喝藥。」

男子緩緩睜開雙眼，溫和清潤的眸子裡有些意味不明的情緒，緩緩起身，喝了藥。

戚寒水也顧不得其他，更不管王中道在場，滿臉憂地看著溫雲卿。「我之前提過，你的病可以靠手術治好的……」

「什麼時候了，你還說這些沒用的！」王中道憤然打斷。

戚寒水瞪他一眼。「若有別的機會，我也不會提這個險之又險的法子，你故步自封，不肯抬頭看看別處，便也要雲卿沒有別的選擇嗎？」

王中道恨恨把藥碗放在桌上，罵道：「你之前尚且有很多緊要的地方不知怎麼處理，剁了幾隻雞就頓悟了不成？你要瘋就瘋你的去，別在我們面前再提什麼手術！」

戚寒水也怒氣攻心，多年來積攢的不滿一下子爆發出來。「我既然提了，自然有解決的辦法！我知道你青白堂素來傲骨，看不上我們這些外傷的醫家，但到底事關雲卿性命，你能不能暫時拋了那些偏見？」

王中道正要反駁，卻被溫雲卿打斷。

「兩位叔叔不要吵了，手術我不會做，生死有命，不用徒勞爭了。」

戚寒水難以置信地看著他，眼睛有些紅。「你這孩子……有法子當然要試試，萬一成功了呢？」

滿臉病容的青年靠在床邊，平靜地看著戚寒水，淡淡道：「我真的不想爭了。」

他微微垂著眼睛，神色平靜無波。「你們不用再勸我，我的壽數本就難長，拖了這麼些年，也是運氣使然，已不虧了。」

王中道見他全然沒有了求生的意志，心下大慟難忍。「你這孩子，到底是要讓我們這些老傢伙送你走不成？」

「往日遇到沈痾難治的病人，你也常開導豁達看透之言，如今到了我身上，你怎麼就這麼看不開？」

王中道忽然開口。「那些多是年歲已大的人，與你如何能相同？你這麼年輕，這麼些年被病痛折磨，哪裡有什麼快樂可言！你尚沒有成親，沒有妻子，死後自然無血脈留於世，以後清明祭掃，也沒有人給你燒紙築墓，我只想想就覺得可憐！」

溫雲卿似是沒想到王中道會這麼說，微微一愣，隨即釋然笑道：「我雖無血脈存世，到底還有幾個親傳的徒弟，卻也不指望清明灑掃時他們為我填土燒紙，死了不過一抔黃土，還想這些做什麼？」

這話說得實在有些避世離俗的意味，短短二十年的人生，卻已看破紅塵世事。

戚寒水心中荒涼，再說不出話，疾步出了門去。

王中道搜腸刮肚亦找不到有力的詞句可用，終是目露懇求之色。「雲卿，至少……你不要放棄得這般早，總會有法子的。」

似是為了讓王中道寬心，溫雲卿輕輕點了點頭。

王中道出去後，屋內寂靜，溫雲卿見藏在床後的相思沒有要現身的意思，輕輕嘆了一口氣，緩緩起身下床。他的身子很虛，要扶著床欄才能勉強穩住身形，走到床後，就看到小小的少女像壁虎一般緊緊貼在牆上，雙眼瞪得滾圓，正赧然可憐地看著他。

「他們都走了，妳要在這裡待到什麼時候？」溫雲卿扶著牆，眼中波瀾不起。

「你什麼時候醒的？」相思的聲音極小，極猶豫。

溫雲卿沒說話，看了她半晌，伸過手去。「出來再說。」

相思小心握住冰涼的手掌，一點一點挪了出來，溫雲卿便要往後退讓，誰知眼前一黑，渾身一軟，整個人倒向前面。相思正在他身前，慌忙伸手想去扶，但到底是個男人的身子，哪是相思小雞一般的力氣能扶住的？便直接被他壓倒在牆上。

身前男子雙手撐著耳畔牆壁，身體卻依舊重重壓在她的身上，溫熱的氣息吐在耳畔，帶著一絲隱不可察的血腥氣。相思一動不敢動，顫聲問：「你怎麼樣？」

一聲輕笑從溫雲卿口中逸了出來。「到底是大限將至，不中用了。」

相思的手抬起來又放下，最後終於還是緩緩抬起，堅定而小心地環住了溫雲卿。「會好的，一定會好的！」

她在告訴溫雲卿，也在告訴自己。

他很瘦，身體微涼，也虛弱到了極致，緩了許久，才漸漸恢復些力氣，扶著牆站了起來。相思扶著他在床邊坐下，尚且心有餘悸，靜默許久，見他確實平穩下來，才小心道：「方才戚先生說要給你手術，到底是有些勝算的……你為何不想試呢？」

屋內很靜，靜得能聽見一根針的掉落，面容清俊的男子緩緩搖頭，似是想把一些古怪的想法從自己的腦中揮走。他看向相思，面色平靜。「我活得很累，從有記憶開始至今日此時，沒有一時一刻不痛苦煎熬，即便我現在這樣平靜地與妳說話，胸腔裡卻像是被千萬隻螞蟻噬咬一般，人生亦……從無樂趣可言。」

相思只覺得一顆心像被一隻手緊緊地握住，幾乎不能呼吸。「即便現在……也……」

似是知道相思想問什麼，溫雲卿點了點頭。「無論寒暑還是晝夜，無時無刻。」

相思忍不住想，他大抵從未安枕……

見相思垂著頭，青澀粉嫩的小臉上全是鬱悶之色，溫雲卿心下一嘆，到底是軟了心腸。「妳不要為我心憂，生死一事，我多年前就已看透了，先前和王堂主說的話，妳也聽到了，那全是我的真心，並不是故作豁達來安慰你們。」

沒承想，他此話一出，反倒不如不安慰。

啪嗒！

一滴眼淚落在地上，濺出一朵小花。

溫雲卿猛地一愣，忙勸道：「妳……別哭，哭什麼呢？」

啪嗒、啪嗒！

豆大的淚珠串了線一般落在地上，相思有些氣自己的窩囊，狠狠用袖子去抹臉，把臉蹭得又紅又腫，可是淚眼還是不停地往外冒，哭得慘兮兮，帶著濃重的鼻音道：「萬一治好了呢？治好了你就再也不疼了，再也不用吃藥了，想去哪裡就去哪裡不好嗎？」

這大抵也是溫閣主第一次見著姑娘在他面前哭得這般不顧儀態，也慌了手腳，而越慌便越容易漏出破綻來。「妳也說治好的可能是萬一，若是治不好於我來講並沒什麼，不過少活兩日，但是於妳和戚堂主來說意味著什麼，妳清楚嗎？」

相思此時已經不講理到姥姥家，把頭搖得跟頑童手中撥浪鼓一般。「不清楚！不知道！我不聽！」

溫雲卿一哽，許久才順了順氣，語重心長道：「這手術之法，是妳和戚堂主提出來的，若這法子不成，我死了，總歸和你們脫不了關係；我死於疾病並沒有什麼，但我若死於你們之手，且不說官府會追責，只怕天下醫者……」

溫雲卿頓了頓，才繼續道：「戚堂主的名聲必然會毀了，而魏家也難免會被牽扯進來。」

魏家牽扯進來的後果他並沒有言明，但手術這法子必然不會得到天下醫者的認可，若被扣上「邪門歪道」的名頭，天下的醫者必然群起而攻之。

未曾想，相思卻沒有退卻，眼睛亮亮的。「如果我和戚先生甘心冒這樣的風險呢？如果我們能承擔失敗的後果呢？」

被相思這如狼似虎的眼神盯著，縱然溫雲卿性子如仙如佛，到底也是心肝俱顫，微涼的手掌覆蓋住相思的眼睛，擋住熾熱的目光，聲音低沈沙啞。「妳的眼神，像是要吃人一樣。」

相思沒動，任由他搗著，柔軟的睫毛小扇子一樣刮著他的掌心，有些癢。「說到底，你根本就不相信手術能成功。」

她的聲音有些冷，透出些灰心的味道。溫雲卿鬆開手，只見相思原本總是透著親切溫暖的眼底，此刻燃起了一簇火苗。「如果我有把握呢？」

溫雲卿側過頭，避開她的目光，淡淡道：「我都放下了，你們為什麼就不能……唔！」

沒有任何預兆，相思猛然吻住了他。

少女的唇柔軟顫抖，彷彿只是為了堵住他那些讓人聽了煩惱鬱結的話，所以狠狠親上去就不再動作，只怒氣沖沖地瞪著近在咫尺的清俊容顏，看樣子不像是親一個人，倒像是一頭小獸要咬人。

第六十七章

相思坐在馬車裡，依舊氣鼓鼓的，她有些惱火地掐了掐自己的臉蛋，罵道：「妳腦子進了護城河的水不成？做什麼就幹出這樣的事？是不是瘋癲了啊？有病就要吃藥啊！不吃藥病是不會好的！

「就算他長得好看，妳也要知道『色字頭上一把刀』！心裡想想就算了，怎麼還真上嘴了！

「是是是！妳是被他氣死了，所以才想堵住他的嘴，那妳用什麼堵不成，非得用嘴去堵？啊？」

少女有些氣急敗壞地數落著自己，毫不留情，偏偏這個時候腦中晃過溫雲卿微涼淡漠的唇、慌亂無措的眸子……

相思抓住自己的頭髮，越發地氣苦。「這下好了，他肯定把妳當成色中惡鬼了！啊！」

馬車到了趙府，糾結了一路的相思姑娘鬱鬱寡歡地下了馬車，那車伕聽了她一路模模糊糊的嘀咕，只以為她遇上了煩心事，好心安慰道：「凡事開頭難，等做習慣了，就手到擒來了，思少爺千萬別灰心。」

相思張了張嘴，似是想要說些話來反駁，最終卻像湖面上吐泡泡的錦鯉一般，什麼聲音也沒發出來。

回到院子，唐玉川聽到聲音來尋她，手裡還拎著一簍魚，進門便道：「我下午出去，看見街上有賣魚的，就給你買了幾條，你快切一切，我晚上讓廚房烤了當宵夜！」

「什麼叫切一切？我那叫解剖，可不是廚師隨便拿刀切一切那麼簡單的。」許多人但凡做了些見不得人的事，總是要高聲掩蓋自己的心虛，一如此時的相思。

唐玉川素來不在意這些事，聽了這話，也未放在心上。「那你快動手啊，再晚些灶上可熄火了！」

相思進屋拿了手術刀出來，依舊打了一盆水，如同昨日那般揮刀剖魚洩憤。她雖十幾年沒有碰刀，到底也曾是上過手術檯的人，有了昨日的練習，今日她的手法越發地嫻熟，四條魚，一炷香的時間，俐俐落落分割成幾部分，無一處不平整。

唐玉川又是看得目瞪口呆，一邊把剖好的魚肉放進竹簍裡，一邊讚道：「相思，我以前覺得你做買賣很厲害，但我現在覺得你要是當個屠夫肯定更厲害！」

相思一張粉白的小臉氣得烏青。「我不是屠夫！」

唐玉川揮揮手。「不是就不是，一般屠夫都沒有你這刀工。」

相思的房間布置得十分雅致，因怕她冷，床上鋪了一床厚厚的羊毛褥子，平日睡著極是舒服，只是今夜，因才輕薄了溫雲卿，相思在床上烙了半宿餅。

老鴉在窗外叫了幾聲又飛走，月亮升起又落下，水氣結成白白的霜，相思還是沒睡著，翻了個身，心裡越發煩躁起來，猛然坐了起來。

「不過就是親個嘴，至於一宿不睡覺嗎？」

她「撲通」一聲跳下床，光著腳去倒水喝。魏氏原要給她生炭火盆的，她卻自上次險些被熏死後，再不肯生火盆睡覺，只裝了幾個湯婆子取暖，所以一出被窩便凍得直哆嗦，那水也是冷的，喝下去正好鎮一鎮她滿肚的火氣。

灌了兩盞水，相思爬上床準備繼續與周公的艱難約會，卻悲哀地發現自己更加清醒了些，聽天由命地睜著眼睛，準備這樣撐到天亮。

她忽然想起自己初見溫雲卿的時候，又想起他在韶州府救人諸事，想起災民破城時兩人相依為命的逃亡，胸膛裡的躁動漸漸平息下來。

「妳就是很喜歡他啊！」自言自語的聲音劃破微冷的空氣，帶著一抹不甘。

相思喜歡他什麼呢？他自然長得極好看，見之歡喜，但說到底，相思是喜歡他的善意，即便他從出生時疾病纏身、吃盡苦頭，卻依然對人存有最誠摯的善意，於貴人如此，於貧婦亦然。

相思咬著被角，彎彎的眉毛皺在一起。「我這絕對是高山仰止，仰慕他高尚崇高的品格！」

這樣自我催眠了幾遍，相思總算是有了些朦朧睡意，沈入了睡夢裡。

第二日一早，相思才梳洗完，魏興便來院子裡找，說是昨日去看了那四家鋪子，有兩家比較合宜，且都是肯賣的，只叫相思拿個主意。相思稍作思考，便定下一家。「就城北那家鋪面吧，周圍大的藥鋪不多，且住戶又不少，將來開起藥鋪來生意肯定好做。」

魏興點點頭。「我也中意這家，那今兒咱們一起去簽契書？」

相思有些為難，到底是搖搖頭。「我今兒找戚先生有事，您去簽了契書便是。」

魏興在魏老太爺身邊幾十年，又是看著相思長大的，她心裡想什麼，魏興哪裡能不知道，嘆了口氣，道：「忍冬閣和魏家也算是有些交情，且溫老閣主還曾救過少爺的性命，如今小溫閣主病了，本應盡些力，若是需要什麼名貴藥材，家裡還是能幫上忙的。」

相思點點頭。「我也是這麼想。這幾日小溫閣主病來如山倒，王堂主和戚先生都覺得不好，所以京中開新鋪子的事，還請您多費心了。」

「老爺讓我跟著來京城，本也為了幫襯你。」魏興笑道，隨即似是想起什麼，神色略有些嚴肅，看著相思道：「但我這幾日聽說戚先生要給溫閣主做手術，這手術似是和少爺你有些關係，這事可不能輕易摻和進去，若是日後出了事，只怕摘不清。」

相思自然知道魏興的擔憂，便不欲和他多說，只道：「我也就在啟香堂裡學了幾年的藥理，哪裡會什麼手術，只不過幫戚先生跑跑腿罷了。」

魏興於是沒再說話，點點頭，拿著相思簽好的契書和銀票，出門去買鋪子。

相思先去魏氏處請安，用了早飯，便套了馬車準備出府，才到府門便看見一輛馬車從街角行來，不多時馬車到了面前，車簾一晃，顧長亭跳下馬車。他今天穿了一件深色院服，腳上蹬著一雙厚底皂靴，顯得身形越發挺拔如竹。

他下車見相思正站在門口，眨眨眼。「你又要去別院？」

相思點點頭。「找戚先生有點事，姑母讓廚房留了飯，你吃過再睡吧。」

太醫院的太醫都是給配宅院的，即便顧長亭只是前稟太醫，也有一處小宅子，但因住進去便要雇幾個僕人打掃照料，便一直住在趙府裡，只是每月交些伙食費。顧長亭每月都有十天左右要在太醫院值夜，昨夜便是，魏氏早就知他回來的時辰，一應事物都準備得十分妥帖。

顧長亭應了一聲。「你什麼時候回來？我晚些也要過去，到時可以一起回來。」

「大抵要下午了吧。」

「路上小心。」顧長亭叮囑了一句，進了府門。

馬車離開趙府後，沒直接去皇家別院，而是先去民安街，在一家小鋪面前停下。相思下了馬車，在門口喚了兩聲，便有個微胖的婦人應聲迎出來，見是相思，爽朗笑道：「知道你要急用，昨晚趕製出來，快來看看合不合用？」

相思跟著那婦人進門，見鋪內牆上掛滿了各式羊腸弦，粗細長短各不相同，相思是個外行，自看不出是用在什麼樂器上。兩人進了後院小廂房內，婦人從櫃子裡取出一個全新未漆的松木盒遞給相思。「我還從沒做過這麼細的羊腸弦，也不知什麼琴能用這麼細的弦，你看看可成？」

相思自然不能和這婦人說羊腸線是要給人縫傷口用的，只能說是有個琴缺了弦，所以要做些羊腸弦換上。

她打開那松木小盒，見裡面躺著一卷淡黃色的羊腸線，這線很細，相思裁下一段對著光看了看，見粗細平整，用手扯了扯，也十分結實，心中大安，多給了那婦人一吊錢，這才出門往皇家別院找戚寒水去了。

第六十八章

相思還沒進院，便聽見王中道和戚寒水又在吵架，不過是些鬼打牆，實在沒什麼新意，在門口稍站了一會兒，想等兩人吵完再進門，誰知那王中道這次沒吵過戚寒水，吵到一半就揮袖憤怒離開，正巧撞上蹲在牆角的相思，掃了她一眼，亦沒有什麼好臉色，吹鬍子瞪眼道：「你們兩個就鬧吧，我看最後能鬧成什麼樣！」

相思眨眨眼，笑咪咪的，王中道也不知還能說什麼，氣呼呼地走了。

戚寒水正蹲在自己門前和小母雞搏鬥，相思往旁邊看了看，見溫雲卿屋子的門緊閉著，心中稍稍安定，悄聲走到他旁邊。

戚寒水從眼角看到她過來，沒好氣道：「幹什麼缺德事了，像怕被人發現一般？」

相思心虛。「我這不是怕打擾閣主休息嗎？昨晚怎麼樣，沒再吐血吧？」

戚寒水手上動作不停，覷了相思一眼。「倒是沒再吐血，就是那臉色一會兒紅得像火燒，一會兒白得像發糕，摸脈象也沒什麼異常，真不知道是怎麼了？」

相思只覺面皮火辣辣的，也不知是不是紅了，梗著脖子道：「許是屋裡燒火盆太熱的緣故……」

戚寒水沒應聲，等解決完手裡這隻雞才開口。「你不是說今天就能把線給我拿來嗎？」

相思一拍腦門，忙從袖子裡把那松木小盒和絲線掏了出來，又和戚寒水講了用法，兩人討論半晌，又去看戚寒水用百憂草油煉製的蜜丸，這一上午便過去了。

晌午，相思用極快的速度吃了一口飯，便又和戚寒水鑽進屋裡繼續忙碌，生怕自己被溫雲卿看到。

而屋內的溫大閣主，其實從她來的時候便知曉了，這窗本就不隔音，她和戚寒水說的話清清楚楚傳進他的耳朵裡。他嘆息一聲，手指在唇上輕輕劃過，又嘆一聲，閉上眼，翻身朝向床裡。

晚些時候，顧長亭也來了，詢問過溫雲卿的病情，又進屋探望了一下，便出門不擾他休息。師徒兩人加上相思，用了一下午的時間把手術中需要的東西，和可能遇到的情況都順了一遍，竟列出滿滿兩張單子來。

京城秋末天氣，明月高懸，夜涼如水，此時夜已深了，庭院內的花樹已凋落得差不多。白日裡的嘈雜遠去，於是再無燈火。

一間屋內，傳出細小的聲音來，然後一點亮光緩緩暈開，在窗門之上映襯出一抹瘦削的剪影。

案桌前，立著個白衫的男子，頭髮披在身後，映得人如雪中寒梅一般，淒清冷然。他的眉間稍有倦色，淡漠的眸子看著案上一本尚未寫完的醫書——《赭石良方》。

書名旁邊寫著個名字，溫明湛，他的表字。

溫雲卿緩緩提起狼毫細筆沾了濃墨，在醫書後面空白的地方寫下最後一卷的書名——瘴瘧。然後把韶州府這次瘟疫中，涉及到的閑日虐、惡虐等對應的經驗方劑記述其上，後面亦有評述。

屋內生著火盆，所以十分溫暖，他寫得很快，不多時便寫完一頁。寬大的衣袍從腕間滑下來，露出消瘦手腕上的銀鐲子，不顯女氣，只覺得是一段絞絲刻花的銀飾箍在青竹之上。

忽然，溫雲卿的手腕微微顫抖起來，他還想勉力寫完，誰知這顫抖竟漸漸不受控制，整條胳膊都劇烈顫動起來。

「啪！」

狼毫細筆掉在硬木桌上，發出極小的聲音，只是因為周遭太靜，所以顯得有些突兀。

溫雲卿額頭上滲出一層細密的冷汗，雙手顫抖地扶住案桌，一絲鮮血不受控制地從嘴角蜿蜒而下，像是一條猩紅色的小蛇。

「呵呵！」他忽然譏諷而笑，雙眸爆發出一簇猩紅的火苗。「你到底是要贏了！」

他猛地將案上墨跡尚未乾透的《赭石良方》合上，拿起正要扔出去，胸口卻猛然間一抽，身體再也無力支撐，背靠著牆壁緩緩坐於地上，越來越多的鮮血從他的嘴角湧出來，在身前開出一朵嬌艷如火的花。

「我終究沒爭過你。」

第二日，相思剛出門，便見道邊停著一輛馬車，正納悶誰在這裡停車，黑色的車裡鑽出個中年男人來，這男人生得虎背熊腰，蓄了濃密的鬍鬚，看起來略有些凶狠，相思一愣，隨即大聲喊道：「辛大哥！」

辛老大本是奔著相思來的，大步往這邊走，因相思在沈香會時常與辛家的貨運行打交道，且又給出了許多主意，一來二去也就頗有些交情。

「辛大哥你怎麼來了？」相思驚喜問。

辛老大一如往常狠狠拍了拍相思單薄的小身子骨兒，聲音雄渾有力。「你小子還有臉問我？來京城幾日了竟沒去辛家一次，我便只得自己來請你了！」

相思有些不好意思地撓了撓頭，告饒道：「這幾日實在是事多……」

辛老大揮揮手，也不拐彎抹角。「咱們交情也不淺了，有什麼話我便直說了，這次來我是有事要請你幫個忙。」

「幫忙？」相思有些驚訝。京城可是辛家的地盤，他哪裡用得著自己幫忙。

見相思存疑，辛老大解釋道：「我聽說你和忍冬閣的溫閣主很熟，辛家在金川郡的生意遇上些問題，忍冬閣在金川郡又有些勢力，所以想請你幫忙引薦引薦……」

他話還沒說完，就見相思臉上露出些為難的神色，於是低聲問：「不方便？」

相思忙搖搖頭。「我和溫閣主雖算不上熟，卻也能說上幾句話，只是自從韶州府回來後，他沈痾犯了，纏綿病榻日久，若現在拿這些事去煩擾他，只怕不妥當。」

「病得嚴重嗎？」辛老大有些驚訝。

相思想了想，點點頭。「連忍冬閣的王堂主和戚堂主都束手無策，太醫院也派了太醫暗中來瞧，都沒有好法子。」

「原是這樣，那辛家的確不能在這時候去煩擾他，只是還要煩你引薦。」

相思有些不解，正想問，卻見辛老大對車伕揮揮手，那車伕便從車裡拎了個箱子出來。

屋內桌前坐著三個人，三人中間放著個盒子，辛老大緩緩打開那盒子。「戚堂主，這幾株碧幽草是我幾個弟弟在各地跑貨的時候尋來的，想著或許對閣主的病有用，所以特地送來府上。」

戚寒水面色有些複雜，卻是起身拱手道：「辛老闆費心，我替忍冬閣承你的情。」兩人說了些華而不實的虛偽話，也實在是難為戚寒水這耿直的性子，為了幾株碧幽草而耐心敷衍。

相思想著晨間辛老大與自己說的話，知他現在怕是不好開口，又想著與戚寒水提一嘴也不妨事，便道：「戚先生，金川郡現在哪家貨運行做得大一些？」

「你要運藥材？」戚寒水納悶。

相思搖搖頭。「是辛大哥的貨運行想要在金川郡裡攬些生意做，遇上了些麻煩。」

戚寒水一愣，隨即轉頭問道：「可是因為郡守的緣故？」

辛老大點頭。「這薛大人實在是個油鹽不進的。辛家貨運已在郡裡找好了鋪面和伙計，還未開門做生意，便被薛大人貼了封條，也不說原因，就說不讓。」

戚寒水搖搖頭。「那薛桂是有名的倔脾氣，做事又從不肯通融，刑罰嚴苛非常，更不給人申辯的機會，實在算不上個好官。」

「連申辯的機會都不給？那冤枉了人怎麼辦？」相思皺眉。

戚寒水冷哼一聲。「你沒見過府衙門口的情形，那大門兩側擺了二十多個站籠，若是犯人不招供，便是一頓酷刑加身，若還不肯招，就吊到站籠上，腳下懸空，便是身體好的壯漢，也挨不過三天就要丟了命，有些身體弱的，一天、半天就死了。」

「這也太不講道理了！」

「和他又有什麼道理可講？他就是金川郡的道理。先前雲卿看不過，曾以自己的名義寫了一封信給薛桂上面的大人，但奈何自薛桂當了郡守後，匪盜流寇畏於他的殘酷手段，盜竊害命之事大大減少，在金川郡一帶官聲甚好，所以上面的大人也只不過敷衍敲打了薛桂幾句，不曾真的做些什麼。」戚寒水極為無奈地搖搖頭。「他府衙門口那二十個站籠，天天站滿了人，實在是作孽。」

都說亂世用重典，如今大慶國河清海晏，若單單為了官聲功績，這薛郡守絕不是個好官。

戚寒水抱怨了一場，才想起辛家貨運行的事，想了想，道：「貨運行的生意，到底是要讓薛桂給個說法出來才好再做打算，若是妄動，只怕他肯定要追究的，且等我們回了忍冬閣，再行打算。」

「我的事並不急，如今溫閣主病著，且不用理會。」辛老大倒是頗有些信任戚寒水之言，又寒暄幾句，便想告辭。

幾人出門，卻是一愣。

枯樹之下站著個白衣若仙的男子，秋風把他的衣衫吹得上下飛舞，宛如杳然白鶴。

「我想去吃天香樓的獅子頭。」

第六十九章

直到馬車停在天香樓門口，相思還有些懵，心想這溫閣主是準備進入想吃啥就吃啥的階段了？她和戚寒水可還沒放棄呢！

心中雖有疑問，到底是問不出口，車停好後辛老大先跳下馬車，回身扶溫雲卿下來。

這天香樓在京城裡頗有名氣，好在此時並不是飯時，所以樓內食客不多，三人要了個雅間，點了樓裡最有名的獅子頭，加上幾個小菜，那招呼的小二是個鬼精靈，見三人像是有錢的，滿臉盈笑道：「昨兒樓裡自家釀的凍頂春才開罈，酒醇香濃，三位可來一壺嚐嚐？」

辛老大平日極喜飲酒，只是今日這情況卻不適合飲用，正要拒絕，溫雲卿卻開言應下。

「既是碰上了好酒，便來一壺嚐嚐吧！」

「好！」那小二立刻應下，生怕幾人再反悔，一溜煙小跑下樓去了。

溫雲卿看向辛老大，笑道：「這次謝謝你送來的碧幽草，費心。」

「倒也沒費多大的力氣，不過是弟弟們走貨看見了，便留心帶回來。」

兩人聊起來，聊得不過是金川郡的風土人情，或是京城的奇聞軼事，不多時小二扛著大方盤上樓來，四個散發著濃郁香氣的獅子頭擠在精緻的白瓷盅裡，另外幾道菜亦色香味美，然後是一壺酒、三個杯子。

溫雲卿十分自然地伸手提起那長嘴酒壺，不多不少斟了兩杯，遞給辛老大一杯。「辛兄定是喝過許多好酒的，嚐嚐這酒如何？」

相思本不想喝酒，但總不好讓溫雲卿親自遞給她，便主動伸手去拿另一杯，哪知手剛碰到杯沿，便被一隻微涼的手捉住，一時兩人都像被施了定身咒一般。相思只覺得腦中「嗡」的一聲，又想前日抱也抱了、親了也親了，碰個手有什麼好臉紅的？於是抬頭怒目而視，待碰上溫雲卿溫和如水的眼神時，卻又立刻萎了。

一面鄙夷自己的立場不堅，一面又氣自己明明是個土匪還要硬裝樣子，面上神色那叫一個精彩。

溫雲卿鬆開她的手，從她指下奪走了那酒杯。「妳就別喝了。」

這叫什麼話？她別喝了，他喝？

溫雲卿如今的病，自然是要滴酒不沾的，來時戚寒水還特意囑咐，相思便去奪那酒杯。「戚先生說你不能喝酒，回去知道了要罵的！」

酒杯輕輕向後一撤，相思沒碰到酒杯，手肘卻碰到了他肩膀，急忙收力往回退，溫雲卿已趁著這間隙悠悠舉起酒杯將酒盡數倒入喉中。

相思傻了，急道：「你……你不能喝酒的呀！」

辛老大也是嚇了一跳。「這酒聞著便知是烈酒，溫閣主現今病著，萬萬不能喝的！」

與緊張非常的兩人不同，溫雲卿輕輕擦了擦唇邊的酒漬，微微笑道：「我一直想嚐嚐酒是什麼味道，今天總算喝到了。」

這話說得風輕雲淡，裡面意味卻讓人心驚。相思低頭從他手中拿過那杯子，努力鎮定道：「現在知道是什麼味道了，別喝了。」

溫雲卿於是真的便不再喝，溫和自然地吃完這頓飯。之後辛老大離開，相思不放心溫雲卿，便和他一起回別院去。

車伕挑了一條車少僻靜的沿河小路走著，車外水聲潺潺，掀開車簾往外望，便見沿河的樹木葉片皆黃，這些黃色的葉子被秋風一拂，如千萬蝴蝶迴旋而下，飄落進河水裡，在河面上鋪成一片，猶如透明的薄紗上綴著許多金黃的蝴蝶。

河的那邊是一片農田，正是收穫的季節，農夫、農婦們正彎腰在地裡勞作，幾個頑童在地頭打鬧嬉戲，童稚可愛的笑聲迴盪在河兩岸。

河的這邊是一片密林，本來今年要動土建個消暑別院的，但碰上韶州府的大疫和潁州府的洪災，便擱置了，如今內庫吃緊，想來三、五年內是動不得工。

「停一下。」

車伕一勒韁繩，馬車在稍寬闊處停了下來，溫雲卿從車上下來，沿著小徑往前走。相思也忙跳下馬車，手上還拿著一件大氅，快步追上來，一邊追還一邊喊。「你慢點、慢點呀！外面冷你穿上衣服呀！」

走在前面的男子腳步稍緩，側身看向相思。「好不容易才出來，我透透氣，妳在馬車上等我。」

相思小跑幾步跟上，不由分說用大氅把他包了起來，嘟著嘴十分不高興。「我也出來透透氣。」

溫雲卿搖搖頭，不再言語，轉身繼續走。他走得不疾不徐，相思走得亦步亦趨，馬車在不遠處跟著。

此時雖是午後，到底是秋末天氣，夜裡已開始下霜，有些冷。溫雲卿走了一會兒，並無上車的意思，那車伕便有些急了，快打兩鞭到了近前，急道：「閣主上車吧！」

溫雲卿轉頭看他，緩緩摸了摸自己的腰間，似有些不好意思。「可能是方才吃飯時疏忽了，我把忍冬閣的印信落在了天香樓，你幫我取回來吧！」

那車伕一愣，溫雲卿又催。「那印信很重要，千萬不能丟失的。」

車伕看向相思，咬了咬牙。「閣主這裡麻煩你了，我很快回來。」

相思點了點頭。那車伕便調轉馬頭，抽了幾鞭，車輪驚起一片塵煙，很快消失在小徑盡頭。

溫雲卿沒言語，又轉頭繼續走路。

相思如今心裡也不痛快，惡狠狠地盯著溫雲卿的背影，臉頰氣鼓鼓的，心想：*我看你還能走多久！*

然而直到相思兩腿發軟，溫雲卿依舊沒有停下的意思。

「等一等馬車吧！」相思到底先服了軟，快走幾步攔在他身前。哪知溫雲卿卻沒順著這個臺階下來，彷彿沒聽到她在說什麼，視線落在遠處山巒之間，直接從她身旁走了過去。

相思一愣，隨即追了上去，好聲好氣哄道：「歇一歇吧，一會兒車伕找不到咱們要著急了，王堂主要是知道你走了這麼長時間，也要說的。」

溫雲卿似是沒有聽見她的話，渴切地看著遠處青山。

這下相思徹底慌了手腳，她有些害怕，聲音也帶了絲顫意。「你和我說一句話好不好？」

此時的溫雲卿像是著了魔一般，眼中滿是熱切，彷彿那崇山峻嶺中有他最渴望而求之不得的東西。

相思很害怕，想伸手去抓溫雲卿，卻又不敢碰他，眼看著他清瘦的身影越走越遠。她的腿像是灌了鉛，死死地釘在地上，她想去拉住溫雲卿，但是又害怕這樣的溫雲卿，除此之外，她心中漸漸生出惶恐來。

這種惶恐是害怕失去珍貴東西而生，真實而可怖。

相思的腿往前邁了一步，又邁了一步，然後她忽然跑了起來。近了，越來越近，她幾乎可以看清溫雲卿頰邊鬢髮，她伸手就可以觸碰到他！

她猛地衝上去從後面抱住了溫雲卿，雙手緊緊環住了他的腰。

男子終於停了下來，他能感受到後背上貼著一張少女濕潤的小臉，滾燙的淚珠浸濕了他的衣衫。

他眼中的火熱熾烈漸漸散去，如同柴薪燃後只餘灰燼，所有的光亮都熄滅了。

「我沒事。」他終於開口說話，聲音有些低沈沙啞。

相思的聲音尚帶了些哭腔，臉依舊貼在他的背上。「你好好的，不要嚇我好不好？」

「好，我再也不這樣了。」他再次抬頭，似是在看遠處青山，又似是什麼也沒有看。

相思依舊沒有鬆手，纖細的胳膊如藤蔓一般纏在他的腰上，鼻子一抽一抽的，顯然尚未平靜下來。

溫雲卿捉住她的手轉過身來，目光柔和地看著她。「別哭了，我保證再也不這般了。」

這樣的情形下，相思哪裡還有臉見人，腦袋埋在溫雲卿胸口，頗有些老母雞顧頭不顧尾的意思。

好在那車伕這時回來了，兩人一路無話。

因日間出去一趟，溫雲卿回院子後便有些乏，昏昏沈沈躺了許久，再醒來時，周遭寂靜。他摸黑起來點了燈，喝了些水，轉頭看向案桌那邊。

他看了一會兒，緩步過去，在牆與案桌的空隙裡，把那本尚未寫完的《赭石良方》撿起來，書面上有一道摺痕，他輕輕理了理，在案桌上展開，把之前沒有寫完的瘴虐一章補齊。

他寫得極詳盡，等寫完時已過子時，把狼毫細筆輕輕掛在筆架上，這一本醫書的最後一章終於寫完。

這是他最後能做的事。

「到底是我的時間不多了，寫得亦不精細，只望於後人有些助益吧！」

做完這一切，溫雲卿卻看見桌上放著個盒子，打開一看竟是白天辛老大送來的碧幽草，他眼中閃過一抹異色，似在掙扎些什麼……

第七十章

「先生，昨兒辛老大送來的碧幽草有沒有用？」相思一早就來戚寒水處報到。

相思本盼著戚寒水說有用，誰知這老頭竟搖了搖頭。「五年前有用，是因為雲卿那時候身子尚沒疲乏得這般厲害，碧幽草的妙處在於激出體內元氣對抗病邪，如今他身子已虛透，再用碧幽草，與飲鴆止渴有何異？」

戚寒水提起今日第三隻雞，頭也未抬。「我前兒聽院裡的小廝說，沈繼和的案子要開審了？」

相思點點頭。「昨兒官府派人來傳了，說是今兒要過一遍堂，一會兒我就過去。」

戚寒水抬頭看了她一眼。「過堂時你說話小心些，別被沈家咬上，他們父子可是什麼缺德事都幹得出來。」

「長亭陪審呢，而且這次沈家的罪不容開脫，不過是走走過場罷了。」相思在旁邊的水盆裡洗洗手，低聲道：「我聽長亭說，這次主審的官員是刑部的，證據早備齊了，這次沈繼和八成是要判死刑，便是原來在京中有些人脈，說到底也是只肯錦上添花的，且韶州府瘟疫鬧得這麼大，更沒有人肯保他了。」

戚寒水點點頭，也不知是不是因為分了心，手上力道沒有掌握好，劃破了小母雞的內臟，有些煩躁地甩了甩手。「他們沈家自作自受，做了那麼多缺德事，早該遭報應了。」

相思想了想，知戚寒水是為了當年顧長亭的事憋著一口怨氣，便拍拍老頭的肩膀。「當年沈家欺負長亭沒錢沒勢，落井下石，但哪裡料到壞心竟辦了好事，若是當初他順利進了沈香會，之後哪裡還能北上忍冬閣去學醫道？後面就更不可能入太醫院了；而今長亭還是這案子的輔審，他們沈家卻都成了階下囚，到底是天道昭然。」

這幾句話說得極為熨貼，戚寒水冷哼一聲。「都是他們沈家自找的！」

府衙門口被瞧熱鬧的百姓團團圍住，相思被一個衙役領著從後院進門，一進門便看見幾個昔日沈香會的主事，除此之外，還有三、四個雲州府的藥商，正要上前和幾個相熟的打招呼，便看見唐玉川從人群那邊擠了過來，一面推著她往裡走，一面抱怨。「你怎麼才來？今天要上堂，一早還去什麼別院呀！」

相思沒理會唐玉川的滿懷閨怨，一面與周遭熟人點頭致意，一面問：「還沒開堂吧？」

「沒呢，說是今早去牢房提審犯人的時候，沈繼和口吐白沫了，也不知道葫蘆裡賣的什麼藥？」唐玉川拉著相思從人群裡擠到唐永樂面前。「爹，相思也來了。」

唐永樂這幾年生活如意，生意順心，人又胖了些，滾圓的肚子微微挺著，甚是和善地看著相思。「你小子這下可出了名，在雲州府也算是無人不知、無人不曉了。」

「人怕出名豬怕肥。」相思回了一句，唐玉川正要說話，卻忽然聽見大堂一陣嘈雜，幾人抬頭一看，見是幾個衙役押著三個犯人上堂，為首一人頭髮披散著，污泥油垢糊了一臉，仔細瞅了瞅，才能看出是那人正是沈繼和。

之後便是主審官開堂審案，顧長亭坐在主審左邊，主審右邊還坐著個人，相思不認得。沈繼和從雲州府一路押解到京城，又在大牢裡關了月餘，加上年紀也大了不禁折騰，此時精神萎靡，一雙眼睛也混沌了。

他的左邊跪著瑟瑟發抖的沈成茂，右邊跪著沈家大掌櫃，亦是面如死灰。

「堂下犯人，你可認罪！」主審官驚堂木一拍，頓時鴉雀無聲。

沈繼和的身子晃了晃，聲音沙啞可怖。「罪民救疫不力，確有失職之罪。」

「失職？」主審官當頭一喝。「公堂之上你休要信口開河！防疫司調撥給沈香會的銀錢你用到哪裡去了？明知韶州府瘟疫急迫，涉及朝廷安穩，你卻故意遲不發藥，是也不是？」

這主審官本就生得凶神惡煞，平日又是審慣了犯人的，此時發起怒來，當真是有些駭人。那沈成茂平日靠著沈繼和撐腰，在雲州府為非作歹，膽氣卻沒有多少，此種情形更是見也沒見過，當下嚇得抖如篩糠，更是頭也不敢抬。

沈繼和則不同，他到底見過世面，開堂前也傾家蕩產託人去疏通關係，只是進行得並不順利，只有一個防疫司平日交好的官員收了他五萬兩銀子，透露了一句話給他——瀆職尚有周旋餘地，故意不救，性命不保。

聽了這話，沈繼和險些氣死在牢裡。他也知道是這麼回事，但難道嘴硬就能成？

說到底，現在沈家這情況是皇上要治罪，誰也插不上手，更不敢插手，只盼著減些罪責，便是判流放也好啊！

再開口時，沈繼和依舊沈穩。「罪民確實是能力有限，有負託付，但絕非故意不作為。」

主審官冷哼一聲。「我看你是不見棺材不落淚。韶州府自瘟疫流行開始，你手中握著沈香會，卻在朝廷屢屢勒令救疫時，斷絕了韶州府的藥路，這你認不認？」

「絕無此事。」

「絕無此事？若要人不知，除非己莫為。沈會長這是決定要嘴硬到底了不成？」主審官一拍驚堂木，喝道：「帶證人上堂！」

先上堂的正是唐永樂，那沈繼和目露凶光，牙齒咬得「咯咯」直響，唐永樂卻一改往日捧臭腳的作風，譏諷一笑。「會長，我這也是盡百姓本分，您別怪罪我。」

「落井下石！」

「那也是和會長您學的。」唐永樂慢慢跪下，恭恭敬敬給主審官磕了個頭，朗聲道：「草民唐永樂，指證沈繼和趁韶州府大疫之時，大舉勒索藥商銀錢和藥材，數目甚鉅，事後卻不曾運往韶州府，全都在淳州府裡銷了。」

主審官又細細問了幾個問題，正中要害，想來開堂前也是做了許多準備，然後有人拿著證詞讓唐永樂畫押，再傳下個證人。

一連幾個證人都是雲州府的藥商，因先前被沈繼和敲詐得狠了，心中都有些怨氣，也知沈繼和如今活不久了，說話便也不再顧忌。

詢問到中途，主審官把幾人的證詞拿來看了看，抬頭冷笑道：「你可知，只這幾個人的證詞，我就可以判你個秋後處斬了。」

沈繼和本來臉色便難看，聽了這話更是面如死灰，臉緊繃著，一言不發。

那主審官見他不狡辯，便想快些過完堂，免得夜長夢多。「傳魏相思。」

「魏相思」三個字一出，沈繼和還沒反應，沈成茂卻是一愣，惡狠狠回頭去看，被身旁的衙役打了一棍，撲倒在地上。

「魏相思！」之前來作證的幾人與沈成茂倒是宿無恩怨，但相思卻不同。兩人從小就結了梁子，而且他本以為相思肯定死在韶州府了。

相思聳聳肩，竟還笑了笑。「你還要打我不成？你當這裡是雲州府？沈香會？還是你家的後花園？以前你能假借沈香會的名義壓我半頭，但現今你們多行不義，只怕自己的性命都保不住了，還想嚇唬誰？」

「你敢、你敢誣衊我們沈家！」沈成茂雙眼通紅吼道。

「公堂之上，主審官自有判斷。」

微冷的聲音從上面傳來，沈成茂一愣抬頭，皺眉看著坐在主審官左側的年輕人，眼睛越睜越大。「你……你……你是顧長亭！」

自被帶上公堂，沈成茂便一直低著頭，只匆匆掃了堂上一眼，之前只覺得有些熟悉，卻沒認出來，如今一細看，心下大駭。「你……你怎麼在這兒！」

主審官把驚堂木在桌上敲得一聲巨響，喝道：「顧大人是本案陪審，為何不能在這兒！」

沈成茂猶自不敢相信，顫抖的手指指向顧長亭。「他……他當官了？」

下一刻，沈成茂身後的衙役猛地把他那不老實的手指掰向後面，只聽「嚓」一聲，沈成茂發出一聲慘叫，手指已經斷了。

那主審官讚許地看了衙役一眼。「犯人藐視公堂，來人，給我先打二十大板！」

左右衙役聽了這話，行動那叫一個迅速，一人腳踩在沈成茂的小腿肚上，另外兩人掄起殺威棒便是一頓飽揍，沈成茂慘嚎不止。那沈繼和哪裡能眼看著自己的寶貝兒子被打，卻知此時形勢比人強，硬碰沒有好處，只得求饒道：「大人，犬子身子弱，且也是無心之過，饒了他吧！」

那主審官卻似沒聽見一般，只這一眨眼的工夫，十棍便打了下去。沈成茂何時受過這等的痛苦，起初叫得殺豬一般，最後只能發出「唔唔唔」的呻吟聲。

二十棍打完，沈成茂的屁股上全是血，主審官這時才開口。「若是他受不住這刑法，就讓他的嘴閉得嚴一些。」

現今這形勢，證人都和沈家有仇，一個陪審也和沈家有仇，便是沈繼和再嘴硬，也趕不上這些證據硬，到底是窮途末路了。

人到了窮途末路之時，便見不得別人好過，尤其見不得仇人好過，沈繼和便生出些陰毒心思。「罪民招了，罪民不但要招供，還要把同謀也招出來，希望能將功補過。」

主審官的屁股動了動，心中冷笑一聲，眉毛挑了挑。「你且說出來，若是真有其事，我便會從輕量刑。」

沈繼和的眼睛像禿鷹一般掃過雲州府眾人的臉，最後落在唐永樂臉上。「我的同謀正是唐永樂，他和雲州府的魏正誼一同幫我往外運藥、銷藥。」

第七十一章

唐永樂的眉頭皺了起來，忙上前自辯。「大人明鑑，絕無此事！」

主審官卻揮揮手，極為厭惡地看了堂下跪著的骯髒男人一眼，大聲喝道：「膽敢故意攀供，來人，給我打！」

幾個衙役於是衝上來，將沈繼和推倒在地，殺威棒再次掄了起來。

伴隨著皮肉的悶響，主審官悠悠道：「你攀供的這兩個人可都是在瘟疫中出了全力的，才被聖上封賞過，且韶州府的李知州特意送了封書信過來，你空口便想拖忠良下水，作你的春秋大夢！」

堂外百姓看得清楚，且知道沈繼和發了一筆國難財，都十分鄙夷，如今又看了這麼一場戲，全在大堂門口往裡面吐口水。

站在證人堆裡的相思撓了撓頭，心想這主審官大人可真是簡單粗暴有效率啊。

此時她轉頭看向門外，見一輛玄色的馬車慢慢經過，覺得有些熟悉，但是並沒看清。

堂審完事，唐玉川抓住方才用刑的一個衙役，塞了一塊銀子。「方才謝謝小哥了，拿去喝茶，喝茶！」

那衙役覺得手中分量不輕，越發和氣。「舉手之勞。也是他們可恨，你便是不囑咐我，我也要下狠手的。」

過了許久，顧長亭才出了門，相思和唐玉川忙迎上去。

「怎麼樣？能判秋後問斬嗎？」唐玉川急急問道。

顧長亭見左右無人，點了點頭。「肯定是沒活路了，今兒過堂審也不過是給百姓做做樣子，畢竟事情鬧得大，不能私底下判罪。」

唐玉川一樂。「這一家的缺德鬼，總算要一起見閻王去了。」

「沈繼和、沈成茂肯定是要判死罪的，牽涉甚少的親眷應是判流放，日子不會好過就是了。」

「大快人心啊！」

相思輕輕咳嗽了一聲，拍了拍唐玉川的肩膀，決定趁此機會敲打敲打他。「沈家走到這一步全是他們自己做了太多惡事，善惡終有報，天道好輪迴，不信抬頭看，蒼天饒過誰呀？」

看著相思眼底的幽光，唐小爺忍不住嚥了一口唾沫，乖巧道：「相思，我保證做個好人，你別這麼盯著我看好不好？怪嚇人的！」

馬車裡，溫雲卿手中摩挲著一個小瓷瓶，他方才在府衙門口等了一陣，見裡面塵埃落定才離開。

手中的這個瓷瓶很普通，他看了一會兒，從裡面倒出一顆碧綠色的藥丸，吞了下去。

馬車才到別院府門，便撞上正要出門尋人的王中道和戚寒水。溫雲卿是一早出門的，兩人不知曉，方才送藥進屋裡才發現人不見了，門房說是出府，可把兩人嚇壞了，生怕他再有個閃失。

「我就是有些悶，出去隨便走走。」

戚寒水皺著眉毛問：「你該不會是去聽審了吧？沈香會那案子已塵埃落定，你何苦去這一趟？」

溫雲卿不置可否，只是見兩人這副如臨大敵的樣子，頗有些好笑。「今早起來後，身體好多了，出去一趟不妨事的。」

王中道聽他這般說，竟不由分說地抓起他的手腕把起脈來。他的神色略有些嚴肅，隨即眉頭稍稍舒展，接著卻滿臉狐疑。「倒是比昨日好多了，但這實在有些古怪。」

戚寒水一聽，立刻捉住另一隻手腕，臉上也漸漸是疑惑之色。「你這幾天換了新藥方嗎？」

王中道搖頭。「不曾換。」

溫雲卿淡淡笑道：「我這病時常反覆也是有的，或許是前幾日路上奔波辛苦些，所以顯得病勢嚴重。」

兩人依舊狐疑。當晚每過一個時辰便把一次脈，又守了一整夜，脈象卻依舊平穩，兩人雖有懷疑，但到底是鬆了一口氣。

沈家的案子自那次過堂以後，又私下審了兩次，雖沈繼和不肯招認，但人證、物證確鑿，認與不認也無關緊要，主審官直接判了秋後問斬，家財抄沒，把卷宗提交到上面，卻又加了一條──九族之內，永不准出仕為官。

自此塵埃落定。斬首那日相思自沒去觀刑，唐玉川倒是拉著顧長亭去湊了個熱鬧，但到底是沒見過這般血腥的場面，回府之後一天都沒吃飯，哆哆嗦嗦地來找相思，說肯定要做個遵紀守法的好老百姓云云，萬萬不能像沈繼和那般，落了個不得善終的結局。

相思一面安撫唐玉川，一面問：「沈成茂今天怎麼樣？」

唐小爺摸了摸自己白嫩的脖子，嚥了口唾沫，尚且心有餘悸。「你不知道，我本來特別恨他，以為今兒看他被斬首肯定痛快極了，誰知我看他嚇得尿了褲子，渾身抖得篩糠一般，竟覺得沒意思。他以前確實做了挺多壞事，但要不是被他爹牽累，也不至於這麼年輕就判了死刑。」

相思沒想到唐玉川會這麼說，心中甚是欣慰。「你能這麼想真是不錯。」

唐玉川聽得相思誇自己，便往她身邊湊了湊，可憐兮兮地抓著她的袖子。「相思，我今兒實在是嚇著了，晚上我搬過來和你一起睡好不好？」

相思的眉頭挑了挑，把自己的袖子從他手裡一點點拽了出來，眼睛笑成了兩彎月牙。

「不好，你睡覺打鼾、磨牙、放屁，我會睡不好。」

唐玉川不死心，又磨了好一會兒，奈何相思素來鐵石心腸，最後他只得哆哆嗦嗦地找顧長亭陪睡去了。

一輛軟轎在宮道上走著，抬轎的是四個年輕的粗使太監，腳力極好，抬著軟轎無聲快速地走著，最後停在了永春宮門處。

轎簾掀開，下來個面容清俊的男子，他身穿一件鴉青色緞面蟒袍，腰間綁著一條墨色荔枝紋腰帶，身形略有些消瘦，顯得人如風中青竹。

「溫閣主，老祖宗已在殿裡等著了，請隨奴才進去。」黃公公半彎著腰，笑咪咪地在前面帶路。

這永春宮正是當今太后的住所，很大，卻不奢華，院子裡的花草假山無甚特別，宮女、太監亦謹慎小心。

進了殿門，溫雲卿便恭恭敬敬準備行跪拜之禮，卻被一雙婦人保養得極得當的手扶住了。

「你看你這孩子，身子本就弱，管這些虛禮幹什麼？」

溫雲卿笑著抬頭。「我這不就是做做樣子，知道姨母肯定要來扶我的。」

眼前這婦人生得豐腴富貴，年紀四十左右，正是當今的長公主李甯，早年嫁了宣武將軍，在塞北吃了幾年風沙，這幾年才調回京裡，溫雲卿也曾見過幾回。

「你這孩子，性子倒是更像你娘一些。」李甯嗔怪一聲，拉著他到了正位上端坐著的老婦人面前，笑道：「喏，您天天掛在嘴上的寶貝外孫，可好好看看吧！」

太后笑著點了點李甯，伸手拉過溫雲卿在旁邊坐下，慈眉善目問：「這幾日怎麼樣？可是好些了？」

溫雲卿點點頭，寬慰道：「先前太醫院也送醫送藥的，這幾日大好了。」

老婦人抓住他的手，略有些感慨。「你可千萬好好的，不然你娘可有苦頭吃了。」

溫雲卿心下雖黯然，卻未表現在面上，依舊雲淡風輕開著玩笑。「我娘在金川郡常說想您，年後或許會來京裡的。」

三人說了會兒話，難免又提起韶州府的事，太后面色略有些不好。「雲卿，醫者父母心雖然是好的，但這次你去韶州府終究是欠缺考量，你爹……你不能像他一樣，做事從來不顧自身安危，以後總歸要多考慮考慮你娘不是？」

溫雲卿自知理虧，也不分辯什麼，只一味點頭，話裡亦帶了幾分可憐之意。「我也沒想到會這麼危險，要是知道，我肯定不會去的。」

一旁的李甯見太后的確是動氣了，忙打圓場。「你這孩子，當初怎麼不多想想，那幫土匪怎麼沒把你擄到山裡去，也讓你好好長記性！」

溫雲卿對她悄悄擠擠眼睛，搖了搖太后溫熱的手，顰眉道：「您不知道，那時候有多嚇人，那樣的地方我可再不敢去了！」

太后使勁戳了戳他的腦門。「你也就是嘴上說得好聽，別看你在我面前這麼說，轉頭說不定還是該幹啥幹啥。」

李甯笑道：「你在京裡多住幾日，我們這些人好些年沒見到你了。」

溫雲卿卻搖搖頭。「我離家很久了，雖有書信來往，但母親到底是要擔心的，後天我便想啟程回金川郡去了。」

李甯嘆息一聲，靜默良久，太后才道：「也好，你娘自己在家，肯定要胡思亂想，你早些回去，一來方便養病，二來也讓她安心。」

說了半日話，太后和李甯又各賜了些珍貴藥材，便放溫雲卿出宮。

一時殿內寂靜。

老婦人端起茶盞飲了一口茶，嘆息道：「這孩子，真是有些慧極則傷了。」

李甯恐母親思慮過甚，便岔開話題。「也不知將來雲卿要找個什麼樣的娘子才成？」

「只盼他以後娶了親，別再這般孤孤單單的便好。」

溫雲卿回到別院時，聽到戚寒水屋裡有相思的聲音，猶豫片刻，到底是往戚寒水屋裡去了。

還未到門邊，他便聽見相思有些苦惱的聲音傳了出來。

「溫閣主怎麼會突然就好了呢？這不合理啊！」

溫雲卿推開門，似笑非笑。「我也不知道為什麼突然就好了。」

相思大窘，想要解釋又不知要說些什麼，溫雲卿卻十分體貼地輕輕帶過。「可能之前只是旅途勞累，所以看起來病勢洶洶。」

相思心裡覺得這其中有古怪，眼下卻又不知問題出在哪裡，只能壓下心中的疑問，便聽溫雲卿道：「戚叔叔，後天啟程，咱們回金川郡去。」

第七十二章

別說相思愣住，便是戚寒水也有些驚訝。「這麼急？」

溫雲卿點點頭。「離家日久，該回去了。」

戚寒水想想也是，便沒再說話。

相思有些懵，覺得事情發展的節奏有些快，微微張著嘴看著溫雲卿。

溫雲卿轉身要走，腳步卻終是頓了頓，心中嘆了一口氣，轉頭笑著對相思道：「若日後妳去了金川郡，我好好招待妳。」

但只怕日後妳去了金川郡，我已不在了。

坐在回府的馬車上，相思心底的疑惑越盛。戚寒水和王中道都是當世醫術極高超的大夫，之前對溫雲卿病情的判斷定不會錯，一夜之間他的病忽然大好，這其中肯定有古怪。

但問題出在哪裡呢？

一夜之間他的病忽然好轉了，又急著回金川郡去……電光石火之間，一個可怕的想法劃過相思的腦海，她掀開車簾大喊道：「回別院去！」

那車伕只以為她有急事，也沒多問，調轉馬頭便往回跑，此時已入夜，街上並無行人，一路暢通無阻。

相思跳下馬車，因這些日子常來，那門房也沒通報，徑直讓她進了院子。

溫雲卿的屋子亮著燈，相思心急之下直接推門入內，然後便傻愣在當場。

屋裡有些水氣，男子才洗過澡，身上只著月白裡衣，裡衣的帶子尚未繫好，露出胸前一大片如玉的胸膛。

他的表情亦有些遲滯，愣了片刻。「有事嗎？」

若是往日，相思肯定要摀著眼睛逃走的，但此時心中的猜想太過駭人，竟毫不遲疑進門，步步逼近，壓著聲音問：「你是不是偷吃碧幽草了？」

溫雲卿一愣。或許是才沐浴過的原因，他的眸子越發清潤，聽了這話，茫然搖搖頭。「沒吃啊！」

相思再逼近一步，一雙眼睛要吃人一般。「你真的沒吃碧幽草？」

此時她與溫雲卿之間的距離不足一臂，雖比他要矮上半頭，但卻有一股壓迫之感，溫雲卿一愣。接著心中略有些好笑，不退亦不進。「妳怎麼這麼問？」

「你好得實在太突然，這其中有貓膩！」

溫雲卿心中嘆息一聲，雙臂展開。「但我確實沒有吃碧幽草，不信妳可以搜。」

相思一噎。哪裡能真的伸手去搜，她瞪了溫雲卿一眼，向四周看了一圈，隨即走向案桌旁，桌上放著一個盒子和幾本書，她正想伸手掀開其中一個盒子，溫雲卿的臉色卻極細微地變了變，忽然握住她的手腕。

或許是才沐浴過的緣故，他的手有些躁熱，相思嚇了一跳。「你……你幹什麼？」

溫雲卿眼中滿是笑意。「我還想問妳在幹什麼？」

「我……我自然是在找證據。」

「妳雖是女扮男裝，到底是個姑娘家，這麼晚了獨自來找我。」溫雲卿嘴角扯了扯。「大抵是有些喜歡我的吧！」

相思覺得這肯定是報應，一張臉又紅又黑，甚是好看，等到看見溫雲卿眼中那略有揶揄的笑意時，腦袋裡就像打了個響雷，想把手掙脫出來，哪知一時竟掙不過他。「你知道我是姑娘家，還握著我的手，你鬆……鬆開！」

誰知溫雲卿不但沒鬆手，反而往前一步，將相思困在案桌與他之間，雖除了手腕再無其他接觸的地方，卻莫名讓人覺得躁熱難忍。

他低頭看著相思，眸光如水。「妳心虛了。」

此時相思一張臉已脹得通紅，微微後仰著身體與溫雲卿拉開距離，心中十分羞惱，只覺得眼前這個男人實在可氣可恨，張了張嘴，氣急道：「你……你不要臉！」

溫雲卿面無怒色，依舊淡淡笑著，只是那雙眼彷彿看透人心。「妳更心虛了。」

「你更不要臉了！」相思急急推開了溫雲卿，低頭疾步出了門。

夜風從半開的門吹進屋裡，溫雲卿看著門外夜色許久，眼中再無戲謔，亦無笑意。

他打開相思方才要檢查的盒子，從瓷瓶裡倒出一顆碧綠色的藥丸，吞進腹中。

趙府內院，房中，床上。

臉紅如蝦子的相思抱著錦被，咬牙切齒。「不要臉、不要臉！太不要臉了！」

京都秋季是金黃色的，這日相思沒出門，顧長亭亦休沐在家，於是唐玉川也消極怠工，還未至中午，三人便在後院老樹下生起了炭爐。這邊相思處理了幾條魚，用鹽漬上，那邊顧長亭在廚房裡找了些香菇、鮮肉，唐玉川則是偷偷從外面買了些梅子酒。

魚肉被炭火烤得「滋滋」作響，散發出鮮香味道；香菇刷上油後，水分漸漸蒸發，顯出金黃顏色；梅子酒也煨得冒出熱氣。

秋時天氣，昨兒還帶著些綠意的老樹枝葉，今早竟全黃了，大風一吹，金黃的樹葉脫離這一輪迴依附的老枝，迴旋著，或落在屋檐瓦礫之上，或飄零不知何處，多數卻是逕自墜落，在樹下積了厚厚的一層。

一片樹葉落在炭爐上，被烤著了，發出因過於乾燥而碎裂的清脆聲響。

「京城的秋天原來這麼愜意！」唐玉川手中拿著一條烤好的微焦脆魚，倒在略有些老舊的藤椅上，抖著腿感嘆。

雲州府的秋季他們三個都很熟悉，那裡的秋季只比夏季稍涼一些，樹葉從不會變黃，便是冬季，山野也是一片濃郁的綠色。

相思撕了一塊魚肉放進嘴裡，一邊嚼一邊極為舒服地嘆息一聲。「秋日宴，烤魚、烤肉、喝春酒！」

春酒便是春時始釀，秋冬始熟之酒，如此時三人正飲的梅子酒。記得第一次喝酒也是秋季，他們三個加上相慶、相蘭月試裡考了極好的名次，魏老太爺放他們一日假，他們便在山上別院裡偷喝了兩罈梅子酒，耍了半日瘋。

沒想到，一別經年，許多人事輪轉，梅子酒到底還是梅子酒。

顧長亭坐在炭爐旁邊，用一雙極長的竹筷翻著鐵條上的魚、香菇、肉片等物，然後刷油、撒鹽，稍等片刻再翻一面。他抬頭看了看躺在對面的兩人，略有些好笑。「你們像兩隻吃撐了的肥貓。」

唐玉川晃了晃藤椅，張大嘴巴咬了一口魚肉，瞇著眼睛。「顧大人你烤魚的手藝實在不錯，若是日後太醫院混不下去了，咱們就開個烤魚的鋪子，說不定也能賺許多銀子的！」

顧長亭沒理他這渾話，認真問道：「如今案子也結了，你們幾時回雲州府去？」

唐玉川搖搖手，轉頭看向相思。「我和相思一起，他什麼時候走，我就什麼時候走。」

於是顧長亭也看向相思。只見她不急不忙吃完了手裡的魚，拍了拍手站起身，走到爐旁接過他手中的竹筷，安靜地烤起魚來。一條魚烤好了，便挾起來用油紙墊著遞給顧長亭，然後才開口。「我想去一趟金川郡。」

唐玉川正在與柔韌的魚肉作鬥爭，聽了這話眼睛瞪得滾圓，加上他本生得偏機靈古怪，這一看便像是一隻貓叼著一條魚，十分逗趣。顧長亭拿著烤魚的手頓了頓，隨即極淺淡地笑了笑。「想去就去吧，你雖見過閣主，到底沒見過天下醫道之尊的忍冬閣究竟是什麼模樣。金川郡裡的忍冬閣，天下第一。」

唐玉川一個挺身坐了起來，也走到爐邊小凳上坐下。「忍冬閣真的這般好？」

顧長亭點點頭，用竹籤從爐子上插了個烤熟的香菇，沾了點醬油，吹了吹，放進嘴裡。「忍冬閣是天下醫道之尊，而一直讓忍冬閣處於這個位置的閣主，真的很厲害。」

唐玉川用吃一條烤魚的時間思考這件事，然後盯著相思筷子下面那條即將要烤好的多汁肥魚，直到相思把那魚遞給他，他才開口。「那我也跟相思去金川郡，正好收些人參、龍膽、刺五加，這些藥材南方可沒有。」

吃了兩口魚，他又有些苦惱地撓了撓頭。「可是，這樣就又要與你分離了呀！」

顧長亭眉眼彎彎。「但是咱們都長大了，千里亦不是極遠的距離，你們不來找我，我便去找你們，總歸是相見有時、後會有期的。」

相思亦抬眸，眼中笑意繁盛如春。

「我說怎麼一進門就聞到香味了呢，原來你們在這裡偷吃！」趙銘手中拎著個小竹筐，笑著抱怨。

唐玉川忙招招手。「我們一早就去找你，姑母說你出門了，要怪也只怪你自己沒這口福！」

趙銘走過來，把竹筐放在地上，也不用相讓，便自己挾了一條魚用油紙包住，大口吃起來。「一早上被他們差遣來、差遣去，差遣完還不給飯吃，我現在餓死了！」

吃了兩口魚，趙銘似是才想起那個竹筐，忙把竹筐遞給相思。「馬房的王老爹才回了趟老家，帶了些海貨回來，我看挺新鮮，正好咱們烤了解解饞！」

相思接過那竹筐一看，見裡面海蠣、貝子等帶殼的海貨四、五種，心下一喜，忙揀了幾個放在鐵條上，不多時原本緊緊閉著的貝殼邊緣冒出許多水泡，然後彷彿約好了一般，這些貝殼齊齊張開口，露出肥美的嫩肉。

「要是有梅子乾就好了，解膩去腥最好不過。」相思嘆息一聲。

顧長亭起身回院，不多時，拿了個小布包過來，裡面裝著許多梅子果乾，是雲州府某座山上、某棵樹上獨有的味道，去年秋時相思託辛家貨運行帶給他的。

——未完，待續，請看文創風540《藥堂千金》3（完結篇）

文創風
539

藥堂千金 2

國家圖書館出版品預行編目資料

藥堂千金 / 衛紅綾著. --
初版. -- 臺北市 : 狗屋, 2017.07
冊 ; 公分. --（文創風）
ISBN 978-986-328-748-3（第2冊 : 平裝）. --

857.7　　106007791

著作者　衛紅綾
編輯　余一霞
校對　沈毓萍　簡郁珊
發行所　狗屋出版社有限公司
地址　台北市104中山區龍江路71巷15號1樓
電話　02-2776-5889～0
發行字號　局版台業字845號
法律顧問　蕭雄淋律師
總經銷　知遠文化事業有限公司
電話　02-2664-8800
初版　2017年7月
國際書碼　ISBN-13　978-986-328-748-3

本著作物由北京晉江原創網絡科技有限公司授權出版

定價250元
狗屋劃撥帳號：19001626
網址：love.doghouse.com.tw　E-mail：love@doghouse.com.tw